AGNÈS LEDIG

Née en 1972, Agnès Ledig a longtemps exercé le métier de sage-femme, avant de se consacrer à l'écriture. On lui doit *Marie d'en haut* (Les Nouveaux Auteurs, 2011), qui a reçu le prix Coup de cœur des lectrices *Femme actuelle*, *Juste avant le bonheur* (Albin Michel, 2013), qui a remporté le prix Maison de la Presse, et *Pars avec lui* (Albin Michel, 2014). Après *Mon guide gynéco* (Pocket, 2016), écrit en collaboration avec le gynécologue Teddy Linet, et *L'Esprit Papillon* (Fleuve éditions, 2016), co-écrit avec Jacques Koch, les éditions Albin Michel publient en 2016 *On regrettera plus tard*, puis *De tes nouvelles*, son nouveau roman, en 2017.

Retrouvez toute l'actualité de l'auteur sur :
www.agnesledig.fr

PARS AVEC LUI

DU MÊME AUTEUR
CHEZ POCKET

MARIE D'EN HAUT
JUSTE AVANT LE BONHEUR
PARS AVEC LUI
ON REGRETTERA PLUS TARD

CHEZ
FLEUVE ÉDITIONS

L'ESPRIT PAPILLON

AGNÈS LEDIG

PARS AVEC LUI

ROMAN

ALBIN MICHEL

Pocket, une marque d'Univers Poche,
est un éditeur qui s'engage pour la préservation
de son environnement et qui utilise du papier fabriqué
à partir de bois provenant de forêts gérées
de manière responsable.

© Éditions Albin Michel, 2014.

ISBN : 978-2-266-25757-2

À Emmanuel,
à mes enfants, évidemment,
à ma fille, plus particulièrement.

À toutes les petites sirènes...
Et à ces hommes, sensibles et délicats,
qui savent les aimer vraiment.

C'est tout au fond de soi,
dans l'obscurité des failles profondes,
que l'on trouve parfois la force
de se battre pour la lumière.

L'amour sans respect n'est pas l'amour.
En prendre conscience et le fuir ne constitue
ni un échec ni même une défaite,
mais une grande, une très grande victoire.

Puis le noir

Elle nous supplie à genoux de sauver son fils.

Je suis en première ligne, je n'ai pas le choix, je dois y aller. Ce n'est même pas une question de choix, mais d'honneur, de dignité. C'est pour ça que je fais ce métier.

Il s'agit d'une vie humaine, là, tout de suite, celle d'un enfant, l'enfant de cette femme à terre. L'action ne souffre aucune hésitation.

L'appartement en feu se situe au huitième étage. La cage d'escalier est inaccessible. La mère, terrorisée, hurle que son fils se trouve là-haut, seul dans l'appartement. Partie faire une course pendant qu'il dormait, l'attroupement était déjà constitué à son retour, en raison de l'épaisse fumée noire qui se dégageait des fenêtres. Elle nous implore en joignant ses mains et se balance d'avant en arrière. Je ne sais pas si c'est le signe d'une folie passagère ou un bercement à la recherche d'un impossible apaisement. Les deux peut-être. C'est une femme noire, en boubou sous un blouson informe, usé aux poignets et qui s'ouvre sur un ventre énorme annonçant la venue d'un bébé, des tongs aux pieds malgré le froid de ce mois de février. La voir ainsi à genoux, désespérée, me rend dingue.

Je m'appelle Roméo Fourcade, j'ai vingt-cinq ans et je suis pompier professionnel. Sergent-chef d'agrès EPA, la grande échelle dans le langage courant.

En intervention, j'avance comme le soldat au front, en essayant d'aller le plus loin possible au milieu des obus. La rage au ventre. La peur aussi. Il en faut un peu pour rester en vie.

— Sergent, sauvetage par l'extérieur au moyen de l'EPA, exécution !

J'obéis. Je monte dans la nacelle et fixe le mousqueton au harnais sous ma veste, juste avant qu'elle ne décolle du sol. J'ajuste la bouteille d'air comprimé sur mes épaules puis le masque sur mon visage. Le Roméo des temps modernes. Plus pratique pour grimper au balcon.

Si seulement c'était vers ma Juliette que je montais…

Tu parles !

L'espace d'un instant, je repense au SMS que j'ai reçu ce matin de Carine. Elle me quitte.

« Je m'en vais, je ne t'aime plus, désolée. »

Elle me quitte par SMS. La honte ! Elle est désolée, c'est déjà ça. La honte quand même ! Mais au-dessus du vide, du vrai vide, face à cet immeuble, je dois me concentrer. Un gosse m'attend là-haut, et sa maman me supplie au sol. Alors sans plus penser à rien je regarde vers la fenêtre transformée en cheminée. Arrivé à mi-hauteur, je distingue une voix derrière le bruit de ma propre respiration qui résonne sous le masque. Il est encore vivant. Les fumées noires qui se dégagent de la fenêtre laissent deviner la violence des flammes à l'intérieur. Je ferai tout pour le sauver. Tout.

Il me reste deux mètres à gravir. Dans l'oreillette mon supérieur m'ordonne de ne pas prendre de risques inconsidérés.

La rage a étouffé la peur. C'est le gosse que j'entends, je me fiche du reste.

Sauver le gosse.

Au moment d'enjamber le rebord de la fenêtre, juste après avoir détaché le mousqueton, je sens un souffle brûlant et je décolle dans les airs.

Puis le noir.

Qui est Josiane ?

Attacher les malades pour qu'ils ne s'arrachent pas les tuyaux me fend le cœur.

J'ai passé une partie de la nuit à faire causette avec un petit bonhomme rond et chauve de quatre-vingt-quatre ans. C'était ça ou les sangles. J'ai préféré parler. Le service était vide, j'ai pu me le permettre. C'est tellement rare. Sinon, il aurait été solidement ligoté à son lit, avec de la détresse dans le regard, ou de la rage, peut-être.

Les filles du jour nous ont transmis qu'il avait fait un petit AVC ce matin, et que depuis il répétait les mêmes paroles en boucle. Dans la nuit, il a voulu se lever pour partir, malgré toutes les sondes qui le relient à des machines. Il voulait voir Josiane. Quand on lui demandait qui était Josiane, il répondait : « Ben, c'est Josiane. »

Soit.

Nous avons fouillé son dossier. Sa femme s'appelle Colette, et sa fille Sandrine. Pas de sœur. C'est embêtant. J'ai donc quitté ma garde ce matin en emportant avec moi le mystère Josiane. Tout ce que je peux dire, c'est que quand je lui ai demandé si cette Josiane avait compté pour lui, ses yeux perdus dans le vague ont rougi et deux larmes ont coulé, une sur chaque joue, bien parallèles.

Je reviens demain soir. Étant donné son état de santé, il sera encore là, sauf s'il meurt entre-temps, auquel cas je lui en voudrais beaucoup. Quand même, partir sans m'avoir livré son secret, me faire ça à moi, gentille et dévouée comme je suis, ce serait de très mauvais goût. J'espère que pour ma prochaine garde aucune admission ne viendra remplir les lits et qu'il n'aura plus cette irrépressible envie de partir chercher Josiane. Je ne supporterais pas de devoir l'attacher. J'espère surtout qu'il arrêtera de parler de Josiane quand sa femme viendra le voir cet après-midi, ça ferait désordre.

Je viens de me faire ma première injection dans le ventre. Ça y est, nous commençons le traitement pour faire en sorte que mon corps veuille bien mettre en route ce bébé que j'attends tellement. Procréation médicalement assistée. Des piqûres, des hormones, des prélèvements, des analyses, des effets secondaires et des incertitudes, pas très romantique pour devenir parents. Mais puisque mon corps ne veut pas autrement, et puisque ma tête le désire tant... Je serais prête à faire le tour du monde en montgolfière pour devenir mère. À partir dans la stratosphère, à nager à travers les mers, voire à vivre un an avec ma belle-mère. C'est pour dire.

Je vais aller dormir, avec mon masque sur les yeux et mes boules Quies pour ne pas entendre les bruits de la rue et récupérer un peu avant de retourner au travail. Cela m'épuise d'enchaîner les gardes, comme on nous le demande en ce moment, à cause de trois arrêts maladie et de deux congés maternité non remplacés. Un jour le système va exploser. À trop tirer sur la corde, elle finit par se rompre. Une collègue a fait un burn-out l'année dernière. Six mois d'arrêt. Non remplacée, évidemment. Six mois plus difficiles encore pour les autres… Et ce risque d'effet domino, heureusement évité, mais pour combien de temps ?

Malgré tout, je veux mettre toutes les chances de mon côté. Je n'en peux plus d'attendre, j'ai besoin de me sentir complète et épanouie. Je sais que ce sentiment passera par une grossesse. Complète et pleine de vie, pleine d'une autre vie que la mienne.

Il faut que je dorme…

Un brouillard moelleux

Du noir je suis passé à une sorte de brouillard rougeâtre. Je ne distingue pas les visages mais je perçois des ombres et des dialogues, je reconnais des voix, celle de mon chef en particulier, qui me dit de m'accrocher, de tenir le coup, qu'on va m'emmener très vite à l'hôpital. Les bruits sont étouffés comme par une sorte de brume dans laquelle je flotte agréablement. Mon chef me dit de ne pas m'inquiéter.

Je ne suis pas inquiet. Pourquoi serais-je inquiet ?

Puis le brouillard se dissipe.

Ou alors est-ce moi qui disparais ?

Je ne comprends pas ce qui m'arrive. Je n'ai mal nulle part, mais je ne peux ni parler ni bouger, et je n'ai plus qu'un bras, l'autre semble rempli d'air. Je ne sais même pas s'il est encore là.

J'ai le vague souvenir que je pensais à Carine en montant à l'échelle, et que le chef m'a dit : « Fais gaffe à tes fesses. »

Et puis plus rien.

Mes fesses, en y réfléchissant bien, je repose dessus. C'est qu'elles ont encore une certaine consistance…

Pour le reste, je ne sais pas encore.

J'entends d'autres voix, inconnues, et je sens qu'on me manipule, qu'on découpe mes vêtements, quelqu'un s'énerve car il n'y arrive pas, et, juste avant de perdre connaissance, j'entends encore une fois ce gosse appeler au-dessus de moi.

L'équation du désir

Laurent m'a réveillée en claquant la porte sans précaution, à son retour du travail, aux alentours de dix-huit heures. C'est la première fois que je dors aussi bien entre deux nuits de garde. Il faut croire que j'en ai vraiment besoin.

— Bonsoir, ma chérie. Tu dormais encore ?

— Oui.

— Rien n'est prêt pour ce soir ?

— Je n'ai pas eu le temps.

— J'avais faim.

— Excuse-moi. Je suis fatiguée en ce moment.

— Moi aussi je le suis. C'est pas facile de diriger une agence bancaire, tu sais ? Tous ces pauvres qui viennent nous harceler, en espérant qu'on leur prêtera, c'est usant. Mais je le fais pour toi. Tu pourrais faire un effort pour moi, non ?

Je suis partie sous la douche. Il n'a pas tout à fait tort. Il travaille dur. J'aurais pu mettre le réveil un peu plus tôt. Mais je suis tellement fatiguée en ce moment. Et puis, il faut que je me repose vraiment, pour mettre toutes les chances de mon côté. En sortant de la salle de bain, je l'aperçois devant son ordinateur et rien n'est

19

prêt à la cuisine. Il passe sa journée face à un écran au bureau et son premier réflexe en arrivant à la maison, c'est de s'y remettre. Certaines choses m'échappent.

Je dois partir. J'attrape de quoi grignoter dans le placard et je quitte la maison après l'avoir embrassé sur la joue, sous des yeux absents, trop obnubilés par l'écran. De toute façon, quand il consulte ses messages, il ne voit rien d'autre. Je sais qu'après il passera quelques heures à jouer à des jeux de guerre pour se défouler de sa journée stressante. Je ne suis même pas sûre qu'il mangera. Il avalera probablement des cochonneries entre deux parties et s'en satisfera. Pour ma part, je me contenterai du plat insipide qui m'est réservé au service : des carottes molles, râpées en salade, dans une barquette plastifiée, baignant dans une sauce cent pour cent industrielle et deux tranches de rôti de porc froid qui ressemblent à la semelle de mes sabots de travail.

Je suis motivée pour aller prendre ma garde ce soir, car il y a le mystère Josiane, et rassurée de travailler avec Guillaume, l'infirmier de l'équipe. Il est gentil, grand et musclé, vraiment musclé, ce qui permet de passer une nuit agréable et sécurisante dans les couloirs sombres du service. Surtout depuis l'année dernière où une collègue s'est fait agresser par un drogué en manque de méthadone.

Guillaume, du haut de ses vingt-quatre ans et de son mètre quatre-vingt-cinq, insère un CD de Charles Trenet dans le lecteur de la salle de détente et, tout en refaisant le monde, nous mangeons des madeleines qu'il a préparées dans l'après-midi. Il a hésité entre infirmier et pâtissier. Il a fait le bon choix. Pour lui, je ne sais pas, mais pour ses collègues, c'est indéniable. Il peut plus facilement faire des gâteaux en étant infirmier que soigner les gens en étant pâtissier. Et comme ça, j'en profite.

La première question que je pose à mes collègues en arrivant aux transmissions c'est de savoir si l'homme qui cherchait Josiane est toujours présent.

Il est encore là.

Ma curiosité est sauve. Avec un peu de chance, elle sera assouvie.

Il a retrouvé ses esprits et ne parle plus de cette Josiane.

Zut.

Je le cuisinerai quand même. Mes collègues ne comprennent pas toujours que je m'attarde sur ce genre de détails, mais je m'intéresse au patient dans sa globalité. On soigne un corps qui abrite une âme. Quand celle-ci est torturée par des pensées, comment le corps peut-il être pansé ?

Par contre, il n'a plus envie de sauter de son lit et c'est plutôt une bonne nouvelle. Nous n'aurons pas besoin de l'attacher. Un cas lourd est annoncé dans la nuit. Un jeune homme de vingt-cinq ans, dans un sale état. Pompier en intervention, une chute du huitième étage. Ils sont en train d'essayer de sauver son bras au bloc. Le box est prêt, nous l'attendons. Tout dépendra de la dextérité des chirurgiens. Parfois, c'est de l'ordre du miracle. Il y en a un dans l'équipe qu'on appelle docteur Merlin. Un vrai magicien. Si c'est lui qui opère ce soir, le patient devrait arriver avec ses deux bras. Un jour, autour d'un café, le docteur Merlin nous avait raconté qu'enfant, il était passionné de modélisme, qu'il passait des journées entières à assembler des petites pièces pour en faire des avions et qu'il ne les lâchait jamais avant qu'ils ne volent. Il doit se fixer le même genre de défi au bloc. Les infirmières qui le côtoient disent bien qu'avec lui il vaut mieux avoir pissé avant le début de l'intervention, car il s'applique sans compter les heures, et exige l'équipe au grand complet à chaque seconde pour ne jamais devoir patienter quand il demande un instrument.

Comme le nouveau patient n'est pas encore annoncé, je vais m'asseoir à côté du petit monsieur et je lui demande s'il a pu voir Josiane.

— Non, bien sûr.

— Pourquoi bien sûr ?

— Elle est morte.

— Qui était Josiane ?

Il lève les yeux au ciel un instant, comme pour réfléchir.

— Il y a du fromage au plafond, dit-il après quelques instants.

— Vraiment ?

— Oui, il faut baisser le chauffage, sinon il va fondre.

— Je vais faire ça.

Je quitte la pièce en me disant que je ne résoudrai jamais le mystère Josiane. Nous avons l'habitude en réa. Les sédatifs et les puissants antalgiques leur font parfois voir des éléphants roses. N'empêche, il y a quand même eu les larmes la nuit dernière. C'est ainsi, il partira avec sa Josiane pour lui tout seul.

S'il ne finit pas en gratin avant. Il faut que je fasse baisser le chauffage.

Quand j'arrive en salle de détente, mon collègue fredonne « Que reste-t-il de nos amours ». Il a sorti une boîte métallique et m'annonce en m'apercevant :

— Je me suis essayé aux macarons.

— Tu plaisantes ?

— Non, pourquoi ?

— Parce que j'adore ça. Quel parfum ?

— Framboise.

— Tu veux que je te reprenne combien de gardes ?

— Pardon ?

— Tu dois bien avoir une faveur à me demander pour vouloir me faire plaisir comme ça, et comme tu as douze ans de moins que moi, ça ne doit pas être relatif à mon corps.

— En dehors des questions d'interdiction légale, l'âge n'intervient pas dans l'équation qui explique l'attirance des corps.

— Et elle ressemble à quoi cette équation ?

— $$\frac{\text{Imagination} + \text{ondes vibratoires} + (\text{manque} \times \text{envie})^2 - \text{culpabilité}}{\text{culture émotionnelle} + \sqrt{\text{peur de non-réciprocité}}} = \text{désir}$$

— Tout un programme. Et la pâtisserie là-dedans ?

— La pâtisserie n'a pas sa place dans l'équation du désir, mais elle a son utilité dans la phase d'accomplissement.

— Désir + pâtisserie = passage à l'acte ?

— Sauf avec toi, me dit Guillaume en prenant un air dépité, et d'ajouter la seconde d'après : je plaisante, JE PLAISANTE ! C'était simplement pour te faire plaisir. C'est dommage d'ailleurs que tu quittes bientôt le service.

— Je vais monter de quelques étages, en traumato. Je ne serai pas bien loin.

— Oui, mais on ne travaillera plus ensemble.

— On se verra quand on s'échangera des patients.

— Les filles du bloc viennent d'appeler. Il arrive dans une heure.

— Le temps de déguster un ou deux macarons…

— Comment va le patient de la 3 ?

— Il voit du fromage au plafond.

— Ça ne m'étonne pas. Depuis qu'ils ont installé les faux plafonds avec des plaques décorées de trous, ça fait plusieurs fois que des patients me la font.

— Et je ne saurai jamais qui était Josiane.

— C'est si important que ça ?

— Non.

L'amoureux de Josiane dort comme un bébé. Guillaume s'est posté devant l'ascenseur pour tenir les portes aux brancardiers. J'attends dans le couloir. Je repense à ce qu'il vient de me dire à propos de l'insignifiance de la différence d'âge dans l'attirance des corps. Il a le chic pour balancer des phrases importantes à un moment où il pourra fuir ensuite et laisser le destinataire se dépatouiller seul avec leur signification.

J'en reste chose quelques instants. Guillaume est un gars en or.

Le blessé est dans un sale état, mais il a ses deux bras. Le docteur Merlin a encore réussi à réparer une de ses maquettes. Sauf que celle-ci a volé dans les airs avant qu'il ne la construise.

Tiens, quand on parle du loup…

Le chirurgien s'approche de nous, le masque de bloc baissé dans le cou et le chapeau encore sur la tête. Il agite nerveusement sa main en direction du patient puis le montre de l'index.

— Celui-ci, vous me le surveillez comme du lait sur le feu, je n'aimerais pas avoir passé tout ce temps sur son bras pour devoir l'amputer dans trois semaines à cause d'une stupide infection.

— C'était compliqué ? demande Guillaume.

— Je crois que c'est mon plus beau cas. Si son bras survit, je me fends d'un article dans la revue américaine de traumatologie, répond Merlin avec un sourire de chirurgien.

Celui juste au-dessous de Dieu.

Il nous donne ensuite les consignes de sédation et part vite se coucher, en espérant qu'aucune urgence ne vienne l'extirper de ses rêves de maquettes volantes.

Le jeune homme allongé dans ce lit a vraiment l'allure d'un pompier. Cheveux rasés et épaules larges, un corps musclé, un visage carré, que l'on devine sous les plaies couvertes de bandages, les contusions et les boursouflures. J'ai toujours plus de mal quand les patients sont des pompiers polytraumatisés dans l'exercice de leur fonction. Parce qu'ils doivent sauver une vie, et qu'ils mettent la leur en péril. Combien sommes-nous à le faire ?

Je ne sais pas si lui aussi a une Josiane dans sa vie, mais ce que je sais, c'est qu'il ne bougera pas d'ici de sitôt. Je m'assois près de lui et je prends son dossier sur les genoux pour le lire tranquillement.

Roméo Fourcade. Pas courant comme prénom. Ça me fait sourire. Et pour cause.

Vingt-cinq ans. Comme il est jeune…

Personne de confiance : M. Klein, capitaine de la brigade des sapeurs-pompiers. Ça devait être l'homme qui l'accompagnait à son arrivée aux urgences. Bizarre que ce ne soit pas quelqu'un de sa famille. Rien d'autre n'apparaît dans le dossier. Normal, on pare au plus pressé dans une admission comme la sienne.

La liste de ce dont il souffre est vertigineuse. Je ne la lis pas entièrement. Notre job à nous, c'est de vérifier qu'il reste stable pour le reste de la nuit. Je pose le dossier et je le regarde. Tous ne ressortent pas d'ici. Le concernant, le risque vital semble écarté, mais avec l'expérience j'ai appris à ne jamais crier victoire trop tôt.

Une conscience sans conscience

Je passe du noir au brouillard, dans une sorte de continuum. Quand je suis dans le brouillard, j'ai horriblement mal. Je sens une présence à côté de moi. Peut-être l'odeur d'un parfum. Peut-être le bruit de pages qu'on tourne, à moins que ce ne soit le souffle d'une respiration. Je n'en sais rien, je ressens, sans pouvoir définir. Et puis je replonge dans le noir quand la douleur est trop intense. Finalement, je m'y réfugie.

J'aimerais ouvrir les yeux et je n'y arrive pas. Bouger, encore moins. J'ai l'impression qu'il n'y a plus que mes oreilles et quelques neurones qui fonctionnent. Et tous mes récepteurs de la douleur. Ceux-là sont au top de leur forme.

Je ne sais pas ce qui s'est passé, je ne sais pas où je suis, je ne sais peut-être même plus qui je suis. Je suis une conscience dans un corps absent, une conscience qui n'a conscience de rien, sauf de ne pas savoir.

Je replonge dans le noir. Soulagé de quitter le douloureux brouillard.

Cher Toi,

Mon vernis à ongles vient de sécher aux mains. Je peux donc t'écrire en attendant que celui des orteils soit sec aussi. Cette mousse que m'a prêtée Charlotte pour les écarter fait trop mal. Faut souffrir pour être belle, il paraît. C'est bon, je donne, là. Mon frère est parti pour quarante-huit heures et demain, je vois Raphaël. Il kiffe quand je fais des efforts pour être féminine. Mon frère trouve que c'est pas de mon âge, le maquillage, et que je vais allumer les garçons. De toute façon, au collège, ils sont déjà allumés. Position ON dès le réveil, alors quand ils voient passer une fille, un peu de noir aux yeux ou du vernis bleu sur les ongles, ça change rien. Je l'enlèverai quand il rentrera demain soir.

Ce matin, après trois tentatives ratées pour me prendre debout contre la cloison des chiottes du collège, ce gringalet de Dylan a fini par me retourner. J'avais la tête au-dessus de la cuvette. C'était pratique finalement, s'il me venait l'envie de vomir. Ce qui n'est pas arrivé, je sais me tenir, tu sais ? Il a aussi dû remettre trois fois sa capote qui était en train de glisser, tellement il avait eu les yeux plus gros que la queue en choisissant la taille au supermarché. Il s'arrêtait de bouger à chaque fois qu'une fille poussait la porte des toilettes. On restait immobiles, on n'osait même plus respirer, pendant qu'elle pissait, parfois en lâchant une caisse, sûre d'être seule dans le local. Et puis, Dylan reprenait de plus belle, mécaniquement. J'étais soulagée qu'il vienne enfin. C'est vrai quoi, j'ai autre chose à foutre que de perdre mon temps à attendre qu'il jouisse péniblement. J'ai un devoir à rendre en physique. Dernier appel avant le débarquement. C'est comme ça qu'on dit pour l'exclusion temporaire.

Dylan, c'était la première fois et la dernière, il ne m'a même pas remerciée. Faut pas déconner non plus, je veux bien être gentille, mais merde, un peu de reconnaissance, quand même !

Ce soir, pas envie de bosser. L'histoire-géo me saoule. À quoi bon connaître le PIB du Japon, et savoir ce qui s'est passé au XVIe siècle ? À la limite, parler de la Deuxième Guerre mondiale, comme pépé, parce que c'est dégueulasse ce qui s'est passé et qu'il faut que les prochaines générations ne fassent pas pareil. Ça, je veux bien l'apprendre pour la prochaine interro. Le contrôle de SVT, demain, je ferai ce que je peux avec mes vagues souvenirs. Je déteste cette prof. Grave coincée, elle sourit jamais. On dirait qu'elle a peur de nous. En fait, oui, elle a peur de nous.

Non, ce soir, c'est plateau-télé. Des chips et du coca, du saucisson, un Babybel, et en dessert je prendrai peut-être quand même un yaourt sans sucre, pour équilibrer un peu. Et Grey's Anatomy. Les internes sont trop canon et il y a plein de situations débiles. Les Américains sont forts pour ça.

C'est bizarre, d'habitude, à cette heure-là, mon frère m'a déjà appelée. Il doit avoir beaucoup de travail.

Voilà, mon Toi, je te laisse, ça va commencer, et mes orteils sont secs. Je suis heureuse que tu sois là.

Bisou.

Entre deux macarons

Le Josianophile dort comme un bébé, et le pompier ne bouge pas d'un poil. Il est stable. Nous dégustons le deuxième lot des macarons framboise, que nous avons apportés sur le bureau pour être au milieu des patients, des bips et des écrans.

« Comme du lait sur le feu », il a dit, Merlin l'enchanteur.

— Alors ?

— Alors, ils sont à tomber par terre tes macarons.

— Je parlais du pompier. Tu le couves du regard depuis un quart d'heure.

— Je regardais son dossier.

— Et moi, je te regardais regarder son dossier, et tu ne regardais pas son dossier.

— J'ai de la peine pour lui. J'espère qu'il n'en sortira pas trop abîmé.

— Tu prends les choses trop à cœur.

— Peut-être. Mais il est si jeune.

— Et sportif. Il s'en remettra bien. À nous de faire en sorte que son bras ne s'infecte pas, pour éviter qu'on le lui coupe pour de bon. Et le reste suivra. C'est sûr qu'il n'est pas près de remonter sur la grande échelle.

— Tu as la recette ? je demande, la bouche pleine d'un nouveau macaron.

— Pour que son bras ne s'infecte pas ? Désinfecter les plaies, se laver les mains, éviter les courants d'air et faire porter des masques à tout le monde.

— Je parlais des macarons, là.

Le noir-refuge

Dans le brouillard, j'entends parler. Il y a une voix d'homme et une autre de femme. Des rires de bon cœur et des dialogues, mais je ne comprends pas ce qu'ils disent. Ils sont loin.

J'ai mal. J'ai mal partout. Surtout dans le bras. Tout à l'heure, je sentais de l'air, maintenant, j'ai l'impression qu'on me le tord dans tous les sens, ou qu'un éléphant de cirque est en train de marcher dessus. J'ai mal en bas du dos aussi, et dans les jambes. J'ai mal dans la mâchoire et à la tête. En fait, l'éléphant s'est couché sur moi. J'ai aussi le sentiment d'avoir avalé un coca avec sa canette et qu'elle est restée coincée dans l'œsophage.

Je sais que je suis à l'hôpital. Je reconnais le bruit des machines, le brassard de tension qui se gonfle régulièrement. Je suis donc intubé.

Parfois, je sens qu'on s'agite autour de moi, qu'on me manipule légèrement, ou qu'on replace un fil sur ma peau. Tout est douleur, même le moindre effleurement. Même un fil.

Alors je replonge dans le noir-refuge.

Du bout du doigt

Il est six heures du matin. La relève arrive dans une petite demi-heure. Nous avons mangé tous les macarons. J'aurai pris un kilo demain, mais je m'en fiche, ils étaient tellement bons. Le jeune pompier a désaturé plusieurs fois en fin de nuit, nous obligeant à revoir les réglages en oxygène du respirateur. Il n'est finalement pas si stable. Les filles de jour devront encore surveiller le lait.

Et la température pour éviter la fondue savoyarde quelques mètres plus loin.

Je suis assise près de lui. Guillaume est parti chercher un dossier aux urgences.

Il est immobile. Son thorax se soulève avec régularité, au rythme du respirateur. Et puis je le vois remuer l'index. Il recommence plusieurs fois le même geste. Son doigt tremble, se déplace péniblement sur le drap, mais je finis par comprendre qu'il dessine un point d'interrogation. Il a besoin de savoir ce qui se passe.

— Vous m'entendez ? Si vous m'entendez, tapez deux fois avec votre index sur le lit.

L'index bouge deux fois.

— Deux fois signifie « oui », une fois signifie « non ».

— …

— Je m'appelle Juliette Toledano. Je suis infirmière en réanimation. Pouvez-vous ouvrir les yeux ?

(non)

— Avez-vous mal ?

(oui)

— Savez-vous qui vous êtes ?

(oui)

— Savez-vous ce qui vous est arrivé ?

(non)

— Voulez-vous le savoir ?

(oui)

— OK. Vous êtes tombé du huitième étage. Si vous êtes encore vivant, c'est parce que votre chute a été amortie par des arbres, mais leurs branches vous ont pas mal abîmé. Je ne vais pas tout vous détailler, mais vous en avez pour un moment à vous remettre. Avez-vous compris ?

(oui)

— Faut-il prévenir quelqu'un ?

(oui)

— Vos parents ?

(non)

— Votre femme ?

(non)

— Un ami ?

(non)

— Euh… un frère ou une sœur ?

(oui)

— Je vais m'en occuper.

La relève m'attend pour les transmissions. Je lui ai tenu la main quelques instants avant de le laisser. Il a légèrement serré mes doigts.

Ça fait du bien.

Ça fait du bien aux deux, je crois.

Guillaume a raison, je prends les choses trop à cœur.

Peut-être.

Sûrement.

Et alors ?

Ce n'est pas à trente-cinq ans que je vais devenir insensible. Guillaume a commencé à parler des dossiers. Nous n'avons que deux patients pour quatre lits. Les filles de jour connaissent déjà le petit homme au gruyère. J'enchaîne avec le pompier. Les circonstances, l'intervention, les consignes du chirurgien, et l'entrée en contact que je viens d'avoir. Magnanime, je leur propose de m'occuper de trouver la personne à prévenir avant de rentrer chez moi. J'ajoute enfin que les macarons étaient extra mais qu'il n'y en a plus. Toute l'équipe se bat pour faire des nuits avec notre pâtissier, alors au matin chaque heureuse élue se vante d'avoir pu en profiter. Un petit jeu entre nous.

À croire qu'on ne s'intéresse qu'aux gâteaux.

Je prends un Post-it pour noter le numéro de la personne de confiance et je m'isole dans le bureau de la cadre. J'ai le temps, Laurent est parti travailler depuis longtemps.

— Capitaine Klein ?

— Oui.

— Bonjour, je m'appelle Juliette Toledano, je suis infirmière en réanimation. Je vous appelle à propos de M. Fourcade.

— Comment va-t-il ?

— Ça va. Il est plutôt stable.

— Son bras ?

— Opéré.

— Ils ne l'ont pas amputé ?

— Non. Ça reste fragile, nous surveillons. Le risque n'est pas écarté, mais ça va.

— Il est conscient ? Il peut parler ?

— Non, d'autant qu'il est intubé. Mais j'ai pu entrer en contact avec lui tout à l'heure. Il a des moments de conscience. Il bouge le doigt. Il voudrait que je prévienne son frère ou sa sœur.

— Merde, putain, sa sœur !!! J'ai complètement oublié Vanessa.

— Oublié ?

— Il en a la charge, elle est mineure. J'irai la chercher au collège après les cours.

— Merci.

— Quand pouvons-nous venir le voir ?

— Plutôt l'après-midi. Le matin, il y a les visites médicales et les soins.

— Jusqu'à quelle heure le soir ?

— En théorie vingt heures. En pratique, nous sommes souples si le service est calme.

— Je peux vous poser une question ?

— Oui.

— Comment a-t-il réussi à vous parler de sa sœur avec un doigt ?

— Le sixième sens de l'infirmière…

Quand il m'a souhaité une bonne journée, je l'ai entendu sourire. J'ai failli lui dire que j'espérais la passer à dormir, puisque j'enchaîne une troisième nuit, mais après tout, ce n'est pas son problème.

Mon programme du jour est simple. Rentrer, prendre une douche, manger un morceau, faire ma piqûre et me reposer. J'aime travailler la nuit, mais j'ai du mal à le faire entendre à mon corps. Quand j'avais vingt-deux ans, il supportait bien le décalage. Mais ça devient de plus en plus pénible avec les années qui passent.

Avant de quitter le service, je retourne auprès de mon patient en espérant qu'il m'entendra encore. J'ai besoin de lui dire que j'ai eu le capitaine au téléphone et qu'il viendra avec sa petite sœur. Je suppose que c'est important pour lui.

Je n'ai jamais été à la place des patients, mais à force de les côtoyer, j'arrive à éprouver ce que c'est pour eux d'être là, avec leurs angoisses et leurs douleurs, dans un cadre totalement inconnu, seuls. Alors, si je peux les apaiser…

Une petite lanterne

Je poursuis l'alternance entre le noir-refuge et le brouillard-souffrance. Surtout quand on me touche. J'ai senti mon lit bouger. Rouler longtemps, tourner, prendre l'ascenseur, rouler à nouveau. J'ai essayé de bouger mon index, mais personne ne l'a entendu. J'espère que l'infirmière de tout à l'heure reviendra vite.

J'aimerais surtout que Vanessa soit là. C'est la seule personne qui me ferait vraiment du bien. Ma lanterne dans le brouillard.

Sa petite sœur

Troisième nuit d'affilée, ils vont nous tuer à la tâche. Et plus personne dans le pool pour espérer lever un peu le pied. C'est vraiment la crise à l'hôpital. Crise qui va bientôt atteindre les nerfs du personnel. Heureusement que je suis de nouveau de garde avec Guillaume. Il va aussi me manquer quand je vais quitter le service. Il est jeune, mais sensé et compétent. Autoritaire mais doux. Et pas trop sensible. Juste ce qu'il faut.

C'est rare chez un homme d'être sensible juste ce qu'il faut.

J'ai hâte de découvrir ce qu'il nous a préparé ce soir, qu'on grignotera sur un coin de bureau avec un café serré pour tenir jusqu'au matin.

J'ai hâte aussi de savoir comment va le jeune pompier.

Guillaume attend toujours que l'équipe de jour ait quitté les lieux pour sortir ses douceurs. Pas question que tout le monde s'incruste pour la dégustation. Il est comme ça, Guillaume. Il s'en amuse et il l'assume.

L'homme-à-Josiane est parti en cardiologie, ils avaient enfin une place. Un autre patient l'a remplacé. Heureusement moins lourd que notre pompier.

L'équipe de jour nous prévient que sa petite sœur est encore là. Ça fait plus de deux heures qu'elle est assise à côté de lui et qu'elle le regarde sans un mot. À peine le mouvement respiratoire perceptible dans le haut du dos. À peine.

Quand j'arrive dans la pièce, elle est effectivement immobile sur sa chaise, à l'observer en silence. Un peu courbée sur elle-même comme si toute la misère du monde pesait sur ses frêles épaules d'adolescente. Ou alors, elle occupe juste un corps qui a grandi trop vite et qu'elle essaie de retenir dans l'enfance en le recroquevillant. Elle tourne le dos à la porte. Son sac Eastpak est posé à ses pieds, trois porte-clés en peluche, un à chaque fermeture éclair, qui doivent valdinguer quand elle marche dans la rue. Qui la rassurent probablement, en la renvoyant, eux aussi, vers l'enfance. Elle doit avoir quatorze ans.

— Bonsoir, vous êtes Vanessa ?

— Oui, me répond-elle en se retournant sans montrer aucune émotion.

Les cheveux mi-longs, une grande frange qui descend sur ses yeux soulignés d'un épais trait noir. Elle est toute fine et semble avoir deux allumettes à la place des jambes. Elle porte de longues boucles d'oreilles en acier et une ribambelle de bracelets brésiliens à chaque poignet.

— Vous êtes venue toute seule ?

— Non, son chef est venu me chercher à la sortie du collège. Il est dans la salle d'attente.

— Il vous a expliqué ce qui s'est passé ?

— Oui.

— Savez-vous de quoi souffre votre frère ?

— Non.

— Je vous l'expliquerai avant que vous ne partiez. Vous lui avez parlé ? Vous l'avez embrassé, vous lui avez pris la main ?

Elle fait « non » de la tête, lentement, en fixant son frère.

Il semble plus agité qu'hier. Je lui prends alors la main, je lui dis que c'est moi. Que j'étais là la nuit précédente. Il la serre un peu plus vigoureusement que la veille.

— Voulez-vous communiquer avec moi ?

(oui)

— Savez-vous qui est là, à côté de vous ?

(oui)

— Voulez-vous qu'elle vous prenne la main ?

(oui) (oui) (oui)

Il frappe son index sur le drap sans discontinuer. Je propose à sa sœur de venir de mon côté du lit, où le bras est valide. Mais au moment où je m'apprête à la guider, elle cache sa main derrière son dos.

— Vous ne voulez pas ?

— Je… j'ai… enfin, j'ai mis du vernis à ongles hier. Il veut pas que j'en mette, alors je le fais quand il est de garde et je l'enlève avant qu'il rentre. Sauf que là, son chef est venu me chercher à la sortie du collège, j'ai pas eu le temps.

— D'un autre côté, je pense qu'il vous a entendue, maintenant.

— Il entend tout ?

— Il y a des chances.

Il tape à nouveau du doigt sur le matelas.

— Et puis, je crois que dans la situation où il se trouve, il s'en fiche un peu. Il a failli mourir, alors cette histoire de vernis à ongles n'est peut-être pas une priorité, lui dis-je en lui faisant un petit clin d'œil.

En tremblant, très hésitante, elle avance sa main vers celle de son frère. Il la serre longuement. Je rattrape juste à temps les quelques larmes d'émotion qui voulaient se jeter dans le vide en voyant la scène.

— Je vous laisse, je suis au bureau, juste là. Si vous voulez communiquer avec lui, il faut poser des questions fermées.

— Fermées ?

— Auxquelles il ne peut répondre que par oui ou par non. Oui, il tape deux fois sur le matelas avec son doigt, et non, il ne tape qu'une fois. Laissez-lui du temps, il tourne un peu au ralenti.

Je quitte le box pour rejoindre le bureau, où s'écoule un café. L'autre patient dort paisiblement. La nuit sera calme si rien n'arrive entre-temps.

Guillaume me sourit quand j'arrive. Ce sourire d'ange qui fait craquer toutes les infirmières. L'homme de l'équipe que toutes les célibataires du service convoitent. Quelques mariées aussi, d'ailleurs, discrètement, l'air de rien, parce que c'est tellement bon de se sentir désirable, et désirée par un autre. Je ne parle même pas des étudiantes. Elles déplorent qu'un homme aussi charmant ne profite à aucune, et parlent toutes d'un pur gâchis. Certaines avancent l'hypothèse qu'il est gay, hypothèse immédiatement écartée, car incompatible avec leur ardent désir.

Cela m'amuse de les regarder baver. C'est un garçon adorable mais il ne m'attire pas. Je connais Laurent depuis cinq ans, et je suis fidèle. En plus, ça lui ferait trop mal de me savoir dans les bras d'un autre.

Mais j'aime vraiment beaucoup Guillaume. Il connaît mon histoire, mon parcours, ce que j'entreprends avec Laurent. Il me soutient. Il me rassure, se fâche parfois quand je lui raconte les disputes à la maison. Je suis trop gentille, qu'il dit.

Peut-être.

Il ne sait pas tout non plus.

Une insolente fragilité

La main de Vanessa dans la mienne, la chose la plus douce que j'aie jamais éprouvée. Quand je la lui prenais pour lui faire traverser la rue devant l'école. C'était moi le grand frère. Aujourd'hui, c'est elle la grande sœur, parce que je ne sais pas dans quel état je suis ni si je vais vivre ou mourir, si je vais retrouver ma vie d'avant ou être condamné à l'état de légume. Je ne sais même pas si je suis encore entier ou s'il me manque des morceaux. D'avoir mal signifie-t-il forcément que la zone douloureuse est encore présente ? Ce sont peut-être quatre membres fantômes que je sens sans qu'ils soient là. Un homme-tronc. Plus rien autour. Si, l'index. Et s'il reste l'index, il reste forcément tout le bras. Un homme-tronc avec une branche, alors. Les oiseaux pourront venir s'y poser, ça me fera de la compagnie.

Je ne me souviens pas du prénom de cette infirmière. Je ne me souviens pas de grand-chose. Seulement que je suis sérieusement blessé. Mais à quel point ? Pour l'instant, j'entends simplement la voix douce de cette femme et le bruit des machines tout autour. Et puis j'ai la main de Vanessa. J'ai écouté leur conversation.

L'infirmière lui a expliqué comment communiquer avec moi. Et pourtant, elle ne me dit rien. J'aimerais lui dire oui, ou non avec ce fameux doigt sur le drap.

Elle pourrait me demander : « Tu es content que je sois là ? »

OUI.

« Tu ne vas pas me laisser tomber ? »

NON.

« Tu veux que je revienne demain ? »

OUI.

« Tu vas mourir ? »

NON.

« Je peux mettre du vernis sur mes ongles ? »

OUI.

Elle ne dit rien.

Vanessa.

À la fois dure et timide, rebelle et anxieuse. Elle n'a peur de rien, elle a peur de tout. Elle la ramène à la maison, devant les profs ou l'assistante sociale, mais c'est pour mieux se cacher dans le creux de ses failles. Vanessa, une insolente fragilité.

Je n'ai pas le droit de mourir. Pas avant ses dix-huit ans. Avant, ce serait lâche, dégueulasse. Je ne peux pas lui faire ça. Interdit ! Alors je m'accroche, même si j'ai mal. Terriblement mal. Elle aurait bien plus mal si je partais. Je le sais. On se dispute à longueur de temps, elle m'en fait voir de toutes les couleurs, mais je sais qu'elle tient à moi. Et moi à elle, donc.

Elle ne dit rien.

Elle ne sait peut-être pas quoi dire.

Y a-t-il quelque chose à dire ?

Le silence vient peut-être de là.

J'arrive à bouger le pouce sur sa paume. À peine. D'habitude, ça la chatouille, elle retire sa main. Et pourtant, elle la laisse.

Et puis, de fatigue ou de douleur, je repars dans le brouillard. Sans avoir pu lui dire bonne nuit comme je fais tous les soirs.

Méconnaissable

— Il ne bouge plus.

Je sursaute quand la jeune fille me dit cela. Je ne l'avais pas entendue arriver. Je somnolais, assise sur le fauteuil de bureau. Je lui réponds qu'il dort, d'un sourire qui se veut rassurant.

— Il va dormir longtemps ? me demande-t-elle.

— Quelques heures. Il aura probablement un semblant de réveil dans la nuit.

— Je parle en jours.

— Non, les médecins vont bientôt réduire la sédation.

— La sédation ?

— Les médicaments pour qu'il dorme, à cause de la douleur.

— Il a mal ?

— Probablement. Il nous le dira mieux quand il sera réveillé.

— Il va vraiment se réveiller ?

— Nous allons faire en sorte que oui.

— Je pourrai revenir ?

— Bien sûr. Vous voulez un macaron ? je lui propose en lui tendant la boîte.

— Non, merci, j'ai pas faim. Et puis, son chef m'attend.

— Vos parents ne sont pas venus ?

— On n'a pas de parents. C'est Roméo qui s'occupe de moi – elle marque un temps d'arrêt –, il va remarcher ?

— C'est trop tôt pour se prononcer. Ne soyez pas trop pressée, il en a pour un moment, vous savez. Il va falloir vous organiser, car il ne rentrera pas tout de suite à la maison. Vous avez une solution ?

— Je vais voir. Mais je veux dire, c'est grave ce qu'il a ?

— Oui. Je ne vais pas vous dire qu'il n'a rien. C'est grave, mais ça aurait pu être plus grave.

— Il aurait vraiment pu mourir ?

— En tombant du huitième étage, oui. Ce sont les arbres qui l'ont sauvé.

— Et, euh, il ressemble plus à rien, là. Ça aussi, ça va revenir ?

— Oui, la peau cicatrise, désenfle, redevient rose après les hématomes. Il aura sûrement quelques cicatrices mais il retrouvera ses traits. Vous avez une photo de lui ?

— Oui, dans mon cahier de textes.

— Si vous êtes d'accord, j'aimerais bien la voir.

— Si vous me la rendez.

— Évidemment.

Elle farfouille dans son sac à dos mal rangé, ouvre son cahier, sort la photo et me la tend en tremblant, les lèvres serrées. Elle rattrape elle aussi ses émotions comme elle peut.

Je regarde le cliché attentivement. C'est vrai qu'il est méconnaissable. Je comprends l'affolement de la jeune fille. Il la tient contre lui, ses bras autour d'elle, ils sourient au photographe. Pas très grand, mais robuste et musclé, il inspire la confiance. Sa sœur semble toute frêle au creux de lui. Il a le front large, de grands yeux, des sourcils peu apparents. Il a dû être blond quand il était gosse. La mâchoire carrée et le cou incroyablement large. Les cheveux très courts du militaire. Il a un magnifique sourire. On le sent heureux sur la photo. Le contraste est d'autant plus saisissant pour moi.

— Je vous promets qu'il va redevenir comme ça, lui dis-je avec certitude.

De certitude, je n'en ai aucune, mais on peut bien arranger un peu la vérité quand elle est trop moche. Et puis, qui sait, il va peut-être vraiment retrouver ses traits comme sur la photo. Il vaut mieux que sa sœur s'accroche à cet espoir qu'à la tristesse d'imaginer le contraire.

— On peut faire quoi pour l'aider ?

— De mon côté, faire mon travail du mieux que je peux. Du vôtre, être là pour le rassurer. Ce n'est pas facile pour lui.

— Je peux revenir quand ?

— Quand vous voulez.

— Y a pas d'horaires ?

— Pas pour vous.

Et puis, elle part sans rien dire, aussi discrètement qu'elle est entrée dans le bureau, aussi silencieusement qu'elle est restée auprès de son frère. On dirait qu'elle ne touche pas le sol quand elle se déplace. Je ne sais pas si cette adolescente est d'un tempérament discret ou si c'est l'état de choc, mais elle frôle les murs, comme si elle voulait les garder à proximité de peur de tomber. J'en ai mal au cœur.

Guillaume lui aussi a observé sa démarche fragile avant de nous regarder droit dans les yeux, mon désarroi et moi.

— Tu veux faire quoi de plus ? T'es pas responsable de l'accident.

— Ça me fait de la peine quand même.

— Ça changera rien à la situation que tu aies de la peine.

— Elle est toute jeune, elle n'a que lui.

— Prends-la chez toi, alors.

— Tu connais Laurent !

— Tu as une autre solution ?

— Je suppose que quelqu'un en trouvera une pour elle.

— Alors, ça ne t'appartient plus. Arrête de te faire du mouron. Pour son frère, fais ton boulot, et vibre pour des choses positives, c'est pas bon, le mouron.

— Tu as raison.

— J'ai toujours raison.

Je le laisse y croire, mais Guillaume est bourré de contradictions. Ça l'arrange de penser qu'il a toujours raison, qu'il prend le bon chemin. Même si le chemin ne mène pas toujours où il veut, au moins, il avance.

Cher Toi,

Tu fais partie des quelques affaires que j'ai vite bourrées dans un sac avant de quitter l'appart. Heureusement que t'es là, sinon, je me sentirais trop seule ce soir. J'ai appelé Charlotte, mais à part me dire que si j'ai besoin d'elle je peux la joindre quand je veux, elle ne peut pas faire grand-chose pour moi.

Merde ! Putain ! Mon frère ! Je sais que c'était lui parce que j'ai vu le tatouage sur son épaule. Un V avec trois petites fleurs autour. V pour Vanessa. Il l'a fait faire il y a deux ans, quand on s'est engueulés et que je doutais de lui, que j'avais peur qu'il parte et qu'il m'oublie. Mais pour le reste... On aurait pu me vendre n'importe quel type. « Bonjour mademoiselle, voici votre frère », qu'ils auraient pu me dire en m'installant devant cette momie boursouflée.

Vive les tatouages !

Peut-être qu'après ça il sera enfin d'accord pour que je m'en fasse faire un. C'est vrai, quoi, ça peut servir, des fois qu'un jour je sois dans le même état.

Son chef, que je vois une fois par an à la fête de Noël de la caserne, m'attendait à la sortie du collège. Il était en tenue de pompier. Mes copines se sont demandé ce qui se passait. J'ai reçu au moins douze SMS pendant qu'il m'expliquait qu'il m'emmenait à l'hôpital parce que Roméo avait eu un accident. C'est pour ça qu'il n'a pas appelé hier soir. Pendant que mon frère était à l'hôpital entre la vie et la mort, moi, je bouffais tranquillement mes chips devant Grey's Anatomy. *Font chier, ils auraient pu m'appeler. Enfin, je peux pas non plus leur en vouloir, ils devaient avoir d'autres chats à fouetter, à l'hôpital, que de me prévenir.*

M. Klein ne m'a rien dit d'autre à propos de Roméo. Il ne l'avait pas revu non plus depuis l'accident. Sur le trajet pour l'hôpital, il m'a expliqué que j'allais vivre un peu chez eux, le temps que Roméo soit sur pied, que ça m'éviterait d'aller dans un foyer.

De toute façon, je n'y serais pas allée. Plutôt crever !

Quand nous sommes arrivés dans le service, j'ai eu envie de partir en courant. Une odeur trop bizarre, des bips dans tous les sens, et des malades qui ne bougent pas dans leur lit. J'ai suivi l'infirmière et quand je me suis retrouvée devant mon frère, j'ai eu envie de pleurer, mais rien ne venait. Trois mille choses sont passées dans ma tête pendant un moment. Mais une seule revenait tout le temps. Et s'il meurt ? Et s'il meurt ?

Je ferais quoi, moi, s'il mourait ? Je mourrais avec lui !!! À quoi bon rester, de toute façon ? Pour retourner dans un de ces foyers pourris où il faut obéir à des gens qui ne vous aiment pas ?

Je suis restée à côté de lui et je n'ai rien dit. J'ai juste pensé très fort qu'il devait vivre. Je me suis dit que si je ne pensais qu'à ça et à rien d'autre, il l'entendrait sûrement.

Il voulait peut-être que je lui parle, et moi je n'avais qu'une chose à lui dire :

« Débrouille-toi, mais ne meurs pas. »

L'impuissance absolue

Les choses me reviennent petit à petit. Quelques images que je raccorde à des bouts d'infos récoltées ici et là, ça finit par prendre forme et je commence à vraiment comprendre. Je me souviens du feu, du gosse que j'entendais là-haut, du noir, et des gens qui s'occupent de moi. Une chute du huitième étage, amortie par les arbres, qui m'ont cassé en mille morceaux.

Et je ne maîtrise plus rien.

J'ai conscience de ma chance d'être vivant. Mais je me demande si c'est finalement une chance vu l'état dans lequel je suppose que je suis. Il faut que je sois fort. Même si je ne maîtrise plus rien. Je contrôle au moins ma volonté de vivre. Pour Vanessa.

Je ne sais même pas où elle est. Si elle dort seule à la maison ou si quelqu'un s'occupe d'elle, si les services sociaux sont venus la chercher. Si elle m'en veut de la laisser ainsi.

Je ne sais pas non plus si le gosse est mort parce que j'ai eu le malheur de tomber. Je ne sais pas pourquoi je suis tombé.

Ma conscience est un gruyère plein de trous, avec des questions sans réponse.

J'aimerais qu'on m'explique.

On me prend en charge pour tout. Même pour ce qui n'appartient qu'à soi tellement c'est intime. C'est insupportable.

La vie continue en m'ayant mis entre parenthèses. Je veux savoir ce qui se passe hors des parenthèses. Je ne veux pas être trois points de suspension entre ces foutues parenthèses.

Je ne maîtrise plus rien, et ça me rend dingue. Pas l'habitude. Généralement, je maîtrise tout. Tout. Et c'est moi qui sauve les gens, pas le contraire.

Et là, l'impuissance absolue. L'homme fou amoureux devant une femme et qui n'y arrive pas. Je ne sais pas si j'étais fou amoureux de la vie, mais je suis face à elle et rien ne fonctionne.

Sauf ma volonté de vivre.

Alors je vais m'accrocher à ça, si toutefois j'y arrive. Parce qu'avec un doigt, je ne vais pas tenir très longtemps.

Petite main chez Chanel

J'ai dormi jusqu'à quinze heures. Enchaîner trois nuits de garde rend difficile le retour à un rythme de jour. Mais nous sommes samedi, et tous les samedis, je vais prendre le goûter avec ma grand-mère. Laurent n'aime pas que j'y aille, il ne l'apprécie pas. Seulement, comme il part faire du golf avec ses amis, je ne vais pas rester à l'attendre bêtement. Une douche rapide et je prends ma voiture pour la rejoindre. Les Alouettes. Tu parles d'un nom pour une maison de retraite. Un miroir aux alouettes, oui ! On vous présente le lieu comme un espace confortable et sécurisé pour les pensionnaires.

Matériellement peut-être.

Humainement, c'est une autre histoire.

Ça sent la tristesse quand on entre dans la salle de séjour. L'odeur âcre de la mort, dont l'antichambre est la vieillesse. On pose les vieux par-ci, par-là, pour qu'ils regardent le temps qui passe. S'ils peuvent encore voir. Quant à ceux qui n'entendent pas, ils ne ratent rien non plus, entre le sinistre tic-tac de la grande horloge murale et le bruit incessant de la télévision qui crache des séries américaines ineptes à longueur de journée. En être réduit à ça, vraiment…

Au milieu de tout cela, Malou, du haut de ses quatre-vingt-quatre ans, a décidé de ne pas se laisser abattre. Elle avait déménagé dans un petit appartement situé au-dessus du restaurant de mes parents quand mon grand-père est mort. Lorsqu'ils sont partis sur la Côte d'Azur pour couler une retraite tranquille, elle a préféré venir aux Alouettes. Pas question d'être un poids pour sa famille. Pas question non plus de se laisser mourir ici. Du moins pas dans l'immédiat. Alors elle sautille partout, aide le personnel à mettre la table, rit avec les infirmières, anime l'atelier peinture, chante aux fêtes de Noël, et accueille les nouveaux arrivants. Malou a toujours tout fait pour les autres. Toujours été présente et attentionnée. Le petit mot gentil, le service rendu, le sourire en bonus. Elle ne va pas s'arrêter en si bon chemin.

C'est ma grand-mère qui m'a élevée quand j'étais enfant, pendant que mes parents travaillaient. Un restaurant, c'est très prenant. Elle a passé sa retraite à s'occuper. Le jardin, des légumes magnifiques, les conserves, les confitures, la pâtisserie, les repas pour tout le monde, la couture, beaucoup de couture. J'ai appris des tonnes de choses avec Malou. J'ai appris surtout à les faire avec amour, « Parce que quoi qu'on dise, une soupe de légumes préparée avec amour a un autre goût que celle qu'on fait en ruminant ses soucis quotidiens », professe-t-elle !

Malou m'attend assise sur le banc à l'entrée du bâtiment, ses lunettes de soleil de star sur le nez. Celles que nous avons achetées ensemble l'année dernière quand elle me disait qu'elle voulait faire jeune. La taille incroyable des verres fumés cache une partie des rides de son visage. Effet liftant garanti. Son visage légèrement tourné vers le soleil lui donne des airs de starlette sur la Croisette. Une jambe repose sur l'autre, les mains sur le genou du dessus et le dos droit. Malou est très élégante. Elle l'a toujours été. Elle a passé plus de trente ans comme petite main chez Chanel à Paris, et n'est revenue en Alsace avec son mari qu'à l'heure de la retraite. Mais elle a continué à confectionner, pour elle, pour ses enfants, ses petits-enfants et à prendre soin d'elle.

Son rêve ? Me coudre ma robe de mariée. Encore faudrait-il que je me marie… Laurent ne veut pas pour l'instant. Il dit que c'est trop tôt. Un jour, ce sera trop tard, mais comment le lui faire entendre ?

Quand elle me voit arriver, elle me fait un petit signe gracieux de la main, façon Miss France. Elle me fait rire.

Une demi-heure plus tard, nous sommes assises dans un coin de sa pâtisserie préférée. Elle a commandé un thé vert au jasmin et un paris-brest. Comme d'habitude. Elle n'a jamais voulu me dire pourquoi elle choisit un paris-brest à chaque fois.

— Ils sont très bons ici.

Certes. Mais elle pourrait varier les plaisirs. Elle dit qu'elle a une tendresse particulière pour les paris-brest. Soit.

Je viens de porter ma tasse de café au bord de mes lèvres quand elle me dit :

— J'aimerais aller voir un sexologue.

Je manque avaler de travers. Mes yeux ronds suffisent à lui faire baisser les siens dans un léger sourire, presque coupable.

— Tu comprends, si jamais je rencontre quelqu'un, j'aimerais être heureuse de ce côté-là.

— Tu n'étais pas heureuse avec pépé ?

— …

Il aura fallu attendre toutes ces années pour qu'elle ose se confier. Je me prépare. Elle doit faire de même.

— Comment te dire ? Je n'ai jamais connu le 14 Juillet.

— Et tu penses qu'un sexologue t'aidera à vivre la fête nationale ?

Malou sourit en me regardant.

— J'espère bien. C'est quand même son métier. Mais je ne sais pas qui aller voir.

— Va voir une sage-femme.

— Une sage-femme ? À mon âge, j'ai peu de risques, tu sais.

— Elles sont aussi là pour ça.

— Pour quoi ?

— Pour t'apprendre à faire des feux d'artifice.

— Tu en connais une ?

— Oui, une en particulier.

Le temps de consulter l'annuaire sur mon portable, de noter l'adresse sur une page arrachée à mon petit calepin, elle a aussitôt empoché le bout de papier comme une gamine qui pique un bonbon. Ni vu ni connu.

Ma grand-mère de quatre-vingt-quatre ans va aller voir une sage-femme pour lui parler de sa sexualité parce qu'elle a envie de connaître le feu d'artifice avant la grande lumière. Eh bien ! si on m'avait dit qu'elle me parlerait de ça entre Paris et Brest, dans des odeur de jasmin, à la table d'une pâtisserie, j'aurais souri ! D'ailleurs, je souris. Après tout, elle a raison. Je ferais peut-être bien de l'accompagner et d'en profiter pour consulter moi aussi.

— Et tu ne veux pas me dire pourquoi tu prends toujours un paris-brest ?

— Je te le dirai, ma chérie. Laisse-moi le temps de cheminer. Brest est loin de Paris.

— C'est ton chemin de Compostelle à toi ?

— En quelque sorte.

À l'air libre

Quelques jours ont passé, je crois.

C'est elle. Je reconnais sa voix. Son parfum aussi, léger et fruité. Mes sens s'aiguisent, ça doit être bon signe. Ces quelques jours sans sentir sa présence m'ont paru longs. J'aurais aimé que ce soit ma petite sœur, mais c'est l'infirmière. La seule à me prendre la main avec cette tendresse en arrivant à mes côtés. Trois jours qu'elle n'était pas là. Je me sentais prêt à ouvrir les yeux et je n'en avais pas envie.

Elle fait ma toilette. Je déteste montrer ainsi mes parties intimes à quelqu'un que je ne connais pas. Je préférerais encore que ce soit un homme.

Dès qu'elle a fini, j'ouvre les yeux. À moins que je ne le fasse après la visite des médecins. C'est en sa présence que je veux me réveiller officiellement. Personne d'autre. C'est elle qui m'a aidé à tenir le coup, c'est logiquement en sa compagnie que j'ai envie de refaire surface.

Les médecins viennent de quitter la pièce. Elle est revenue à côté de moi, écrit quelque chose dans le dossier. J'entends le frottement du stylo sur le papier.

Puis elle le pose et approche la chaise près du lit et s'assoit en me prenant la main.

L'effort est énorme, j'ai l'impression d'avoir des paupières de plomb mais j'arrive à les soulever. J'avance doucement vers la lumière, qui est d'emblée très intense. Douloureuse. Comme un spéléologue qui ressort au grand jour, après avoir connu les profondeurs de la terre. Alors je garde les yeux entrouverts, l'espace d'une faille dans la roche. Juste assez pour l'apercevoir.

Je suis Jim, dans la ballade de Souchon.

Jimmy s'éveille dans l'air idéal
le paradis clair d'une chambre d'hôpital
L'infirmière est un ange et ses yeux sont verts.

Les siens sont bleus.

Elle me sourit.

Je ne peux pas, j'ai un tuyau dans la bouche. Même avec les yeux, je n'y arrive pas. Alors c'est l'intérieur qui sourit. Je suis soulagé de revenir à la réalité. Vivant. Ça y ressemble en tout cas. Vanessa peut compter sur moi. Je suis là. Enfin « là », façon de parler. J'ai encore le cœur qui bat. Pour le reste, il faudra sûrement du temps pour retrouver mes capacités fonctionnelles, cachées sous les bandes et les contusions, sous la douleur et les cicatrices.

— Bonjour, Roméo. Bienvenue parmi nous. Vous vous souvenez de mon prénom ? Je m'appelle Juliette. C'est drôle quand même, n'est-ce pas ? Ne vous inquiétez pas, vous ne pouvez pas parler parce que vous êtes intubé. Nous allons vous enlever ce tuyau rapidement. Pouvez-vous ouvrir et fermer les paupières ou voulez-vous me répondre avec le doigt ?

— …

— Ah, pardon, c'est une question ouverte. Voulez-vous continuer à utiliser votre index pour me dire oui ou non ?

(oui)

— Avez-vous mal ?

(oui)

— Je vais voir avec les médecins si on augmente la dose d'antalgiques. Êtes-vous prêt à être extubé ?

(oui)

— Avez-vous peur de quelque chose ?

(oui)

— De l'extubation ?

(non)

— De l'hôpital ?

(non)

— De moi ?

(non) (non) (non)

Elle marque un temps d'arrêt. Elle réfléchit. Réfléchit.

— De l'avenir ?

(oui)

— Ça va aller, me dit-elle en me reprenant la main et en me caressant la joue du revers de ses doigts.

Je sens une larme couler jusque dans mon oreille. Moi qui déteste avoir de l'eau dans les oreilles. Allez expliquer avec un index sur un drap qu'une larme a coulé dans votre conduit auditif et que vous détestez ça, et que vous lui seriez extrêmement reconnaissant de résoudre le problème d'une façon ou d'une autre. OK. Illusoire. Je vais la garder dans l'oreille, cette larme. Vous devez trouver bizarre que je m'arrête à ce genre de détail quand tout le reste de mon corps n'est que souffrance. Eh bien, justement, c'est la goutte qui fait déborder le vase.

Je suis dépendant de tout.

Soudain, je la vois approcher une compresse pour tamponner le pavillon de mon oreille. Cette femme est un ange.

Un ange aux yeux bleus. Qui repart.

Je referme les miens. De quoi reposer mes paupières quelques instants, ces lâches qui ont rapidement perdu l'habitude de travailler. Mais c'est pour mieux les ouvrir quand elle reviendra.

On va m'enlever cette canule de la gorge. Je pourrai enfin parler et dire tout ce que j'ai sur le cœur.

J'aimerais que Vanessa soit là. Elle n'est pas revenue depuis plusieurs jours. Je ne sais même pas pourquoi. Peut-être qu'elle a eu peur en me voyant comme ça. Ou qu'elle n'a pas envie. Peut-être qu'il lui est arrivé quelque chose.

Je ne peux même plus veiller sur elle. C'était bien la peine de faire toutes ces démarches quand elle était petite si je ne suis pas fichu de m'en occuper.

Deux médecins sont revenus avec Juliette.

J'aime bien qu'elle s'appelle Juliette. C'est drôle, en effet.

Elle rassemble le matériel. J'espère que c'est elle qui fera le geste. J'aurai confiance.

C'est elle.

Je me prépare. Ça ne doit pas être très agréable. Mais tellement libérateur.

Elle aspire ma salive et dégonfle le ballonnet. Puis tire rapidement sur le tuyau et applique immédiatement un masque sur mon visage. Je ne sais pas trop ce que je ressens. Un mélange de douleur et de soulagement. J'ai le sentiment de me retrouver, d'avoir gagné en autonomie. Je respire seul. Tu parles d'une autonomie ! Je respire seul, mais le reste… ?

Les médecins m'auscultent, scrutent le scope, vérifient les constantes. Je supporte bien la situation. En dehors de l'impression troublante et désagréable que la canule est toujours là. L'un d'eux dit que mes besoins en oxygène sont faibles et que je ne devrais pas avoir longtemps besoin de ce masque. Il signe un dernier document dans le dossier et quitte la chambre avec son collègue. J'essaie de parler sous le masque.

— Llggggsssss…

— Je n'ai pas compris, me dit-elle en levant légèrement l'embout en plastique qui me délivre l'oxygène.

— Gggggsssssss…

— C'est encore un peu difficile pour vous. Voulez-vous essayer d'écrire ? Si je vous donne un bloc-notes et un stylo ?

— Hhhmmm.

Je ne sais pas ce que je vais bien pouvoir obtenir comme résultat avec un stylo dans la main gauche, mais la main douée pour l'écriture est hors service, pas le choix.

Elle a déposé le bloc sous ma main et a glissé le stylo entre mes doigts. Je prends le temps nécessaire pour écrire le mot, sans le voir, puisque je n'arrive pas à redresser ma tête. Je lâche le stylo quand je pense avoir achevé mon message.

Juliette saisit alors le papier et le regarde attentivement en fronçant les sourcils.

— Le gosse ?

— Hmmm.

— Vous voulez savoir quelque chose à propos d'un gosse ? Quel gosse ?

— Hmmm.

— Vous avez un enfant ?

(non)

— C'était au moment de l'accident ?

— Hmmm.

— Voulez-vous que je fasse revenir votre chef ?

— Hmmm.

— Je m'en occupe. Reposez-vous maintenant. Vous avez fait beaucoup d'efforts pour quelqu'un qui revient d'aussi loin que vous.

J'aimerais ne jamais être parti.

J'essaie d'imprimer son visage au fond de moi. Comme il est étonnant de découvrir une personne sans la voir. La voix, le parfum, les gestes qui ont pris soin de moi. J'essayais d'imaginer ses traits mais comment cela pouvait-il être possible ? Aujourd'hui j'ai pu compléter le joli tableau avec des couleurs. Ses yeux, bleus. Ses pommettes, roses. Sa peau, blanche. Sa bouche, rouge très pâle. Ses cheveux, châtains.

Le son sans l'image ne me suffisait plus. Quand mes paupières ont bien voulu laisser à mes yeux le temps de s'accommoder à la lumière, j'ai pris le temps de la détailler, de l'apprendre par cœur, pour qu'elle reste en moi même après son départ du service.

Je ne suis pas déçu.

C'est déjà ça

— T'arrives à parler ?

— Un peu…

— Putain, tu nous as fait une de ces peurs… T'es tiré d'affaire, qu'elle dit, l'infirmière ?

— Chais pas.

— Enfin, tu vas pas mourir, je veux dire. Pour te remettre sur pied, tu prendras le temps qu'il faut, et puis voilà.

— Le goche…

— Le goche ?

— Le gamin…

— Quel gamin ?

— Le feu.

— Tu veux savoir si le gosse qui était dans l'appartement s'en est sorti ?

— Oui.

J'ai machinalement tapoté deux fois sur le matelas en même temps que mes cordes vocales sortaient le son. La mémoire du corps.

— Il s'en est tiré. Sérieusement touché, mais vivant. Il est encore à l'hosto. Ici d'ailleurs. Quand t'as volé dans les airs à cause de cette bouteille de gaz qui a

68

explosé, deux autres gars ont pu entrer dans l'appartement. C'est toi qui as tout pris. Heureusement que t'avais l'ARI, l'air comprimé a sauvé tes alvéoles. Sans le masque tes poumons seraient morts, et toi avec ! Le souffle de l'explosion a éteint une partie de l'incendie. Ils ont pu évacuer le gosse. Je ne sais pas trop comment, j'étais avec toi. Putain, Roméo, j'ai cru que j'avais perdu un de mes hommes en te voyant valser comme ça dans les arbres. Tu nous as tous fichu la trouille.

— Vanecha ?

— Vanessa ?

— Oui.

— On l'a prise chez nous. Elle ne pouvait pas rester toute seule dans l'appartement, tu penses bien.

— Va bien ?

— Ça va. Elle a râlé que je l'emmène et que je ne lui laisse pas le choix, et c'est un peu tendu avec Solange. Tu connais ma femme. Elle est un peu à cheval sur les principes. Alors une adolescente comme ta sœur à la maison… Mais on va s'y faire.

— Vient quand ?

— Je te la ramène demain. Elle voulait pas revenir tant que t'étais pas réveillé. Ça l'a secouée, tout ça. Elle n'a pas dit grand-chose depuis qu'on est venus. Demain, promis.

— Merchi.

— Elles sont gentilles, les infirmières ?

— Oui.

— C'est déjà ça, hein ?

Oui. C'est déjà ça…

Pour une bière

Il est rentré en claquant la porte.

Quand la soirée commence comme ça, elle s'achève rarement sous de bons auspices. J'avais préparé un dîner simple et la table était prête. Il m'a embrassée avant d'aller ouvrir le frigo.

— Comment ça va, ma chérie ?

— Ça va. On a des cas lourds au boulot, mais c'est intéressant.

— Il n'y a plus de bière ?

— Non, je n'ai pas eu le temps de passer faire des courses.

— Tu ne penses vraiment qu'à toi, à ton travail, à tes patients.

— Excuse-moi. Je ferai attention la prochaine fois.

— J'ai eu une journée compliquée aujourd'hui. Je ne peux compter sur personne, je dois tout faire à l'agence, je suis entouré d'incapables. Je voulais boire une bonne bière fraîche en rentrant et il n'y en a plus.

— Tu veux que j'aille en acheter à l'épicerie en bas ? Elle est ouverte jusqu'à vingt heures.

— Non, c'est bon, je vais prendre autre chose.

La soirée s'est achevée dans une étreinte rapide, sommaire et brutale. J'avais l'impression qu'il voulait se défouler, et qu'il pensait encore à sa bière qu'il n'avait pas pu boire.

Quand je lui dis de faire plus doucement, il me dit que je suis coincée.

Il a peut-être raison. Mais comment savoir ? Certains actes qu'il me demande me déplaisent, mais il m'assure que toutes les autres le font, et le font très bien. Malou me dit que dans la vie il ne faut jamais se forcer à faire des choses qui nous déplaisent. Mais si je ne les fais pas, je ne vais plus lui plaire. Des filles comme moi, il en trouverait à la pelle, il me le dit sans arrêt. Je ne veux pas qu'il me quitte.

Alors je me force parfois.

Marre

Ma diction s'améliore de jour en jour. La mâchoire n'était pas cassée, seulement des hématomes qui se résorbent peu à peu et le fantôme de la canule dans la gorge a fini par disparaître.

Vanessa est venue me voir. Elle semble soulagée que je sois vivant. Cela dit, mieux je vais, plus elle retrouve son caractère d'avant. Son mutisme, probablement lié au choc de m'avoir vu dans cet état-là, et surtout dans le coma, a laissé place à son caractère de cochon. Cette gamine est, c'est selon, un amour de bonbon rose dégoulinant ou une teigne acharnée. Il y a rarement un juste milieu dans son attitude. Il faut avouer que l'idée est assez déstabilisante pour qui ne la connaît pas, alors j'imagine avec Solange. Moi, je sais comment faire. Il ne faut céder ni quand elle est teigne ni quand elle est bonbon. Elle a besoin de repères, de règles, de rigueur. Et d'amour. Tout ce dont elle a manqué avec les parents que nous avons eus. J'essaie de compenser, de réparer, en suivant les conseils de la psychologue qu'on nous a fait rencontrer quand j'ai obtenu sa garde. Une chouette fille. Jeune, dynamique, passionnée. Mon genre. Mais mariée, et enceinte jusqu'aux dents. J'ai le chic pour tomber amoureux de femmes qui le sont déjà d'un autre.

Carine était libre. L'exception. Et elle s'en va.

Je suis maudit.

J'ai réussi à avoir le planning de Juliette. Elle me l'a même accroché près du lit. J'ai dû négocier âprement, mais elle a fini par me noter ses jours de présence sur un petit calendrier. Ça m'aide à tenir lors des gardes où l'infirmière est moins agréable, ou l'aide-soignante odieuse. Il y en a. Juliette se comporte toujours de manière bienveillante avec moi. Elle sait dire les mots justes, ceux qui vont me rassurer et m'encourager. Quand on vit une chose pareille, si on n'a pas une branche à laquelle s'accrocher, on sombre dans les sables mouvants. Rien ne vous retient. Juste un fil. Elle semble fragile, elle aussi, mais plus solide que moi, de toute façon. Moi qui suis censé protéger la population du feu, des accidents, des chutes en montagne, des guêpes, je m'agrippe à une petite infirmière gentille pour qu'elle me protège. Le monde à l'envers.

Marre.

Mon Toi,

Il y a un seul avantage à ce que mon frère soit dans cet état, il ne pourra pas me punir quand il apprendra la nouvelle. Bien sûr que j'aurais préféré qu'il me punisse. Même sans télé pendant un an, et sans téléphone pendant une semaine, j'aurais préféré.

Je m'en veux, il souffre déjà et je vais en rajouter une couche. Vu son état, il ne pourra rien faire contre moi. Le problème, c'est qu'il ne pourra rien faire pour moi non plus. Et là, je suis carrément dans la merde.

Ça me fait de la peine de le voir comme ça. Je suis soulagée qu'il soit vivant, mais je ne sais pas combien de temps il restera dans cet hôpital ni si nous retrouverons notre vie d'avant.

Pourquoi on m'envoie toutes ces choses à vivre ?

J'ai fait quoi de si grave dans une autre vie pour payer autant dans celle-ci ?

J'espère que la prochaine sera meilleure.

Victime

Il n'a pas l'air en grande forme ce matin. Un coup de mou probablement. Ça leur arrive. Quand ils ont particulièrement conscience de ce qui leur arrive. Qu'ils se demandent comment ils sortiront de là. Dans quel état, avec quelles séquelles. Il peut bouger la tête. Se redresser légèrement. Il n'a pas encore vu son corps, mais ne va pas tarder à me le demander. Je le sais, ils passent tous par cette phase-là. Je ne suis pas en grande forme non plus. Les traitements me filent la nausée. J'ai pris trois kilos, je dors mal, la tête près d'exploser et des bouffées de chaleur.

Ambiance…

— Bonjour, Roméo. Ça n'a pas l'air d'aller ce matin ?

— Ça pourrait être mieux.

— Qu'est-ce qui ne va pas ?

— Tout. Rien. Qu'est-ce qui peut bien aller dans ma situation ?

— De voir votre petite sœur ?

— Ma petite sœur ne reste jamais très longtemps.

— De me voir moi ?

J'essaie de détendre l'atmosphère.

— C'est bien la seule chose qui m'aide, dit-il en me regardant droit dans les yeux.

Je détourne les miens.

— Il faut que nous fassions la toilette.

De quoi retendre l'atmosphère…

— Je veux voir à quoi je ressemble. Que vous me redressiez et que je me rende compte de l'étendue des dégâts.

Nous y voilà…

— Je ne suis pas sûre que ce soit une bonne idée.

— Ça changera quoi ?

— Votre vision des choses.

— C'est catastrophique à ce point ?

— Non, mais ça peut vous faire peur.

— J'en ai vu d'autres. Des corps en morceaux après un suicide ferroviaire, des accidents de la route et des grands brûlés…

— C'étaient les autres. Pas votre propre corps.

— Je m'en fiche, montrez-moi. Soulevez le drap, s'il vous plaît.

Je soulève. J'observe sa réaction. Je m'y attendais. Il me regarde, désemparé. Pourquoi ça tombe sur moi ? Voilà, à force d'être gentille, ils s'attachent et me demandent de les accompagner dans les pires moments. C'est bien fait pour ta pomme. Aucun patient ne demande jamais rien aux collègues antipathiques.

— Pourquoi c'est noir comme ça ??? s'affole-t-il.

— C'est un hématome au niveau du bassin. Impressionnant mais pas si grave. Tout cela va se résorber.

— Je suis noir du nombril jusqu'aux cuisses et vous me dites que ce n'est pas grave ? Vous vous foutez de moi ?

— Non, Roméo, je ne me le permettrais pas. Je connais mon travail. Je vous dis que l'hématome va se résorber.

— Et tout fonctionnera normalement ?

— J'espère. C'est un peu tôt pour le dire. Mais je pense que oui.

— De toute façon, à quoi bon, qui voudra encore de moi comme ça ?

— Ne dites pas des choses pareilles, vous n'en savez rien.

— Vous le savez, vous ?

— Non. On ne sait rien de l'avenir.

— J'aimerais voir mon visage.

— Alors ça, c'est une très mauvaise idée.

— S'il vous plaît.

— Je persiste à dire que c'est une mauvaise idée.

— J'assume.

— Comme vous voudrez. Je vais chercher un miroir.

J'en profite pour dire à ma collègue que je vais être prise un moment avec mon patient, je sens qu'il faudra que je m'assoie et que je lui prenne la main pour qu'il ne flanche pas. Je pourrais ne pas aller lui chercher de miroir, lui dire non, tout simplement, pour le protéger, mais s'il insiste ainsi, c'est qu'il a besoin de savoir.

Soit.

Ça reste une mauvaise idée.

J'hésite un instant, je sais que ce spectacle va lui faire l'effet d'une gifle. D'une très grosse gifle. J'opterais même pour le coup de poing. Ça va l'assommer, en fait. Il me regarde, déterminé. Alors je soulève le miroir en lui prenant la main. Il se regarde quelques secondes puis serre ma main un instant, avant de me regarder à nouveau, et de grimacer comme il peut pour ravaler son sanglot. Son menton tremble de plus en plus, et la grimace s'accentue. Il n'arrive pas à retenir ses larmes.

— Pleurez, Roméo, vous avez le droit.

— De quel Roméo vous parlez ? Je ne vois qu'un monstre dans le miroir. Je comprends que ma sœur ne vienne pas tous les jours. Elle doit vomir en sortant d'ici. Hein ? Elle vomit ?

— Ça y est ? Vous avez fini ? Votre sœur vous regarde au fond des yeux. Je lui ai dit que ça se remettrait. Que c'était une question de temps, mais que le corps humain a cette fantastique capacité à se reconstituer.

— Je ne vous crois pas.

— On parie ?

— On parie quoi ?

— Un dîner quand vous aurez admis que j'avais raison.

— Vous ne prenez pas trop de risques.

— Vous, si ! D'être obligé d'admettre un jour que j'avais raison. Et ça, je vous préviens, ça va être difficile à avaler. Plus qu'une canule d'intubation !

— J'aimerais vraiment pouvoir.

— Vous pourrez.

— Pourquoi je suis comme ça ?

— La chute, les multiples contusions, les branches, l'arrivée au sol. Vous n'auriez pas dû survivre. Prenez ça comme une chance.

— Je ne sais pas comment je dois prendre ça. C'est une chance d'être dans cet état ?

— C'est une chance d'être vivant, non ?

— Pas toujours, non. Pour ne plus pouvoir faire mon métier, peut-être ne plus pouvoir m'occuper de ma petite sœur ? Vivre seul le restant de ma vie, avec des séquelles irréversibles.

Là, il m'énerve. Ce n'est pas comme ça qu'il s'en sortira. Le plaindre ne servira à rien. Certains patients ont besoin qu'on les secoue. Je m'apprête à remuer le shaker.

— Je vous laisse finir vos jérémiades, ou bien… ?

— …

— Arrêtez de vous poser en victime. Oui, vous l'avez été, d'un terrible accident, mais ce n'est pas en vous vautrant dans ce statut de victime que vous vous en sortirez. Qui viendra vous plaindre ? Personne. Parce que ça n'avance à rien. Les autres aiment les gens positifs et joyeux, parce que les gens positifs et joyeux leur font du bien. Ceux qui se plaignent sans arrêt ne font pas de bien. Ils ne font pas de mal mais ils ne font pas de bien. Votre accident a eu lieu, on n'y peut rien, c'est fait. Et si j'ai bien compris, le gosse a été sauvé, et c'est aussi un peu grâce à vous. Alors, aujourd'hui, vous pouvez choisir de vous battre et de remonter la pente, de reprendre goût aux petits plaisirs de la vie, en acceptant tout le reste qui ne vous convient pas mais qui en fait partie. De toute façon, avez-vous le choix ? Non ! Ah, si, pardon, vous pourriez vous foutre en l'air. Oui, mais il y a Vanessa. Donc, vous n'avez pas le choix. Alors, à quoi bon vous lamenter ? Vous avez tous les outils en main pour progresser, vous ne pouvez que progresser, alors progressez ! Et ce sera d'autant plus efficace que vous serez positif. Quand je prends ma garde, j'ai envie que vous me fassiez un sourire, que vous me parliez des progrès que vous avez faits, de ceux que vous espérez faire le lendemain, et aussi de quelques, disons trois, jolis moments que vous retenez de la journée passée, il y en a forcément, et de vous contenter de cela. Dans quelques jours, vous allez être transféré en traumatologie. Cela signifie que vous êtes tiré d'affaire. C'est plutôt une bonne nouvelle pour vous, non ? Il se trouve que dans une semaine, je suis affectée dans le service où vous serez, je ne fais que des remplacements. Je ne sais pas si c'est une bonne ou une mauvaise nouvelle. Tout dépendra de vous et de la façon dont vous aurez décidé de voir les choses. Vous pouvez choisir de me pourrir mes journées de travail en transpirant l'envie de mourir ou de les égayer en rayonnant l'envie de vivre et de revivre. *Up to you !* Sur ce, mes collègues m'attendent pour les transmissions. Bonne nuit. À bientôt. J'ai deux jours de récup. Ça vous laissera le temps de réfléchir.

Une vie bien rangée

Elle m'a laissé en plan, après m'avoir lancé un regard rageur. Je crois que je l'ai énervée. Je ne sais pas si elle est comme ça avec tous les patients, mais on a intérêt à filer droit dans l'optimisme. J'en suis resté bouche bée quelques instants. Je l'ai trouvée dure. Dans ma situation, que faire d'autre que de me plaindre ? Il ne me reste rien. Ma copine est partie, je suis en mille morceaux, ma sœur est en rade chez mon chef, je ne sais même pas s'il sera encore mon chef, et je devrais sauter au plafond de connaître cette incommensurable joie d'être en vie ? Mais elle, elle mène sûrement une existence bien rangée, bien tranquille, sans grand risque, avec un mari charmant, des enfants polis, une maison bien entretenue et des fêtes de famille en famille.

Alors, de quel droit elle ose me dire quoi faire, quoi penser et quoi ressentir ? Elle n'est pas à ma place. Personne n'est à ma place. Même moi, je ne suis plus à ma place.

Être joyeux au milieu de tout cela ?

La bonne blague.

Une tarte aux pommes

Rendez-vous avec Malou. Laurent est parti en congrès.

C'est toujours difficile quand il s'absente, car il m'envoie inlassablement des messages pour me dire que je lui manque, que j'aurais dû venir avec lui. Mais je connais la tournure que prennent à chaque fois ce genre de rencontres. Quand Laurent est en réunion, je fais passer le temps, et le soir au dîner, je dois faire bonne figure aux yeux des grands patrons de la banque.

Très peu pour moi.

Cependant, il me reproche d'être une des seules épouses à ne pas venir, le faisant passer pour l'homme esseulé dont la compagne ne s'occupe pas. Je suis fatiguée par mon travail. Je ne peux pas rajouter ce genre de week-ends sur mes journées de récupération. Il m'a déjà proposé de quitter mon boulot. Son salaire suffit largement à nous faire vivre confortablement, mais j'aime ce métier. Les pâtisseries de Guillaume aussi. Et puis, je m'ennuierais à la maison.

Malou m'a donné rendez-vous à la pâtisserie. Elle arrive, pimpante comme toujours.

— Comment tu vas ? me demande-t-elle, souriante.

— Je vais.

— Ah. Ça veut tout dire, constate-t-elle en ne souriant plus.

Je lui raconte mes états d'âme du moment. Les traitements difficiles à supporter, Laurent qui ne semble pas prendre beaucoup de plaisir à m'accompagner dans ce parcours. Comme si je le faisais exprès.

Ça fait trois ans que nous essayons d'avoir un enfant. Un an que nous cherchons ce qui ne fonctionne pas. Il a eu du mal à admettre l'idée d'aller consulter. Pour lui, c'est de ma faute.

C'est de ma faute. Il me le rappelle régulièrement quand je lui reproche de ne pas faire beaucoup d'efforts.

C'est surtout de ma faute d'avoir autant envie d'un bébé. C'est comme ça. Si je baisse les bras maintenant, nous n'y arriverons jamais. Avoir démarré le traitement maintenant alors que mon planning est surchargé n'était peut-être pas une bonne idée, mais je n'ai pas le choix. Si je repousse trop l'échéance, je tombe dans les limites d'âge.

À l'époque de Malou, tout cela n'existait pas. À l'époque de Malou, c'était plutôt l'inverse qui posait problème. En avoir alors qu'on n'en voulait pas.

Et puis, je lui parle de ce patient qui m'émeut. Ce patient qui m'inquiète. Parce que j'aimerais qu'il aille bien, et qu'il part de sacrément loin. Fauché à l'âge de tous les possibles. À terre, le cheval fougueux. Je me dis que j'y suis peut-être allée un peu fort en voulant le secouer. Mais les plaindre ne fait rien avancer.

— Un pompier qui tombe du huitième étage a de quoi craindre pour son avenir. Tu lui as dit gentiment ? me demande Malou.

— Non, je ne crois pas.

— Tu te rattraperas… en souriant, ça passe toujours.

— Vraiment ?

— Si le sourire est sincère, oui.

— Je t'ai dit qu'il s'appelait Roméo ?

De la voir partir

Je ne l'ai pas entendue arriver. Je somnolais pour oublier un peu la douleur. Les antalgiques ne la couvrent pas toujours. Cela dit, je crois que je finis par m'habituer. Comme le bruit du train pour les riverains près d'une voie ferrée. C'est seulement quand ils sont fatigués ou quand ils ont le moral en berne qu'ils entendent de nouveau les locomotives passer.

Et puis, je m'ennuie à mourir. Le sommeil fait passer le temps. J'ai l'impression d'être un chien qui roupille la journée entière dans son panier en attendant son maître.

Je ne sais pas qui j'attends. Et je ne remue plus la queue.

Vanessa, je ne l'espérais plus. Elle est là. Elle me sourit même. Quel honneur. Soit elle a quelque chose à me demander, soit elle a quand même une once de compassion à mon égard.

— Salut, p'tite sœur.

— 'lut.

— Ça va ?

— C'est à toi qu'il faut demander ça.

— Moi, ça va. Je suis en pleine forme, dis-je avec ironie. Mais tu es venue me voir, alors je me sens déjà mieux. Ça se passe bien chez mon chef ?

— On fait aller. Solange est vraiment saoulante. J'ai rien le droit de faire. Faut que je mette les patins en arrivant sur le parquet dans ma chambre. Des patins, j'avais jamais vu un truc pareil. Elle est maniaque. C'est chiant.

— Un peu de bienveillance, Vanessa. Ils t'évitent de partir en foyer, tu aurais préféré ?

— Non.

— Bon.

— Mais elle a rien d'autre dans la vie que le brillant de son parquet ?

— Peut-être pas.

— Achève-moi avant que je devienne comme ça.

— Tu seras jamais maniaque du ménage. Il faut quelques bases solides avant d'en arriver là…

— Pffff !

— Bon, sinon ?

— Sinon quoi ?

— Quoi de neuf ?

— J'ai eu 10 en maths. C'est bien, hein ?

— Pas mal. Tu peux faire mieux.

— On peut toujours faire mieux. J'ai la moyenne, ça suffit, non ?

— Ne te contente pas d'être moyenne.

— Sinon, je suis allée voir pépé.

— Tu lui as dit pour moi ?

— Non !!! T'es fou, j'ai pas envie qu'il me claque entre les doigts.

— Il faudra bien.

— Qu'il claque ?

86

— Lui dire !!! Il va demander pourquoi je ne viens plus le voir. Tu peux lui expliquer. T'es pas obligée de lui raconter les détails. De toute façon, il ne viendra pas me voir. On peut inventer ce qu'on veut.

— OK. Je lui dirai la prochaine fois.

— Et comment il va ?

— Il va comme un vieux dans une maison de vieux.

— Il a besoin de quelque chose ?

— Un paquet d'Amsterdamer et du papier à cigarettes.

— Tu voudras bien lui en acheter ?

— J'ai pas le droit. Tu sais bien que le buraliste n'en donne qu'à toi.

— Prends-moi en photo et dis-lui que pour que je passe dans les prochains temps, c'est un peu compromis. Ou demande à mon chef. Pour les sous, comment tu fais ?

— J'ai plus rien. Tu devais passer en chercher en rentrant de ta garde.

— Demande-lui de venir, il faut qu'on fasse des papiers.

— Quels papiers ?

— Des procurations. Je ne peux pas bouger de ce lit, il faut bien que quelqu'un gère notre vie.

— Parce que tu comptes rester longtemps ici ?

— Vanessa, j'en ai pour des semaines, peut-être des mois.

— Des mois ??? Mais moi, je vais pas rester des mois sur des patins !!!

— Tu as une autre idée ?

— Je peux me débrouiller toute seule, à l'appart.

— Hors de question.

— Pourquoi ?

— Parce que tu es trop jeune.

— Je suis toujours trop jeune pour toi. J'ai quatorze ans, je te signale.

— Quatorze ans, ce n'est pas un âge pour vivre seule. Tu restes chez Christian et Solange, patins ou pas patins, ou c'est le foyer.

— Tu fais chier.

— Je sais, mais c'est comme ça.

Et puis, elle est partie sans dire un mot.

J'ai eu mal. Surtout de ne pas pouvoir me lever de ce lit et la rattraper dans le couloir. La prendre par l'épaule pour la retenir, et dans mes bras pour la contenir. En mode teigne, elle explose et ne se contrôle pas. Il n'y a qu'en la serrant fort et en lui disant des mots doux que j'arrive à l'apaiser, doucement. Et encore, parfois c'est long.

Je ne sais pas où elle est partie. Elle pourrait faire n'importe quoi, je n'en aurais aucune idée, et surtout, je ne pourrais pas l'en empêcher. J'ai conscience qu'elle devient autonome, que je dois lâcher du lest, mais pas autant qu'elle voudrait, pas en ce moment, pas dans cette période difficile pour elle.

De la voir partir comme ça en me laissant cloué sur mon lit m'a fichu par terre. L'aide-soignante est entrée à ce moment-là pour changer la poche à urine. Elle a commencé à me prendre la tête parce qu'elle était trop pleine et que j'aurais dû sonner avant. Ça fait un moment que je rêve de lui dire ce que je pense, à cette espèce de Rocky du service, le regard bovin et la douceur d'un bûcheron. J'ai hurlé qu'elle me foute la paix, tellement fort que l'infirmière de jour est arrivée en courant. Je quitte le service tout à l'heure. Tant mieux, je ne la verrai plus. Il y a des monstres partout, mais quand on est au plus bas, on ne devrait pas avoir à les croiser.

Mon petit Toi chéri,

J'en ai marre. Personne ne croit en moi. Ils pensent tous que je suis une ratée. On me demande toujours plus. Bien travailler en classe et aller là où on me dit d'aller, enfiler des patins et me tenir droite à table. Je ne suis pas près de me refaire un plateau télé devant Grey's Anatomy. *Enfin, faut pas croire, c'est pas mes parents. OK, ils sont cool de m'accueillir pour m'éviter le foyer, mais j'ai aucun compte à leur rendre. À mon frère, si, parce que c'est la condition pour qu'il me garde. Mais là, ça fausse tout. Des mois ??!! Comment je vais tenir des mois ??? Et maintenant, j'ai ce problème de plus à gérer. J'ai encore une ou deux semaines, mais il faudra bien que je lui en parle. Je vais attendre qu'il aille un peu mieux.*

Des fois, j'aimerais être déjà adulte. Ou ne plus être là du tout. J'hésite.

Vide !

Cela fait quatre heures que j'attends Laurent.

Il est midi et je l'attends encore. Il m'avait promis qu'il serait là. Il m'avait assuré qu'il pourrait se libérer. J'ai appelé vingt fois sur son portable, et à chaque fois je suis tombée sur le répondeur.

Il n'est pas venu pour le prélèvement. La sage-femme est désolée pour moi, elle me regarde avec un petit sourire gêné comme si elle s'excusait de la situation. Elle me promet qu'elle essaiera de m'intégrer le plus rapidement possible dans un nouveau cycle, mais sans rien me garantir. Parfois, il faut attendre six mois. J'ai fait tout ça pour rien. La fatigue, les piqûres, les hormones, les effets secondaires. Pour rien.

Quand j'arrive devant son agence, je prends une grande inspiration. Sa voiture est garée dans la cour. Il est donc là. Je me dirige vers son bureau d'un pas déterminé en ignorant les récriminations d'une employée qui essaie de m'empêcher d'entrer dans son bureau, et j'ai devant moi le spectacle que j'attendais. J'ai travaillé toute la nuit. De l'hôpital, je suis partie directement au laboratoire, on avait rendez-vous là-bas pour mettre notre avenir entre les mains de grands spécialistes, et monsieur est en réunion avec quelques collègues.

— Pourquoi t'es pas venu ?

— Juliette, je suis en réunion, tu ne peux pas me déranger comme ça !

— Je m'en fiche de ta réunion, tu m'avais promis que tu viendrais.

— Que je viendrais où ?

— En PMA !

— C'était aujourd'hui ?

— Oui, c'était aujourd'hui. Et à cause de toi, ça ne pourra se refaire que dans six mois. Comment tu peux avoir oublié ? Des fois, je me demande si tu le veux vraiment, ce bébé.

Je ne regarde même pas ses collègues, mais je me sens observée. Laurent échange des sourires avec eux, comme s'il se moquait de moi.

— Nous avions des choses importantes à voir.

— Et moi, je suis pas importante, moi ? Et le bébé, c'est pas important ?

— Il y a des priorités dans la vie. Alors maintenant, tu vas te retourner, et fermer cette porte derrière toi pour nous laisser tranquilles. Tu n'as rien à faire ici. Je te rappelle que c'est de ta faute si on doit faire tout ça. Et je t'avais dit de me le rappeler.

— J'ai appelé vingt fois sur ton portable, mais s'il est éteint, il y a peu de chances pour que j'arrive à le faire sonner.

— Je l'éteins toujours en réunion.

— Tu n'étais pas censé être en réunion.

Il se lève de sa chaise en frappant du plat des mains sur la table – ce qui fait sursauter la seule femme de l'assemblée, assise à côté de lui –, s'approche de moi et me saisit fermement le bras en me poussant dans une autre pièce.

— Excusez-moi, je reviens tout de suite. Elle est un peu hystérique, par moments, mais elle est gentille. Les traitements lui montent sûrement à la tête.

Je jette un regard à sa collègue, qui semble gênée par la scène mais n'ose pas réagir au milieu de ces hommes qui affichent un sourire bête et approbateur. Je me sens humiliée dans ma peine. Double peine.

— On va recommencer, c'est pas si grave que ça, me dit-il à voix basse.

— Oui, dans six mois, quand les autres couples, ceux qui ont fait sérieusement les choses, ceux qui sont assidus aux rendez-vous, auront réussi. Et moi, pendant ce temps, je vieillis, je perds des chances, je vois les gros ventres dans la rue et je me sens vide. VIDE !!!

— C'est pas une raison pour te croire tout permis et faire irruption comme ça dans mon bureau. Et si ça te plaît pas, moi, j'arrête tout. Alors cesse de pleurnicher et rentre à la maison. On en parlera ce soir. Et n'oublie pas de faire les courses, le frigo est vide, lui aussi !

Il me fait sortir par une autre porte, et je l'entends lancer à la cantonade que les femmes sont vraiment difficiles à vivre, avec leurs hormones et leurs émotions, à quoi l'assemblée répond par des ricanements. L'employée doit sourire, elle aussi, et faire semblant de trouver ça drôle pour ne pas passer également pour une femme pleine d'hormones et d'émotions, parce qu'il faut être fort dans ce monde de requins qui se fichent de savoir ce que ressentent les autres.

J'ai envie de changer d'air. Je vais voir Malou. Elle me remplit de tendresse et de gentillesse, elle.

Manque

Trois jours qu'elle n'est pas venue.

Elle me manque. Je ne sais pas où elle est ni ce qu'elle fait. Je ne sais pas si elle est encore vivante, si elle se lève le matin et si elle se couche le soir. Je ne sais rien et elle me manque. Mais je la connais, elle est capable d'hiberner dans la grotte de sa rancœur et de se réveiller plus tard, comme si tout allait bien.

Elle me manque.

Ma petite sœur est ma raison de vivre, mon carburant, ma motivation permanente. Je ne devrais pas. Je devrais être ma propre raison de vivre. Mais c'est comme ça. Avec Vanessa, je sais pourquoi j'existe. Sauf en ce moment. À part des ennuis, je ne lui apporte rien.

Elle m'inquiète parfois. Elle dit que personne ne l'aime, qu'elle ferait mieux d'être morte, ou, mieux, de ne jamais être née. J'ai beau lui dire que je l'aime, elle me rétorque qu'entre frère et sœur, ça vaut rien.

Pour moi, ça vaut cher. Ça vaut tout, même. Je continue à lui dire, elle l'entendra bien un jour.

D'ici quelque temps, je devrais pouvoir à nouveau me servir de mon téléphone. Pour l'instant, je suis encore dans une immobilité quasi totale. Chaque petit mouvement supplémentaire acquis est une victoire. Je le prends comme tel, depuis que je me suis fait remonter les bretelles par Juliette, qui me trouvait trop négatif.

Dont acte.

Mais parfois, c'est insoutenable de prendre du recul et de voir le peu de choses que je suis capable de faire. À part penser et ressentir, tout le reste est bridé. Alors je pense et je ressens trois fois plus fort, pour compenser.

Elle me manque.

Elles me manquent.

Malou et le malheur des gens

En entrant dans le réfectoire, Malou remarque immédiatement l'infirmière qui s'est accroupie près du vieil homme, installé un peu à l'écart. Elle lui prend la main. Il semble pleurer, mais fait tout pour ne pas le montrer, à grimacer et à se frotter maladroitement les yeux du revers de la manche.

Malou et le malheur des gens. Toujours ce besoin d'essayer de l'apaiser. Alors elle s'approche discrètement en attrapant une revue au passage et va s'asseoir le plus près possible du monsieur. L'air de rien. Envie de tout savoir.

— Qu'est-ce qui vous arrive ? demande l'infirmière.

— Je viens d'apprendre une mauvaise nouvelle.

— Dites-moi ?

— C'est mon arrière-petit-fils. Il est pompier. Il est tombé du huitième étage.

— Il s'en est tiré ?

— Oui, mais apparemment dans un sale état. Ses jours ne sont plus en danger, mais comment il va s'en sortir ?

— Ça va aller. Ayez confiance. Il aurait pu mourir.

L'infirmière est alors interrompue par une collègue qui a besoin de son aide urgente. La chaleur d'une main tendue ne dure jamais bien longtemps quand le personnel est en sous-effectif.

Qu'à cela ne tienne, Malou aussi a les mains chaudes. Elle repose négligemment la revue qu'elle n'a de toute façon pas lue, et attend que l'infirmière ait quitté la pièce pour approcher une chaise de celle de l'homme.

— J'ai entendu par inadvertance un bout de votre conversation. J'ai vu que vous sembliez triste. Je suis désolée pour votre garçon. Dites-moi, il ne s'appelle pas Roméo par hasard ?

Free hug

Quand je suis revenue pour ma garde de nuit, après deux jours de repos, j'ai eu deux bonnes surprises. La première, c'est que je suis de garde avec Guillaume, qui a remplacé au pied levé une collègue souffrante et qui, bien que prévenu à dix-huit heures, a quand même réussi à apporter des pâtisseries. Il passe son temps dans sa cuisine, même les jours de repos. Surtout les jours de repos, probablement.

L'autre bonne surprise c'est quand je suis allée dire bonjour à Roméo et que je l'ai vu sourire. Il a dû réfléchir, gamberger, comprendre, progresser. Il part demain. Nous serons quelques jours sans nous voir, après quoi je devrais le retrouver en traumatologie, en espérant qu'il n'ait aucune complication de santé risquant de l'envoyer dans un autre service. J'ai fini par m'attacher à lui.

— C'est pas bien et tu le sais !

— Guillaume, je sais. Mais comment fais-tu, toi, pour aller à l'encontre de ce que tu ressens ?

— Je ne ressens pas, ça évite de lutter.

— Je ne te crois pas.

— Je me raisonne.

— Alors dis-moi comment.

— Ça ne s'explique pas. Mais je n'aime pas m'attacher. Quand on s'attache, forcément on se détache, et c'est souvent douloureux.

— On peut s'attacher à quelqu'un sans avoir à souffrir du détachement.

— Tu crois ?

— Je ne sais pas.

— Tant que tu ne tombes pas amoureuse de tes patients, je veux bien te laisser t'attacher à eux. Mais je veille, méfie-toi.

— S'attacher et tomber amoureux sont deux choses différentes.

— La limite est parfois bien floue.

— Pas pour moi.

— Tu veux un croquant aux amandes ?

— Tu vois, par exemple, je suis très attachée à toi, sans pour autant être amoureuse.

— Dommage, me dit-il en souriant.

— Arrête.

— Si j'veux. J'aime bien quand tu rougis.

— Je ne rougis pas.

— Jusqu'aux oreilles. Tu veux un miroir ? Ce n'est pas à moi que tu es attachée, c'est à mes créations culinaires.

— Tu me fais rougir et grossir, et tu es fier de toi ?

— Je te souhaite de grossir pour d'autres raisons, ma chérie.

Nous nous sommes installés au bureau, le café s'écoule dans la salle de repos. Le moment est agréable. Le service est calme à nouveau. Je regarde dans le vague. Guillaume complète un dossier.

Mes yeux s'arrêtent sur lui. Il est concentré, les sourcils froncés et quelques rides sur le front. Il a un tic. Sa mâchoire ne cesse de se contracter. Sous une apparence calme, cet homme est en tension permanente. Je ne sais pas ce qu'il y a derrière la façade. Il parle très peu. Parfois, j'aimerais être comme lui. Ne pas éprouver le besoin de me confier et ne pas non plus souffrir de tout garder pour moi. Mais qui dit qu'il ne souffre pas ? Qui dit que les hommes silencieux ne souffrent pas ? Qu'ils ne se murent pas dans le silence pour se conformer à une image imposée par la société ? Pas le droit de pleurer, à peine de rire, interdit d'aimer ou de s'attacher, la colère réprimée et la joie suspecte, et que dire de la tendresse. En le regardant, je repense aux quelques allusions qu'il a faites tout à l'heure. Il semblait dire que c'était dommage que je ne veuille pas accorder mon amour à un autre, et que peu importait la différence d'âge. J'en viens à me demander s'il n'essaie pas de me faire comprendre quelque chose.

Pourquoi se retient-il ? Je n'ai jamais mangé personne.

J'ai l'impression qu'il en a encore pour un moment avec la paperasse. Je vais voir comment va Roméo.

— Vous ne dormez pas ? lui dis-je.
— Non. Vous non plus ?
— On dort rarement quand on est de garde.
— Pourtant, ça a l'air calme.
— Et ça peut basculer en un instant. Vous imaginez si vous faites un arrêt cardiaque pendant que je dors ?
— Non, je n'ai pas trop envie d'imaginer ça.
— C'était un exemple. Vous allez bien ?

— Ça va. J'aimerais mieux dormir. Je n'en peux plus de ne pas pouvoir me retourner. Je dormais toujours sur le côté, les jambes repliées.

— En position fœtale ?

— C'est ça. Et puis, de ne pas pouvoir respirer l'air frais, voir le soleil, les nuages qui passent, les oiseaux qui volent, sentir le vent sur ma peau. Même la pluie, une pluie d'orage qui vous trempe en quelques secondes. Tout ça me manque.

— Vous allez bientôt retrouver ces sensations. Bientôt.

Je lui prends la main en lui souriant. C'est la seule chose que je puisse faire, à cet instant, pour le réconforter. Il le sait aussi bien que moi, il faudra du temps, l'hospitalisation sera encore longue, sans parler de la rééducation. Il n'est vraiment pas près de remonter sur la grande échelle. S'il y remonte un jour.

— Et puis, personne ne m'a pris dans les bras depuis si longtemps. On n'ose pas me toucher, à peine s'approcher de moi. J'ai une tête à faire peur, j'ai l'impression que les gens craignent de me casser encore plus.

— Vous voulez un câlin ?

— Un câlin ?

— Un *free hug*, en anglais. Que je vous prenne dans les bras ?

— C'est dans votre référentiel métier ?

— C'est dans mes compétences personnelles.

— Et vous avez le droit ?

— Mon collègue ne doit pas nous voir, sinon, il me fera la morale jusqu'au petit matin, mais si ça peut vous faire du bien…

— J'aimerais beaucoup.

J'essaie comme je peux de le prendre dans mes bras. Je ne peux pas le soulever tellement, mais j'arrive quand même à glisser un bras derrière ses épaules. Je le serre doucement, sans rien dire. Un *hug* silencieux, seulement rythmé par ses battements cardiaques que le scope trahit et qui s'accélèrent légèrement. Nous restons ainsi cinq bonnes minutes. Je sens des soubresauts par moments. Il pleure. Il a bien le droit.

Et puis, je m'éloigne de son torse et je le regarde.

— Je pense en effet que ça devrait faire partie du référentiel métier de l'infirmière, c'est vraiment efficace, me dit-il.

— Je ne le fais pas avec tout le monde.

— Alors j'ai de la chance.

— Moi aussi. Vous êtes cloué sur un lit d'hôpital, écrabouillé de partout après un grave accident, et vous me dites que vous avez de la chance. C'est une petite victoire pour moi.

— C'est quand vous êtes là.

Je me suis contentée de sourire et je suis partie en pensant à ce que m'avait dit Guillaume. Ne pas trop s'attacher.

NE PAS TROP S'ATTACHER !

Cher Toi,

Demain je lui parle. Faut pas que je déconne trop avec les délais, sinon, je serai vraiment dans la merde. Je ne sais toujours pas comment je vais faire, mais il n'y a qu'à lui que je peux le dire...

Dernier délai

J'ai changé de service. Comme me l'avait annoncé Juliette, elle m'a suivi. Hasard ou coïncidence ? Peu importe. J'apprécie les conséquences. Elle ne s'est pas encore occupée de moi, je n'étais pas dans son secteur jusqu'à présent. Cependant, il y a trois jours, quand elle était de garde, elle est passée me voir, me sourire, et récolter les petites choses positives dont j'avais bien pu me nourrir depuis sa garde précédente. J'attends désespérément la plus positive au monde pour moi : Vanessa. Je sais qu'il se passe quelque chose quand elle choisit la fuite et l'effacement. Mais elle finit toujours par sortir de son terrier, comme si la vie sans moi enfumait son repaire jusqu'à l'asphyxie, jusqu'à la voir sortir, essoufflée, et comprendre que je suis là.

La voilà.
Elle a l'attitude des jours où elle a quelque chose à m'annoncer. Elle a beau affirmer que pas du tout, je la repère à dix kilomètres. Nous avons été tellement fusionnels qu'elle ne peut plus me cacher grand-chose. Enfin, je suppose. J'espère simplement que ce n'est pas une trop mauvaise nouvelle. Elle n'a pas l'air triste,

mais plutôt embarrassée. Elle sait que je suis ferme quand elle marche de travers. Je ne la laisse pas tranquille tant qu'elle n'a pas fait ses devoirs, et si elle a un exposé à rendre, je lui interdis de sortir avec ses copines tant que ce n'est pas fini. Elle sait très bien que j'ai raison d'agir ainsi, même si elle me fait croire le contraire. Et quand elle n'en mène pas large, c'est qu'elle a conscience d'avoir fait un faux pas. Elle a cette intelligence.

Aujourd'hui, elle n'en mène pas large. Elle est même d'une incroyable étroitesse. Je la laisse avancer sans la cuisiner. Je suis toujours curieux de voir au bout de combien de temps elle finit par cracher le morceau.

Elle m'embrasse le front en arrivant. La seule partie de mon visage à peu près normale une fois les pansements enlevés.

— T'étais où ces derniers jours ?

— Au collège, pourquoi ?

— Tu n'as pas pu venir me voir ?

— Non, j'avais beaucoup de devoirs.

— Et tu les as tous faits ?

— Oui, oui, t'inquiète, Solange se prend pour ma mère, je dois lui montrer mon cahier de textes tous les soirs. Elle voulait même m'interroger sur la leçon d'histoire. J'ai dit non, quand même.

— Faut pas pousser, hein ?

— Je me débrouille très bien toute seule.

— Ça se passe bien sinon ?

— Où ça ?

— Partout. Sans moi.

— Ça va. Solange m'a emmenée faire du shopping. Elle m'a acheté quelques trucs.

— À ton goût ?

— Ben oui, évidemment, elle allait pas m'emmener chez Damart, en plus ?! Elle m'a acheté un boxer pull in noir avec des fraises dessus.

— C'est gentil de sa part.

— Oui. Ça compense le reste.

— Tu as mis du vernis à ongles ?

— Ça t'embête ?

— Tu sais que je n'aime pas trop ça...

— Juliette m'avait dit que comme t'étais passé tout près de la mort tu me laisserais mettre du vernis sur les ongles maintenant.

— Elle t'a dit ça, Juliette ?

— Ben oui. Enfin, je ne sais plus si elle l'a dit comme ça, mais ça voulait dire la même chose.

— Ah.

Juliette entre dans la chambre. Quand elle nous voit en train de discuter, elle propose de repasser plus tard pour refaire les pansements, mais Vanessa s'empresse de dire que ça ne la dérange pas.

— En fait, j'ai un truc à te dire, et je préfère qu'il y ait quelqu'un pour si tu as un choc. Dans ton état...

— Qu'est-ce que tu me chantes là, Vanessa ?

— J'ai un mois de retard...

— Un mois de retard pour quoi ? Pour rendre un devoir à un prof ?

Vanessa regarde ses chaussures en essayant de rentrer dedans tout entière. Sans succès. Moi, je regarde Juliette pour essayer de comprendre pourquoi ma petite sœur ne dit plus rien. Elle me fixe de ses yeux bienveillants et calmes.

— Je crois que Vanessa est en train de vous annoncer qu'elle est enceinte.

— T'es enceinte ? C'est ça ?

— Oui.

Elle m'a répondu dans un souffle à peine audible. J'ai envie de sauter du lit pour la secouer, et je suis cloué sur le matelas comme un crucifié. Ce n'est ni dans mes pieds ni dans mes mains que s'enfonce le clou, c'est dans mon cœur. Je jette à nouveau un coup d'œil à Juliette, qui me fait comprendre de ses yeux clairs de ne pas réagir trop fort. Solidarité féminine ?

J'observe Vanessa, toujours le menton dans le cou, à tortiller le bas de son tee-shirt. Je tombe du huitième étage pour la deuxième fois. Au point où j'en suis… Même pas mal. Sauf au niveau du clou. Ma petite sœur, mon bébé d'amour, la gamine dont je m'occupe depuis qu'elle est minuscule, la petite princesse à couettes que j'emmenais à l'école en la tenant par la main a couché avec un garçon. Sans précaution.

Et moi, je n'ai rien vu venir. Rien. Parce qu'un calcul rapide me fait prendre conscience que c'est arrivé avant mon accident, et que ce n'était peut-être pas la première fois.

— Mais comment t'as fait ?

— Ben j'ai… je…

— Roméo, je ne crois pas que ce soit cela qui compte le plus pour l'instant. Il sera toujours temps plus tard de réfléchir au pourquoi du comment. L'urgence est de savoir quoi faire aujourd'hui.

— Quoi faire ? Vous voyez beaucoup de solutions ?

— Il faut que je fasse une IVG, mais il faut qu'un adulte m'accompagne, ajoute Vanessa de sa toute petite voix.

— Pas de problème, passe-moi mes habits, on y va tout de suite.

Je suis ironique, au bord de la méchanceté. Je m'en veux, mais je ne contrôle pas. Je suis dans une rage folle au fond de moi. Les yeux clairs de l'infirmière la contiennent à l'intérieur, cette rage folle, mais elle est bien là. D'une part, je suis horrifié à l'idée que ma petite sœur de quatorze ans doive subir un avortement. D'autre part, cette situation me met face à ma totale dépendance. Vanessa a besoin de moi plus que jamais et je ne peux pas l'aider.

Juliette a failli prendre la parole et s'est ravisée, elle range un papier dans mon dossier. Je la vois qui réfléchit. Plus personne ne dit rien. Et puis Juliette se lance :

— Je peux l'accompagner, moi. Je suis majeure, dit-elle un peu nerveusement.

— Vous feriez ça ?

Vanessa se redresse. Dans ses yeux, une étincelle d'espoir.

— Pourquoi je ne le ferais pas !

— Parce que ce n'est pas votre problème !

— C'en sera un si vous essayez de vous lever pour l'accompagner vous-même. Tu es sûre de la date de tes dernières règles ?

— Oui, s'empresse de répondre ma sœur. Je me suis renseignée, je suis encore dans les temps.

— Demain, c'est vendredi, tu as cours le vendredi ?

— Oui.

— Tant pis, le médecin te fera un mot d'excuse.

— Il ne va pas écrire pourquoi ?

— Bien sûr que non ! Je ne travaille pas, je peux t'emmener demain matin.

Un poids pour personne

Ce samedi, c'est le rendez-vous Malou. Elle semble rajeunir depuis quelque temps. Je me demande si c'est la sage-femme du 14 Juillet ou si elle a vraiment fini par rencontrer quelqu'un.

Pourquoi ai-je l'impression de vieillir, moi, pendant ce temps ?

Ma grand-mère porte un petit tailleur parme très élégant, avec de la dentelle à l'encolure, et des bas, certes de contention, mais assortis à l'ensemble, qui s'achèvent dans des escarpins à petits talons avec lesquels elle marche d'un pas assuré. L'habitude. Je l'ai toujours admirée pour cela, moi qui tangue dès que je m'élève de trois centimètres au-dessus du niveau du sol.

Elle s'est parfumée et a mis du rose aux joues. Elle est très belle. Je comprendrais qu'un homme tombe sous le charme.

Nous sommes montées à l'étage de la pâtisserie et nous avons trouvé une place face à la fenêtre. Malou aime regarder passer les gens, regarder passer la vie.

— Tu es radieuse, lui dis-je avec sincérité.

— Merci, ma chérie. J'aimerais tellement pouvoir te dire « toi aussi ». Qu'est-ce qui se passe ?

— Je ne me suis pas maquillée.

— Et c'est quand ça ne va pas que tu ne te maquilles pas. Alors, qu'est-ce qui ne va pas ?

— Je me pose des questions sur toutes ces démarches pour avoir un bébé. C'est bien compliqué. J'ai l'impression de tout faire de travers. J'oublie de rappeler les rendez-vous à Laurent.

— C'est un grand garçon, non ? Sa banque lui fournit un magnifique agenda tous les ans, ainsi qu'un téléphone qui ferait presque grille-pain tellement il a d'options. Tu ne crois pas qu'il peut se donner les moyens de se les rappeler tout seul ?

— Oui, mais c'est de ma faute si nous devons faire toutes ces démarches. C'est quand même à moi de faire en sorte que ce ne soit pas trop compliqué pour lui. Déjà que ce n'est pas très réjouissant.

— Tu veux un martinet pour te flageller, aussi ?

— Non, c'est bon…

— Tu vas y arriver. D'autres femmes sont passées par là. Garde espoir, ne lâche pas, sinon c'est lui qui te lâchera…

— Qui ça, Laurent ?

— L'espoir !

— Hier, j'ai accompagné une gamine de quatorze ans pour une IVG. Je ne l'ai pas montré mais j'en étais malade.

— Quelle gamine ?

— La sœur du patient pompier dont je t'ai parlé. Il n'était évidemment pas en mesure de l'accompagner lui-même.

— Tu es sûre que c'était à toi de faire ça ? Personne n'aurait pu y aller à ta place ?

— Le contexte est particulier, je n'ai pas réfléchi. Ils avaient besoin tous les deux que je me propose, je l'ai senti comme ça.

— Comment ça s'est passé ?

— C'était le premier rendez-vous. La prise de contact et les démarches à faire : rencontre avec un psychologue, écho, prochain rendez-vous dans une semaine. Je vais la garder chez moi pour qu'elle ne soit pas seule quand elle aura pris ses cachets.

— Tu es sûre, ma chérie ?

— Je ne peux pas la laisser seule. Et elle ne veut pas en parler aux personnes qui l'accueillent depuis que son grand frère est à l'hôpital.

— Elle n'a pas de parents, cette petite ?

— Si, biologiques. Pour le reste… c'est mon patient, son tuteur légal. Et lui, même avec un tuteur, il ne tient pas debout…

— C'est bien triste tout ça.

— La vie est mal faite. Moi, j'aimerais un bébé et je n'y arrive pas, et d'autres femmes n'en veulent pas et…

— Et c'est la vie. Parfois elle décide pour nous, avec de bonnes raisons.

— Pourquoi tu dis ça ?

— Parce que je me pose des questions sur ton couple.

— Malou, on en a déjà parlé, je ne veux pas revenir là-dessus.

— D'accord, c'est comme tu veux. En tout cas, ton patient s'appelle peut-être Roméo, mais son arrière-grand-père est aux Alouettes.

— Ah bon ? Tu es sûre ?

— Sûre et certaine. Je l'ai entendu parler de l'accident à une infirmière. Des pompiers, il n'en tombe pas tous les jours dans notre petite ville. Alors, du huitième étage et s'appelant Roméo, tu penses bien que j'ai fait le rapprochement.

— Tu lui as parlé ?

— Je l'ai réconforté comme j'ai pu. Quand il a su que c'était ma Juliette qui s'occupait de son Roméo, ça l'a rassuré. Nous avons parlé toute la soirée.

— Il est comment ?

— Doux. Gentil. Intelligent. Il a quatre-vingt-cinq ans, et encore toute sa tête, comme moi. Sa femme est morte. Sa seule fille aussi. Sa petite-fille ne peut pas s'occuper de lui, et il ne voulait pas être un poids pour ses arrière-petits-enfants. Alors il est là. Un peu comme moi. Entre poids, on s'entend bien.

— Tu n'es un poids pour personne, Malou.

— Je suis un poids qui ne veut pas peser. Tu te souviens que nous montons bientôt au sommet de la cathédrale ?

— Oui, j'ai posé ma journée. Je ne raterais ça pour rien au monde.

Pépé-surprise

Je ne sais pas si c'est pour me faire oublier son IVG, mais Vanessa m'a fait une sacrée surprise aujourd'hui. Elle est arrivée dans la chambre pour vérifier si j'étais présentable (enfin, façon de parler, de toute manière, en ce moment…) et elle est repartie aussitôt. Quelques secondes plus tard, je l'ai vue se débattre avec la lourde porte de ma chambre en la poussant avec le dos, tout en tirant un fauteuil roulant. Et qui était dedans ? Pépé ! Elle était allée le chercher à la maison de retraite, avait fait des pieds et des mains auprès de l'équipe d'infirmières, en faisant croire que j'étais mourant et que c'était la dernière occasion pour notre arrière-grand-père de me voir encore vivant. Elles ont fini par accepter et commander un taxi pour le déposer ici. C'était un gros risque, lui qui a le cœur fragile. Quand je l'ai vu me regarder, j'ai compris que ce fameux cœur en prenait un coup. Mais j'étais heureux qu'il vienne. Soucieux, mais heureux.

— Bon sang, Roméo, me dit-il avant de reprendre sa respiration en pressant sa poitrine.

— Pépé, ça va ? Tu vas pas me faire une attaque maintenant !

— Ah non, non, t'inquiète pas, j'ai pas envie de partir tout de suite. Mais, mais... te voir comme ça, ça me fait mal, nom de Dieu de bon Dieu.

C'est la première fois que je vois mon pépé pleurer. Même quand mémé est morte, il n'a pas pleuré. Ça me touche. Peut-être l'âge ? On peut devenir incontinent de cet endroit-là ?

— Ben, pleure pas comme ça. Je vais m'en remettre. Ça va mieux chaque jour.

— Tu vas tout retrouver ?

— J'espère bien.

— T'en as pour combien de temps ?

— Aucune idée. Longtemps. Mais l'infirmière me dit de ne pas y penser.

— Elle a raison, je fais pareil.

— Et pourquoi tu es en fauteuil roulant ?

— Tu as vu les kilomètres de couloirs dans ce foutu hôpital ? J'étais essoufflé. Ta sœur a trouvé ça dans un coin, elle l'a pris sans rien demander à personne et m'a poussé à toute vitesse dans les couloirs. Qu'est-ce qu'on a ri !

Vanessa est alors sortie de la chambre, soi-disant pour aller se chercher un coca au distributeur du hall. Probablement un besoin irrépressible d'envoyer des messages à ses copines, chose dont elle ne peut plus vraiment se passer. Encore moins depuis ma chute. Je peux la comprendre. Elle aussi a besoin de branches auxquelles se raccrocher, alors qui d'autre que ses copines ? Pour elle, pépé est une vieille branche, et moi je suis un tas de sciure.

— Ça me fait plaisir que tu sois là, pépé. T'es notre seule vraie famille, et là, je me sens vraiment seul pour m'occuper de Vanessa.

— Elle est pas à la rue. Tu as un collègue bienveillant. Elle n'a pas l'air si malheureuse, tu sais ? Ça la rend autonome. C'est peut-être l'occasion pour toi de la lâcher un peu, tu crois pas ?

— Peut-être.

— De toute façon, tu veux faire quoi de plus ? Prends soin de toi et le reste suivra. Tu vois, moi, ça va. Bien, même. Mieux qu'il y a quelques mois, où je pensais tout le temps à mourir. Comme quoi il ne faut jamais crier défaite trop vite. Tout peut changer en un instant.

Et puis, Vanessa est revenue en disant que le monsieur du taxi était arrivé, qu'il attendait au bout du couloir pour ramener pépé à la maison de retraite, après sa petite escapade auprès de son arrière-petit-fils mourant, qui n'était pas décidé du tout à mourir. Lui non plus, finalement.

Ne jamais crier défaite trop vite. Surtout quand c'est contre la mort qu'on se bat.

Hors mariage

— J'aurais aimé qu'on se marie avant que je ne sois enceinte.

— Pour quoi faire ?

— Je ne sais pas, comme ça, symboliquement. Et puis, pour offrir à notre bébé une structure officielle d'accueil.

— Tu as besoin d'un mariage pour te structurer ? Moi, je ne suis pas prêt. Donne-moi déjà un enfant et on en reparlera.

— Pourquoi tu ne veux pas ?

— C'est un détail. Ce qui compte, c'est que tu m'aimes, non ?

— Si. Mais ce n'est pas un détail pour moi.

— Pour moi, si, alors tu seras gentille, ma chérie, d'arrêter de m'embêter avec ça. Tu devrais déjà être heureuse qu'on soit ensemble. Sans moi, tu serais peut-être encore seule. Mais ça, tu ne sembles pas le voir.

— Si, bien sûr. Je ne sais pas ce que je ferais sans toi.

— Alors où est le problème ?

— Il n'y en a pas. Tout va bien.

— Je préfère ça…

La fourberie des psys

Non sans me déplaire, je crois que je vais devoir un dîner à Juliette. Elle avait raison, je m'en tire plutôt bien, je fais des progrès de jour en jour.

Une psychologue est passée me voir aujourd'hui. Je ne sais pas qui me l'a envoyée, mais je n'avais pas grand-chose à lui dire, du moins je le pensais. Elle m'a annoncé que pour cette première rencontre, nous allions simplement faire connaissance et que nous verrions pour la suite. Cette jeune femme m'a demandé de lui raconter ce qui s'était passé. Ayant reconstitué parfaitement le puzzle de ma chute, j'ai pu lui décrire les faits, en me demandant à quoi cela lui servirait puisqu'elle avait déjà dû tout lire dans le dossier. De même que la situation dans laquelle j'étais vis-à-vis de ma petite sœur. C'est quand elle m'a demandé comment je vivais tout ça que j'ai compris pourquoi elle était là. D'abord j'ai voulu me montrer fort en lui disant que, finalement, ça allait, que je m'en sortais plutôt bien, que je faisais des progrès chaque jour. Mais elle a enfoncé sa petite cuillère au fond de moi pour en extraire la substantifique souffrance. Les psys sont fourbes pour ça.

— Je me sens totalement démuni de toutes mes fonctions protectrices vis-à-vis de ma petite sœur. Et ça me fait mal.

— Comment va-t-elle ?

— Ça a l'air d'aller malgré tout. Le début a été difficile. Je pense qu'elle a eu très peur que je meure, et qu'elle va de mieux en mieux, maintenant qu'elle est rassurée. Pas moi.

— Pourquoi ?

— Parce que j'ai pris conscience de la fragilité de la vie. J'y étais confronté dans les interventions. Des morts, j'en ai vu, mais quand c'est de la sienne dont il s'agit, on ne voit plus les choses de la même manière. J'ai eu des périodes de flottement où je ne savais pas vraiment si j'étais dans la vie ou dans la mort.

— En quoi la fragilité vous terrifie ?

— Si je suis fragile, je ne peux pas m'occuper de ma sœur. Elle a besoin de moi pour que je la protège du monde, des autres, des malheurs qu'elle pourrait vivre. On en a vécu assez.

— Vous faites ce que vous pouvez, non ?

— Jusqu'ici oui, mais là, je ne peux plus.

— Cet accident vous a cassé en mille morceaux. Que faire de plus ?

— Rien.

— Le reste appartient à la vie. Faites-lui confiance.

— À la vie ? Elle m'a trahi, comment je peux lui faire confiance ?

— En quoi vous a-t-elle trahi ?

— En m'empêchant de faire de mon mieux.

— Elle n'empêche rien de tout cela. Elle vous empêche simplement de continuer comme avant. C'est contrariant, mais c'est comme ça. Vous n'avez pas le choix. Les cartes du jeu s'abattent sans que l'on puisse toujours choisir le roi. Les autres cartes ont de la valeur aussi.

— Mais ma petite sœur a besoin de plus que ça.

— Qu'en savez-vous ?

— Elle a besoin d'un grand frère qui la protège, qui reste fort et solide.

— Ce n'est pas le cas ?

— Vous m'avez vu ?

— Oui, justement.

— En quoi je suis solide ?

— De quelle solidité parlez-vous ? Celle du corps ? Votre petite sœur a probablement plus besoin de la solidité de votre amour et de votre foi en la vie que de muscles en état de se contracter et de jambes pour vous porter. Vous la protégerez bien plus en lui transmettant votre désir de vivre qu'en vous interposant entre elle et les malheurs qui peuvent l'atteindre. Apprenez-lui à les affronter toute seule en vous occupant des vôtres avec optimisme et détermination, non ?

Si.

Et puis elle s'est levée en disant qu'elle repasserait la semaine prochaine. J'ai attendu qu'elle ait fermé la porte pour pleurer dans mon oreiller.

Elle a creusé profond avec sa petite cuillère…

Mais je sais que j'ai cette force dont elle parle.

Mon Toi,

Voilà, c'est fait. C'était horrible. J'ai cru que j'allais mourir tellement j'avais mal, tellement ça saignait. Je me vidais comme un porc qu'on égorge. Juliette, l'infirmière, m'avait filé des grosses bandes qu'elle avait prises à l'hôpital. Pendant deux heures, j'ai dû les changer sans arrêt. Et puis ça s'est calmé. Elle m'a rassurée. Je crois que c'est la peur de mourir qui me faisait mal. J'ai pas envie de mourir ! Mon frère a trop besoin de moi en ce moment.

Ou alors, on meurt ensemble. Mais il n'a plus l'air trop décidé pour ça. Pépé non plus. Ils font chier, à s'accrocher à la vie comme ça. Ils font croire, et puis finalement, non, la vie c'est pas si mal, qu'ils disent. Ouais, ça reste à vérifier. Mais je pars pas sans mon frère, et réciproquement.

Je pensais que ce serait facile d'avorter. C'est ce que m'avait dit la fille à qui c'était arrivé l'an dernier dans l'autre classe. Après tout, si on n'en veut pas, du bébé, on avale des médicaments, et on n'en parle plus. Mais au moment où il s'en va, on a quand même une boule dans le ventre. Une grosse boule de nerfs. Parce qu'on se souvient des cours de SVT, de l'ovule qui rencontre le spermatozoïde et de la suite quelques mois plus tard, on se souvient de l'échographie la semaine d'avant où, même si on a fait semblant de ne pas regarder, on a aperçu quelque chose qui bougeait sur l'écran, et qu'on est pas trop conne pour se rendre compte que c'est le cœur qui bat. Parce qu'en avalant les médocs, on se dit que c'est ce cœur qu'on bousille. Alors non, c'est pas facile. Je me suis dit que c'était dégueulasse de faire ça. Et que si ma mère avait fait pareil, je ne serais pas là. Remarque, c'est peut-être ce qu'elle aurait dû faire.

Juliette m'a dit que c'était ainsi, que je ne pouvais pas trop faire autrement, et qu'il ne m'en voudrait pas, cet embryon... Elle était toute douce avec moi. Comme elle est toute douce avec mon frère.

Chez eux, c'est rangé comme dans un appartement témoin. Ça l'a amusée quand je lui ai dit ça. Elle m'a expliqué que son compagnon ne supportait pas le bazar. Moi, c'est l'ordre que je supporte pas. Si je peux marcher en ligne droite dans ma chambre, c'est qu'il y a un problème. Mais faut pas croire, je suis rangée dans mon bordel. Je retrouve toujours tout. Bon, sauf ma plaquette de pilules. C'est pour ça que je suis tombée enceinte.

Mais maintenant, je suis tranquille. On m'a posé un implant dans le bras. Avec un peu de chance, je n'aurai même plus mes règles. Et je suis tranquille pour trois ans. Sans y penser. Celui-là, planqué sous la peau, je risque pas de le perdre dans le bazar de ma chambre. Je ne connaissais pas ce système. C'est Juliette qui m'a expliqué, et qui m'a envoyée chez une sage-femme, parce que le gynéco qui s'est occupé de moi pour l'IVG ne voulait pas me le poser. Trop jeune, qu'il a dit. Il a dû trouver que j'étais trop jeune pour coucher, oui ! Juliette, j'ai senti qu'elle avait vraiment envie que ça m'arrive pas une nouvelle fois.

Comme ça, je n'aurai plus peur de coucher avec Raphaël, et les autres par-ci, par-là.

Sauf que là, c'est plus compliqué. Je suis fliquée sur mes horaires de retour. Avant, c'était facile quand mon frère était de garde. On avait l'appart pour nous. D'un autre côté, il m'énerve en ce moment, Raph. Il est tout le temps à tourner autour de cette nouvelle, là, qui est arrivée il y a deux semaines. Elle passe sa main dans ses longs cheveux et les garçons tombent comme des mouches, en tas au pied de la fenêtre. Ils sont affligeants. Qu'est-ce qu'elle a de plus que moi ?

Sinon, c'est décidé, je ferai infirmière. Et plus rien ne me fera changer d'avis.

Plus rien !

Sur la cathédrale

Aujourd'hui est le grand jour tant attendu par Malou. Son pèlerinage. L'autre mystère avec le paris-brest. Elle n'a jamais voulu me dire pourquoi elle y tenait tant, mais le 20 mai est la date où, chaque année, elle veut monter sur la plate-forme de la cathédrale de Strasbourg. Trois cent trente-deux marches à gravir pour ses jambes qui ont déjà porté quatre-vingt-quatre années. Nous irons à son rythme. Et tant pis s'il faut à chaque fois prendre un peu plus de temps. Elle y tient. Ça n'est pas cette épreuve qui la tuera. Pas celle-là. Alors j'y vais de bon cœur.

La journée est magnifique. Bizarrement, cela fait des années que le 20 mai est un journée superbe. Allez comprendre. Malou me dit qu'il n'y a pas de hasard et qu'elle a besoin de voir très loin de là-haut, donc d'un ciel dégagé, donc d'une météo clémente, et qu'il suffit de demander.

Si elle le dit.

N'empêche que moi, je demande à la vie plein d'autres choses qui ne se réalisent pourtant pas. Elle pourrait aussi m'écouter un peu, non ?

Ma grand-mère m'a proposé d'aller la chercher tôt. Elle sent la fatigue, et se rend bien compte que cette ascension lui demandera plus d'efforts encore que l'année précédente. Elle se dit à chaque fois que c'est la dernière, ce qui l'invite à en profiter avec toujours plus d'appétit. Viendra le jour où ce sera la dernière fois pour de bon. Je n'y pense même pas tant cette idée me fend le cœur. Mais Malou m'a déjà fait promettre de continuer de suivre la tradition, même quand elle n'aura plus la force de m'accompagner.

Elle est prête. Toujours très élégante, même en baskets. Une petite chemise de soie sur une jupe plissée, ses bas de contention salvateurs et… ses Nike, achetées il y a trois ans, et qui la promènent partout où le parcours est un peu escarpé.

J'adore.

Nous nous sommes garées dans les sous-sols du parking Gutenberg, à une centaine de mètres de la cathédrale. Aujourd'hui, nous marchons dans le sens de la hauteur, ce n'est pas pour rajouter des kilomètres à l'horizontale. Nous saluons le vieux monsieur de la caisse, qui à force commence à nous connaître, et entamons l'ascension parmi d'autres visiteurs. Je me tiens juste derrière Malou, pour ne pas avoir besoin de me retourner régulièrement, et risquer de la vexer. Elle s'arrête, je m'arrête. Contrat tacite. Pour l'instant, ce n'est pas le cas…

Elle a adopté un rythme lent mais régulier. Surtout ne pas s'interrompre. Je crois qu'elle calque cette ascension sur sa vie tout entière. Jamais Malou ne s'est arrêtée. Même à la maison de retraite, elle continue. Elle meurt si elle s'arrête. Malou ne peut pas mourir. Je crois que mon cerveau n'est pas en mesure d'intégrer cette donnée.

Je prends quelques instants pour répondre à un message de Laurent, qui me demande quand je rentre.

Ce soir, quand nous serons de retour de notre journée sacrée…

— Tu traînes, ma douce ! me lance une petite voix lointaine quelques marches plus haut.

Elle n'en loupe pas une… Je la rattrape facilement et ralentis mon pas avant d'être à sa hauteur.

J'aime aussi cette ascension. Tourner, tourner, tourner dans l'escalier en colimaçon et voir à travers les jours creusés dans la pierre les maisons alentour dont on dépasse progressivement les toits. Longer un couloir en ligne droite en ayant toujours l'impression de tourner, avant de reprendre le colimaçon inlassablement. Frôler le vide en osant à peine s'appuyer contre les parois de peur qu'elles s'écroulent et nous avec, alors que cela fait des siècles qu'elles sont là !

Nous atteignons enfin la plate-forme. Il a fallu faire plusieurs haltes pour que Malou reprenne son souffle. À chaque fois, on laissait passer les gens derrière nous pour éviter les bouchons. Les dernières dizaines de marches ont tiré dans les jambes et Malou s'arrêtait régulièrement. Mais nous y sommes arrivées et j'ai pu voir la joie envahir ses yeux et rosir ses joues. Ce n'est pas cette année qu'elle déclarera forfait, et ça, c'est très bon signe.

Nous sommes debout face à Strasbourg et la plaine d'Alsace. Le temps est tellement clair et dégagé qu'on aperçoit même les Vosges et la Forêt-Noire. Quand j'étais petite, on pouvait se pencher pour voir tout en bas, on avait ce sentiment d'immensité en regardant au sol. Et puis les jambes que le vide transformait en coton. Une immensité réduite aujourd'hui à un grillage, au travers duquel la vue n'est plus la même, et qui empêche de se pencher pour avoir le frisson du vertige et voir en bas les hommes grouiller comme des fourmis sous une grosse pierre que l'on aurait soulevée.

Ce sont les suicides qui ont réduit l'immensité, autant pour protéger les badauds sur le parvis qui n'avaient pas d'autre choix que de se faire écrabouiller par soixante-dix kilos de chair déjà morte dont l'âme fatiguée n'avait plus que faire. On peut comprendre le grillage. Mais c'est dommage. Quand je fais part à Malou de ces réflexions, elle ne prend même pas la peine de répondre. Je sais bien qu'elle est ailleurs quand nous sommes ici. Alors je la laisse méditer quelques instants en regardant au loin. L'immensité est au fond d'elle, et je ne sais pas quel grillage peut bien la contenir, s'il y en a un.

Je crois qu'il n'y en a pas.

Et puis, elle me demande comment je vais.

Pourquoi lui mentir ?

— J'ai l'impression de m'éteindre à mesure que j'essaie de donner la vie, cette vie qui ne veut pas s'installer en moi…

— Laisse donc au temps le temps de faire les choses dans le bon ordre.

— Oui, c'est vrai.

— Et cette petite que tu as accompagnée pour cette vie qui s'était installée en elle contre son gré ?

— Nous sommes allées à son deuxième rendez-vous, et je l'ai ramenée à la maison. Ça tombait bien, Laurent était en déplacement. Il n'aime pas que du monde vienne à la maison, surtout pas pour dormir, et encore moins quand il ne connaît pas.

— Je sais.

— Alors tu imagines, pour un avortement en direct.

— Je n'ose même pas.

— C'était bien que nous soyons toutes les deux. Elle a eu peur et mal, elle a beaucoup saigné. Je l'ai rassurée, je lui ai expliqué que c'était plus que des règles, que tout ça était normal. On a évoqué les différents moyens de contraception. Je l'ai convaincue d'adopter une méthode efficace pour que cela ne se reproduise pas, et je lui ai trouvé un rendez-vous pour le lendemain chez ta sage-femme de 14-Juillet. Et puis, on a pu parler de son frère. Elle m'a dit ce qu'elle avait sur le cœur. Cette peur qu'il meure et qu'elle se retrouve de nouveau dans un foyer. Je l'ai consolée comme j'ai pu, mais elle se rend compte que tout peut basculer en un instant. C'était triste à voir.

— Tu ne peux rien y faire.

— Je sais bien.

— Et tu as pourtant apporté beaucoup à cette petite, elle s'en souviendra longtemps, je pense. Toujours peut-être.

— Elle paraît si jeune, pour avoir déjà vécu tout ça. À quatorze ans, je portais encore des jupes avec des socquettes blanches, j'avais le nez dans mes cours, et pas les yeux tournés vers les garçons.

— Elle a ses raisons. Tu sais, on a tôt fait de juger, mais si c'est son échappatoire, l'amour, à cette gamine qui n'en a pas eu ?

— Est-ce vraiment de l'amour… ?

— Au moins son illusion. Elle le fait faute de le ressentir. Parfois, l'illusion semble tellement réelle qu'on la pense telle. Que ce soit à quatorze ans, à trente-cinq ans, ou à soixante-dix ans.

— Tu as eu beaucoup d'illusions dans ta vie ?

— Beaucoup trop. Mais il y a un âge où ce n'est plus grave du tout de se dire que ce n'est peut-être qu'une illusion.

— Quand ça ?

— Quand on a usé et abusé du désabusement. Quand plus rien n'est grave tant le passé l'a été.

— Et on se sent comment, dans cette illusion ?

— Heureuse. Je te le souhaite.

— …

— On redescend ? Ça va prendre du temps, mes genoux chancellent. Et puis, je voudrais t'emmener dans une pâtisserie. C'est là qu'ils font le meilleur paris-brest de la ville.

— Tu es énigmatique, tu le sais, ça ?

— Et alors ? me dit-elle avec son sourire en coin.

— Et alors, tu sais bien que ça me rend dingue.

— Je t'expliquerai un jour.

— Quand ?

— Quand je serai prête à le dire, et que tu seras prête à l'entendre.

— Ça ne m'en dit pas plus.

— Ça t'en dit déjà trop…

La lumière s'éteint

Un mois a passé et c'est la dernière fois que je vois Juliette. Je vais trop bien pour rester. Les progrès sont suffisamment rapides pour justifier le transfert en centre de rééducation. Je pars demain. Je savais que cette étape était la suivante. D'un côté je suis heureux, car mon état s'améliore, et sans encore pouvoir prendre appui dessus, je reprends pied dans la vie.

Oui mais.

Il y a cette femme à qui je dois tout et qui va disparaître de ma vie aussi vite qu'elle y est entrée. Et je ne peux pas m'y résoudre. Certes, je vais un peu retrouver Vanessa. Une chance que notre appartement soit neuf. Petit, mais aux normes handicapés. L'ascenseur, les vastes couloirs et les larges portes me permettront de rouler en fauteuil, donc de l'y retrouver quand je pourrai rentrer chez moi le week-end. Pour la semaine, elle retournera chez Christian et Solange, comme on va à l'internat.

Mais Juliette ne sera plus là. Juliette et ses sourires rose bonbon. Juliette et ses yeux rougis certains matins. Juliette et ses encouragements résistant à toutes mes périodes de désespoir. Juliette et ses pauses dans ma chambre les nuits de garde pour refaire le monde quand j'étais en forme, ou simplement me tenir compagnie en silence quand mon moral flanchait. Juliette et ses câlins hors nomenclature des soins infirmiers, en cachette parce qu'on aurait pu croire et qu'elle n'avait pas envie qu'on croie. Je pense que j'étais le premier à avoir envie d'y croire. Mais pour ce genre de chose, croire tout seul n'a aucun sens.

Juliette.

Nous n'avons pas beaucoup parlé d'elle ces dernières semaines. Elle doit avoir l'habitude de peu se dévoiler. Après tout, elle doit supposer que ça n'intéresse pas ses patients de raconter sa vie. Je me suis beaucoup confié à propos de Vanessa, comme si j'avais besoin de son aval pour les décisions que j'avais prises ou que j'allais devoir prendre. Je suis son frère, son père et sa mère à la fois. Et je ne suis pourtant pas tout cela. Alors, parfois, c'est compliqué. Comment parler avec elle de sa sexualité, de contraception, de maquillage et de chiffons, de ses doutes d'adolescente ? Comment l'accompagner dans cet âge difficile alors que j'en sors à peine et que je ne connais rien de la vie, encore moins des jeunes filles de sa génération ? Juliette m'a éclairé sur bien des points, et la lumière s'éteint aujourd'hui.

C'est mon dernier jour et j'avais noté qu'elle était de garde. Mon espoir vient d'être balayé par l'apparition d'une autre infirmière qui est entrée dans la chambre. Je lui ai demandé où était Juliette. Elle a fait un changement dans son planning. Je suis partagé entre la déception qu'elle n'ait pas fait en sorte d'être là et le soulagement de ne pas avoir à lui dire au revoir.

Comme ça, c'est réglé. Elle est déjà sortie de ma vie avant même que je sorte de l'hôpital.

J'ai de la peine quand même.

Mais Vanessa devrait arriver. Elle aussi a du rose aux joues. Elle aussi a les yeux rougis certains matins, elle aussi me fait des câlins, de nouveau, maintenant qu'elle a vu que je n'étais plus en verre. Elle aussi me fait du bien.

Sans elles, je ne serais plus là depuis longtemps. J'aurais lâché la corde quand j'étais dans le brouillard, là où je me sentais bien, là où je flottais dans une douceur cotonneuse. Ce sont elles qui m'ont tendu la corde, elles pour qui j'avais envie de tenir.

Et elles ne le savent même pas.

L'ange Guillaume

J'ai hésité à changer ma garde. Mais ma collègue était tellement désespérée que j'ai cédé. J'ai hésité car je savais que Roméo allait quitter l'hôpital pour le centre de réadaptation. Je voulais lui dire au revoir, lui souhaiter de la force et du courage pour les mois qui vont suivre, car je sais que ce sera difficile pour lui. Mais le petit ange Guillaume, qui se pose souvent sur mon épaule, m'a chuchoté à l'oreille : « Tu t'es attachée, Juliette, méfie-toi, je veille. Si tu t'es attachée, ça te fera mal de te détacher, alors coupe maintenant, avant qu'il ne soit trop tard. »

L'ange Guillaume me suit comme un petit nuage de moustiques quand l'été je me promène au bord de l'eau. J'ai beau mouliner des bras pour le chasser, il revient inéluctablement. Mais l'ange Guillaume n'a pas tort, je le sais, je ne veux pas l'entendre, mais je sais... alors j'ai arrêté de mouliner des bras et j'ai accepté l'idée de couper net. J'ai changé ma garde et je ne l'ai pas revu avant qu'il parte.

Je pense parfois à lui, sans trop d'inquiétude, parce qu'il avait cette détermination propre aux pompiers qui affrontent le danger, qui grimpent à l'échelle malgré le vertige. Je sais qu'il y remontera, qu'il y arrivera. Je pense à lui parce que sa présence m'était agréable, sa conversation, ses hésitations attendrissantes à propos de sa petite sœur. « Vous croyez que je peux la laisser mettre du vernis sur les ongles à son âge ? »

Je lui répondais : « Pourquoi pas ?…»

Mes parents ne me l'ont jamais autorisé et je trouvais ça nul. Très occupés dans leur restaurant, ils n'avaient pas beaucoup de temps à accorder à mes états d'âme et à mes questions existentielles. Ils voulaient que je file droit pour ne pas avoir de soucis plus tard. Que je sois une fille modèle qui réussit à l'école, qui n'attire pas les garçons, donc les emmerdes, trop tôt, et qui se trouve un bon parti qui les dégage une bonne fois pour toutes de leur responsabilité. C'est ce que j'ai fait. J'ai obéi, j'ai filé droit, j'ai été une fille modèle, j'ai tout fait pour ne pas attirer les garçons, et j'ai trouvé un compagnon qui me met à l'abri du besoin matériel pour le restant de mes jours. Mais ai-je vraiment vécu ce que j'avais à vivre ? Ai-je éprouvé cette folie de vibrer dans le vide, en faisant le grand écart entre l'enfance et l'âge adulte, sans filet, en me demandant de quel côté j'allais poser le pied ? Je crois qu'on a décidé pour moi, qu'on a posé une planche entre moi et mon avenir pour franchir ce vide, sans trop me laisser le choix, et qu'il me manque quelques ondes vibratoires aujourd'hui.

Malou, qui était revenue en Alsace à ce moment-là et qui s'occupait souvent de moi, parce qu'elle était jeune retraitée, m'aurait autorisé beaucoup de choses, le vernis à ongles et l'équilibre au-dessus du vide. Mais elle ne voulait pas interférer avec les décisions de mes parents. Nous jouions à nous faire belles, nous maquiller, défiler comme des reines sur des talons hauts, mais je redevenais la petite fille modèle avant de rentrer chez moi, les yeux rougis par le démaquillant et quelques larmes de regret. Filer droit !

Vanessa, c'est un peu le contraire… Elle ne réussit pas vraiment à l'école, elle attire les garçons, donc les emmerdes, et elle est en équilibre au-dessus du vide. Sur un fil fragile, prête à chuter, je le sens. Heureusement Roméo n'est pas tombé dans le précipice, il sera là pour la suite. Pour lui tendre la main du côté adulte, tout en gardant un pied dans l'enfance, tant il est jeune. Ces deux-là me touchent.

Oui, Guillaume, je me suis attachée.

Et alors ?

Il s'est passé une semaine avant que je reçoive cette lettre dans mon casier.

« À l'attention de Juliette Toledano, infirmière au service de traumatologie ».

Une enveloppe ordinaire mais l'adresse était écrite à la main. J'ai remercié intérieurement la cadre de me l'avoir déposée pendant ma garde, pour que je la trouve après le travail et non avant. J'aurais eu envie de l'ouvrir avant de partir aux transmissions, donc de la lire, et je serais arrivée en retard…

Je suis vidée par ma journée, mais sereine. Je n'en suis pas à quelques minutes près, alors je m'installe au fond du vestiaire, sur une chaise posée là sans qu'on sache pourquoi puisque personne ne s'y assoit jamais. Elle m'attendait peut-être ? Depuis tout ce temps pour cette seule occasion ? C'est agréable de l'imaginer. Je suis assise au pied d'une petite lucarne qui dépose sur le papier une lumière tamisée. Je déchire lentement l'enveloppe.

« Bonjour, Juliette,

J'espère ne pas trop vous importuner avec cette lettre, cela ne doit pas être courant d'en recevoir de la part d'un patient.

Les vies se croisent et se décroisent sans que l'on sache rien des autres, le boulanger, le chauffeur de bus, le professeur de mathématiques, ou... l'infirmière. Ni mon boulanger ni le chauffeur de bus, ni mon prof de maths du lycée ne m'ont sauvé la vie. Vous, si. Vous avez pris soin de mon corps en charpie, mais aussi de mon âme dans tous ses états, et de mon cœur, quand il a manqué de tendresse. C'est en tout cela que vous m'avez sauvé la vie. Et il m'est difficile de vous laisser en ressortir aussi brutalement que je suis entré dans la vôtre. C'est pareil qu'un pansement adhésif large comme la cuisse que l'on arracherait d'un coup. Ça tire et ça brûle. Parfois pendant long-temps. Cette lettre est ma Biafine à moi, mais je ne sais pas si vous aurez envie d'ouvrir le tube...

Je ne sais pas non plus ce que j'attends exactement. Peut-être de vous donner quelques nouvelles. Peut-être de savoir comment vous allez. Qui vous êtes derrière le masque de l'infirmière.

Je n'arrive pas à me résoudre à vous voir dispa-raître définitivement de ma vie. J'ai sûrement tort. Vous allez peut-être mettre cette lettre à la poubelle et retourner à votre vie sans moi. Après tout, je ne suis qu'un patient parmi les autres. Je crois que je m'enfonce dans la stratégie de la victime... Vous

connaissant, vous allez me le reprocher. C'est pro-
bablement un stratagème de ma part pour que vous
me répondiez que non, je n'étais pas un patient comme
tous les autres...

Merci Juliette pour tout ce que vous avez fait pour
moi. J'aimerais tellement pouvoir vous le rendre au
centuple. Mais je n'ai rien à vous offrir.

Et là, je ne sais pas comment finir. Les formules
de politesse m'ont toujours posé problème. Non que
je ne sois pas poli, mais comment choisir ?

À bientôt,

Roméo.
P-S : *Avez-vous noté que je suis tombé de mon*
échelle depuis un balcon du huitième étage ? Avouez
que pour un Roméo, c'est quand même un comble... »

Je suis restée assise un bon moment sur cette chaise
abandonnée dans ce coin de vestiaire. Je ne sais pas
qui était la plus abandonnée de nous deux, mais
bizarrement, alors que je n'avais aucune raison, j'ai
ressenti un grand moment de solitude et j'ai regardé
longuement dans le vide, sans savoir quoi penser.
Sans savoir quoi penser.

La vacuité d'un casier

Je suis arrivé au centre de réadaptation fonctionnelle encore un peu monté de travers. Je ferais un modèle intéressant pour un Picasso en puissance. Les médecins ont senti que j'avais besoin que ça aille vite. Il y avait une place qui se libérait, nous avons sauté sur l'occasion. Enfin, « sauté », façon de parler, pour ma part, j'ai roulé sur l'occasion, avec mon magnifique fauteuil acier et cuir, de maniabilité d'autant plus complexe que je n'ai qu'un bras qui fonctionne pour l'instant, l'autre étant une des principales régions à reconstruire et à rééduquer.

Je ne m'ennuie pas et j'en veux toujours plus que de raison. Parfois c'est l'équipe qui me freine, il ne faut pas non plus aller plus fort que le corps ne peut le supporter. Je ne laisse pas la douleur m'arrêter. Une force supérieure me pousse à la dépasser, à l'ignorer. Quand il y a un gosse à sauver au huitième étage, on n'a jamais mal nulle part. J'aimerais tellement être déjà sur pied, au moins pouvoir rentrer à la maison tous les soirs et être présent pour Vanessa, mais pour l'instant, j'oublie.

L'objectif final, c'est que je puisse redevenir pompier, remonter sur l'échelle pour éteindre les feux et porter secours aux enfants. On dit qu'en tombant de cheval il faut tout de suite remettre le pied à l'étrier. Pareil avec l'échelle.

L'ambiance est agréable dans la structure. Les kinés font tout pour nous motiver, ils sont durs parfois, mais on sent qu'ils connaissent leur métier et la part de psychologie qui va avec. Parce que des gifles émotionnelles, on en a parfois besoin, quand on a envie de baisser les bras parce qu'on est tombé trois fois ce jour-là alors qu'on pensait progresser. « Le progrès, c'est dans la tête », me dit Michel, le kiné qui s'occupe le plus de moi. Il a raison. C'est quand j'y crois que je progresse. Alors j'y crois. Dur comme fer ! Après avoir été fragile comme le verre, brisé de partout.

Le cal osseux d'une fracture est plus solide que l'os non brisé, paraît-il. Je crois que c'est vrai pour beaucoup d'autres choses, et pas que les os.

Vanessa vient me voir régulièrement. Plus qu'à l'hôpital. Elle est tombée en admiration devant la grande piscine intérieure dont est doté le centre, et probablement aussi les quelques hommes en maillot de bain qui s'y entraînent et lui lancent de doux regards, attirés qu'ils sont par ses formes naissantes sous le tee-shirt, ses longs cheveux et ses grands yeux soulignés de noir. Quand le regard d'un homme se pose sur elle, je la vois vibrer. Il y a en Vanessa cette part de dépendance, ce mystérieux besoin de plaire à tout prix, à tout le monde. Comme si ne pas plaire signifiait ne pas exister. C'est flagrant avec les garçons, et encore plus intense avec les hommes. Je ne sais pas comment les autres gamines de son collège la perçoivent. J'essaie de ne pas trop y penser pour ne pas en souffrir, mais je suppose qu'elle ne donne pas une très belle image d'elle en couchant si tôt avec les garçons, en ayant subi cette IVG. J'imagine en tout cas que ce genre de nouvelle se répand à la vitesse de la lumière et lui fait une réputation bien néfaste. Je sens pourtant qu'elle n'y est pour rien, que son inconscient la guide par le bout du nez pour la pousser à se comporter ainsi. Je ne suis que son frère. À quel modèle masculin peut-elle se référer ? Que cherche-t-elle dans le regard des hommes ? À être aimée. Vanessa me touche et me fait peur en même temps. Plus j'essaie de la cadrer, plus elle s'échappe, et quand je lâche du lest elle revient en pleurant... Elle m'a un jour expliqué comment fonctionne le « troupeau humain » au lycée. Il y a les bergers et les moutons. Les moutons suivent les bergers qu'ils admirent, et les bergers soignent les moutons, parce qu'ils ont besoin d'eux pour exister en tant que bergers. Elle me parlait plutôt de tenue vestimentaire, de couleur de vernis à ongles, de langage ou de comportement, mais je suppose que cette règle entre adolescents s'applique de manière plus globale à l'être humain en société.

Vanessa est une brebis égarée, à l'écart du troupeau. Je ne sais pas si c'est une chance ou un handicap. C'est ainsi.

Et pourtant, elle change depuis quelque temps. Je ne saurais définir à quel niveau, mais elle n'est plus la même. Je me dis que l'accident, peut-être... Ou alors l'IVG ?

Ou autre chose.

Après le déjeuner, avant de reprendre les activités, je tourne à tout hasard le regard vers mon casier à courrier. Et en ce début d'après-midi, ce fameux casier de bois est agrémenté d'une jolie enveloppe colorée. Elle m'a répondu. Elle a ouvert le tube de Biafine. Je respire déjà différemment, sans même l'avoir lue. Pire qu'un adolescent.

Je ne devrais pas. Mais comme Vanessa, mon inconscient me mène par le bout du cœur. Inutile de résister.

Je fais rouler mon fauteuil sur la petite terrasse du coin repas pour profiter de la caresse de quelques rayons de soleil. Avant d'ouvrir la lettre, je la respire en espérant qu'un parfum s'en dégage. Ce que je peux être con, parfois !

« Bonjour, Roméo,

Votre lettre m'a surprise. Vous avez raison, ce n'est pas fréquent de recevoir des courriers de la part des patients. Je crois même que c'est la première fois.

Rien que pour ça, vous n'êtes pas un patient comme les autres, cela semblait vous tenir à cœur. Pour le reste aussi. Comme je vous le disais, je ne prends que rarement mes patients dans les bras pour les réconforter. Mais votre histoire m'a touchée : votre accident, votre chute du huitième étage, votre situation et celle de Vanessa.

Déjà que je trouve la vie injuste, mais alors là, avec votre petite sœur, vous battez tous les records. Alors forcément, comment être indifférente ?

Détrompez-vous, ce n'est absolument pas de la pitié que j'éprouve à votre égard. Mais j'ai un cœur, et vous l'avez interpellé. Je dois vous avouer qu'il m'arrive peu souvent d'avoir de la peine quand un patient quitte le service, mais avec vous, je me suis demandé quel serait votre avenir, et il me paraissait bizarre aussi de laisser la vie suivre son cours sans aucune nouvelle ni de vous ni de Vanessa. Comment va-t-elle ?

Et vous ? Comment allez-vous ? Je ne me fais pas trop de souci, j'ai rarement vu quelqu'un s'accrocher aussi fort. Mais dites-moi quand même, parfois les apparences sont trompeuses.

Et de moi, que voulez-vous savoir ?

Je vous embrasse. (Cette formule de politesse convient-elle ?)

Juliette.

P-S : *vous trouverez derrière l'enveloppe mon adresse personnelle, car je vais bientôt changer de service et votre éventuelle réponse pourrait se perdre dans les couloirs du CHU ou, pire, atterrir dans les mains d'une autre infirmière, vous imaginez ? »*

Voilà...

C'est fou ce que la Biafine peut être efficace parfois.

Je ferme les yeux un instant, en offrant mon visage au soleil qui me réchauffe agréablement la peau. Sa lettre vient de réchauffer tout ce qu'il y a en dessous.

Leur dire ?

Marie-Louise et Jean sont sortis du temps. Certes, les journées sont encore rythmées par l'établissement, les horaires des repas, des visites médicales, et par les cycles de la nature, avec le soleil qui se lève et se couche, mais pour le reste, ils ne font plus partie de ce monde. Ils profitent de chaque instant comme si c'était le dernier. À leur âge, l'échéance se rapproche. Et ils ont conscience de sa venue inéluctable.

— Tu as des nouvelles de ton Roméo ?

— Oui. Il travaille dur au centre de réadaptation. Le connaissant, il va redevenir pompier. Il ne peut pas en être autrement.

— Vraiment ?

— Vraiment ! Il a du caractère. Il fallait bien que je lui transmette quelque chose.

— Moi aussi, j'ai du caractère, et je ne l'ai pas transmis à ma petite-fille.

— Qu'en sais-tu ?

— Elle se laisse mener par son compagnon. Cet homme ne me plaît pas.

— En tout cas, elle fait bien son travail, et Roméo était triste de quitter l'hôpital.

— Elle n'aime pas voir souffrir et prend toujours à cœur de réconforter ceux qui en ont besoin.

— Comme toi. Tu vois, tu lui as transmis ça. Tu ne pouvais pas tout lui transmettre.

— Je réconforte qui ?

— Tu m'as réconforté quand j'ai appris la mauvaise nouvelle pour Roméo.

— Et depuis on ne s'est plus quittés. À croire que les choses devaient se passer ainsi.

— Si je n'avais pas eu la larme à l'œil ce soir-là, tu ne m'aurais même pas remarqué.

— J'aime les hommes qui osent montrer leur fragilité. C'est qu'ils sont forts tout au fond.

— Tout le monde ne voit pas les choses comme ça.

— Chacun voit ce qu'il veut. Allons-nous leur dire, pour nous ?

— Tu plaisantes ?… ils sont assez grands pour s'en rendre compte tout seuls. Ça viendra bien un jour. D'ailleurs, plus notre relation est secrète, plus elle me semble excitante.

— Et moi, j'ai envie de la crier au monde entier, tellement je suis heureuse.

Marie-Louise se love dans le cou de son amoureux, en lui caressant la joue. Elle se dit que si la vie n'a pas été très généreuse jusque-là, elle lui offre un joli cadeau pour finir. Parce qu'elle sait que c'est avec lui qu'elle finira, quoi qu'il arrive.

Quoi qu'il arrive.

Cher Toi,

J'ai rompu avec Raphaël. Il était devenu trop superficiel. D'abord, il ne m'a même pas demandé comment ça s'était passé pour l'IVG. Bon, je ne lui ai pas dit que j'étais enceinte, je voulais pas que ça se sache. Mais il aurait dû le sentir ! Ils sentent rien les mecs ! Et puis, il continuait à tourner autour de l'autre poule aux longs cheveux blonds. Qu'il se la fasse si ça lui chante, moi, j'ai mieux à faire.

J'ai un autre homme dans ma vie. Il ne le sait pas encore, mais je crois qu'il sera heureux de l'apprendre, quand il sera temps de lui dire. Si ce n'était pas le cas, il m'aurait envoyée balader quand je lui ai demandé son numéro de portable, et ne m'aurait pas répondu, ce soir, quand je lui ai demandé comment ça allait. Mais il m'a répondu. Christian m'a demandé, à table, pourquoi j'avais ce sourire niais sur les lèvres, qui ne partait pas, même en mâchant. Je lui ai dit que j'avais eu une très bonne note en classe. Il a semblé me croire. C'est tellement important

143

pour les adultes de réussir en classe qu'on arrive à tout leur faire gober en donnant ça comme argument.

Moi, je m'en tape complètement, de mes notes. Quoique, il faut que je m'y mette, là, si je veux être infirmière. Mais je sais qu'il m'aidera, qu'il me fera réviser, qu'il m'expliquera les leçons. Il est intelligent.

Prochaine étape, j'essaie d'aller boire un pot avec lui. Avec des talons, une jupe droite et un chemisier, un maquillage neutre, je ferai presque majeure.

J'étais tellement heureuse ce soir, que j'ai même dansé le twist avec les patins de Solange. Je ne danse jamais le twist, mais avec des patins sous les pieds, je ne pouvais pas faire grand-chose d'autre...

Il va reluire, son parquet ! Ah, ça !

Mais pas autant que mon cœur...

Honte

Ce soir nous étions invités chez un collègue de Laurent que je ne connaissais pas. Je savais que j'aurais encore l'air d'une potiche, mais il tenait à ce que je vienne. Nous étions déjà un peu en retard, et je me doutais qu'il patientait dans l'entrée. Il m'avait déjà appelée à trois reprises. La deuxième fois, cela m'avait fait sursauter alors que j'appliquais mon mascara. J'ai dû recommencer tout l'œil. Je mets un certain temps à me préparer avant ce genre de soirée, car il attend de moi que je fasse le maximum pour être fier de sa compagne auprès des autres.

Quand j'ai fait craquer les premières marches de notre escalier en bois pour descendre au rez-de-chaussée, je l'ai entendu grommeler quelque chose. Je suppose qu'il se réjouissait que j'arrive enfin. Il s'est retourné, m'a regardée, non, dévisagée, du haut de ma chevelure jusqu'au bout des chaussures.

— Tu n'avais pas une robe qui montre moins tes fesses ?

— Nous l'avons choisie ensemble.

— Oui, avant que tu ne prennes ces cinq kilos.

— Ce sont les traitements hormonaux qui m'ont fait grossir.

— Tu aurais donc pu enfiler quelque chose qui te mette plus en valeur, si toutefois c'est possible.

— Je vais aller me changer.

— Non, c'est trop tard maintenant, nous allons déjà arriver après l'heure prévue et tu sais que je déteste ça.

Je me suis assise dans la voiture, mal à l'aise, en pensant qu'il aurait dû venir me voir à l'étage, me donner son avis sur ma tenue, me dire que ça n'allait pas, ou s'abstenir de le faire si je n'avais de toute façon plus le temps de me changer. J'allais passer la soirée à me demander si les gens voyaient mes fesses, à rester assise le plus possible et à raser les murs. Tous ces compliments qui débordaient de sa bouche quand nous nous sommes connus ne sont plus que de lointains souvenirs.

Il faut que je prenne plus soin de moi, que j'arrête de le décevoir, pour retrouver ces paroles agréables qu'il avait envers moi quand il me disait que j'étais magnifique.

J'ai tellement besoin qu'on me dise que je suis magnifique.

Ce n'est pas vraiment ce qui s'est passé chez ces gens. En arrivant, il m'a présentée à eux en s'excusant de la façon dont j'étais habillée, mais qu'avec mes kilos en trop, je n'avais plus rien à me mettre. La femme de notre hôte, elle, était élégamment vêtue, brushing parfait, souriante.

La soirée s'est déroulée de façon très ordinaire. Ils ont parlé du CAC 40 du début à la fin du repas. L'épouse ne disait rien, mais son mari lui fichait la paix. Laurent, lui, m'a prise à partie à plusieurs reprises :

— Tu en penses quoi, Juliette ? Remarque, tu ne dois pas en penser grand-chose… Pour avoir son diplôme d'infirmière, il suffit de connaître la règle de trois.

Et les deux hommes se sont mis à rire. L'épouse modèle, en face de moi, semblait gênée. Mince, jolie, bonne cuisinière, couveuse de trois enfants bien peignés et polis, elle semblait épanouie. Mais les apparences sont parfois trompeuses. Elle faisait les gros yeux à son conjoint, qui faisait semblant de ne rien voir. Laurent est quand même son supérieur hiérarchique, difficile de ne pas aller dans son sens.

Quand elle m'a proposé un dessert, Laurent m'a fait remarquer que je ferais mieux de m'abstenir avant de ressembler à une baleine. Je n'ai pas touché à la part de tarte tatin qu'elle avait déposée dans mon assiette.

Sur le chemin du retour, il a brossé le tableau idyllique de ce à quoi nous avions assisté toute la soirée. « Et tu as vu comme leurs enfants sont bien élevés, et son repas, c'était délicieux. Elle est bien foutue sa femme, hein ? »

Moi, j'ai passé le dîner à penser à ma robe trop moulante, et je n'ai presque rien mangé finalement, juste de quoi me rendre compte qu'effectivement, c'était très bon. Je devrais prendre des cours de cuisine. Il me ferait peut-être quelques compliments. Mais où les caler dans mon emploi du temps ?

Je me suis sentie grosse, moche, et nulle.

Vraiment nulle.

Lâcher la barre

Aujourd'hui est une grande victoire.

Je suis dans la peau du gosse qui lâche le canapé et fait ses premiers pas vers le fauteuil, sous les encouragements et les applaudissement de ses parents.

Pas de parents, mais des kinés ; pas de salon, mais la salle d'exercice du centre.

La même joie, la même fierté. Et la même envie de recommencer. Parce que c'est la liberté qui est au bout de tout cela. La liberté de jouir de toutes les capacités de son corps, de penser que je vais redevenir comme avant, quand ce foutu bras sera lui aussi en parfait état.

Je veux remonter sur l'échelle, je veux encore tenir la lance pour éteindre les feux. Je veux même aller chercher des chats dans les arbres, ou enfumer des nids de guêpes. Je veux recommencer à sauver des gens. Plus encore depuis que je me suis sauvé moi-même. Maintenant je peux leur dire que ça vaut le coup, vraiment. Même s'ils sont aussi bousillés que leur voiture qui a fait cinq tonneaux. Parce que l'espoir ne s'éteint jamais. Pour moi, la lueur était minuscule, ils n'étaient pas sûrs que je survive, et aujourd'hui, je marche sans me tenir à la barre.

Je l'ai lâchée, cette barre de soutien, pour reprendre celle de ma vie et décider de là où je vais.

Je me suis isolé dans ma chambre, fatigué mais heureux de ma journée. J'ai sorti une feuille de papier, saisi mon stylo à encre, celui que Vanessa m'a offert avec son argent de poche, juste avant que je passe mon concours de pompier. J'ai terminé major de ma promo. Et je sais que c'est en partie grâce à lui. Grâce à elle.

Seule à la maison

Journée de repos. Je suis seule à la maison. Quelques crudités et une tranche de jambon m'attendent dans mon assiette, mais avant de m'attabler, je vais toujours chercher le courrier, des fois qu'un magazine quelconque vienne me tenir compagnie pendant que je mange.

« Chère Juliette,

Je vais commencer par des nouvelles de moi, car j'ai une très belle chose à partager avec vous aujourd'hui. J'ai fait mes premiers pas tout seul. C'est prometteur, n'est-ce pas ? Et c'est un peu à vous que je pensais en les faisant. À Vanessa et à vous, les deux personnes qui m'ont soutenu. Alors je suis fier. Oui, je suis fier d'y être arrivé.

Les kinés sont sympathiques et efficaces, je progresse rapidement. J'aimerais que cela aille plus vite encore, mais le corps a ses limites. J'ai tellement hâte de retrouver ma vie d'avant, ma petite sœur, mes amis, mes collègues, l'engin rouge qui me fait vibrer. J'y arriverai, vous savez ? Parce qu'un jour, vous m'avez dit de lâcher la stratégie de la victime et que je n'ai pas oublié cette phrase...

Vanessa va étonnamment bien. Je pensais qu'après son IVG elle sombrerait dans une période de noir, et pas du tout. J'ai l'impression qu'il se passe quelque chose dans sa vie, mais je ne sais pas quoi. Et je n'espère même pas qu'elle me le dise. Ça me fait plaisir de la voir ainsi. Finalement, elle s'est faite à la situation, elle a pris ses marques chez mon collègue et son épouse, et je la vois plus souvent qu'avant. Elle aussi, vous l'avez beaucoup aidée, et je ne sais pas comment vous remercier. Avec tout ce qu'elle a vécu en si peu d'années de vie, elle a de la chance d'avoir croisé le chemin d'une personne bienveillante et douce.

Ce que j'aimerais savoir de vous ? Euh... tout ! Mais je ne peux pas vous dire cela ainsi, vous allez prendre peur et ne plus me répondre. J'ai vraiment envie que vous me répondiez. Alors commençons par les choses un peu classiques. Êtes-vous mariée ? avez-vous des enfants ? quels sont vos loisirs ? vos goûts, vos motivations dans la vie, et ce qui vous donne envie de vous lever le matin ?

J'espère que ce n'est pas trop.

Je vous embrasse (ce n'est pas trop non plus, pas à mes yeux).

                                                        Roméo. »

Quelle jolie nouvelle. Roméo vient de me faire oublier mes états d'âme et de me renvoyer à mon propre statut de victime. Après tout, je suis comme je suis. Je n'y peux rien si ces hormones me font gonfler. Je vais quand même faire attention à ce que je mange, mais sans en faire une montagne. C'est Laurent qui rend malade de ces quelques kilos en trop. Car au fond, avec ou sans cette couche adipeuse supplémentaire, je reste la même, non ?

Sourire bêtement

« *Cher Roméo,*

En effet, je ne vais pas pouvoir me raconter en une seule lettre. Trente-six ans de vie prennent un peu de place. Voilà, vous savez déjà mon âge. Je me dis que c'est plus loyal ainsi, puisque je connais le vôtre grâce à votre dossier médical. Non, je ne suis pas mariée, parce que mon compagnon me fait languir sur ce sujet. Nous nous connaissons depuis quelques années, mais c'est un peu tôt à ses yeux. Non, je n'ai pas d'enfants, parce que, sur cet autre sujet, c'est la nature qui me fait languir. Voilà quelques années que nous essayons d'en avoir un, mais en vain. Je suis dans un parcours de procréation médicalement assistée. Vous avez peut-être remarqué que j'avais grossi, que j'avais les yeux rouges certains matins, parce que le traitement est difficile. Mais je ne me plains pas, vous avez bien plus grave à affronter. Il serait inopportun de ma part de larmoyer sur mon sort. Nous avons un bel appartement, mon ami est banquier, chef d'agence, il gagne bien sa vie. Il aimerait que je reste à la maison, mais je n'ai pas envie

152

de quitter mon travail, car c'est en grande partie ce qui me fait me lever le matin. En revenant de garde, j'ai l'impression d'avoir servi à quelque chose. De quoi donner envie de se lever le matin suivant.

Vous vous demandiez comment me remercier pour ce que j'ai fait pour votre sœur et vous. J'ai bien une idée... Mais ce n'est pas si facile à réaliser. Cela dit, je pense que vous y arriverez.

Soyez heureux !

Oui, soyez heureux, Roméo, et ce sera le plus beau cadeau que vous pourrez me faire. Je vous ai vu tout au fond du trou, alors de vous savoir refaire surface me fera le plus grand bien.

Quant à Vanessa, si elle semble heureuse en ce moment, c'est qu'il se passe une jolie chose dans sa vie. Peut-être est-ce simplement le fait que vous soyez vivant ?

Et vous ? Peut-être est-il temps de m'expliquer plus en détail votre situation familiale, un frère et sa sœur seuls au monde, ou presque... Sauf si vous ne le souhaitez pas...

Je vous embrasse.

Juliette.

P-S : *N'oubliez pas les "trois jolies choses de la journée..." ».*

Je replie la lettre et je souris bêtement.

Je crois que je suis amoureux. Mais elle aussi, et pas de moi. Elle voudrait se marier, c'est qu'elle tient à lui. Ils essaient d'avoir un bébé, preuve suprême de la solidité de leur couple. Alors que faire ? Je n'arriverai pas à oublier ces sentiments qui sont en train de monter en moi comme un puits asséché qui soudain retrouve l'eau. Pour rien au monde je ne voudrais qu'elle soit malheureuse. Et si j'essaie de m'interposer entre elle et son compagnon, c'est ce qui arrivera, puisque c'est lui qu'elle aime. Je suis écartelé entre la nécessité de l'épargner et la peur de la perdre. Mais quelques lettres peuvent-elles mettre en danger une relation ? Nous ne faisons rien de mal, nous avons seulement le désir de nous connaître. C'est au fond de moi que tout se complique : je tombe amoureux d'une femme amoureuse d'un autre.

Ça doit être gravé sur le marbre de ma destinée : « Tu tomberas amoureux d'une femme qui ne pourra pas l'être de toi, puisqu'elle en aimera déjà un autre, ainsi, tu souffriras, et ce sera bien fait pour toi. »

Victimisation. Stop. J'arrête de réfléchir et je laisse la vie agir. Elle décide toujours finalement. Alors à quoi bon se torturer l'esprit… ?

M'exécuter

Laurent m'attend, assis sur le canapé. Je l'aperçois en refermant la porte de l'appartement. Il m'observe sans rien dire, me regarde poser mes clés et mon sac à main, enlever mes chaussures.

— Ça va, ma chérie, tu as passé une bonne journée ?

— Pas mal de travail, mais ça va. Et toi ?

— Moi, je suis dévasté. Mais tu vas peut-être pouvoir m'expliquer pourquoi tu as fait ça.

— Fait quoi ?

— Me déchirer le cœur.

— Qu'est-ce que j'ai fait ?

— Ne joue pas les innocentes, tu le sais très bien.

— Non, je ne sais pas.

— Et en plus, tu me fais passer pour un menteur.

— Laurent, explique-moi pourquoi tu me dis tout ça.

Il tourne toujours autour du pot pour me faire avouer les choses, pour me faire comprendre qu'il souffre et que c'est de ma faute, mais là, en l'occurrence, je ne comprends pas de quoi il parle. Il ne dit rien, et me regarde, avec des yeux tristes, mais d'où jaillissent des éclats de haine. C'est la première fois qu'il me regarde ainsi, et cela me glace le sang. Je crois que j'ai peur, peur de lui, de ses réactions, peur de savoir ce qu'il me reproche.

Il sort alors une lettre de derrière son dos. Je la reconnais immédiatement. Le timbre comporte une grosse fleur, comme sur les lettres précédentes. Elle est ouverte. Il l'a lue. Je me sens soudain très mal, agitée par des sentiments mêlés : je me sens trahie et je me sens coupable. C'est donc cela qui le met dans cet état. Je ne sais pas ce qu'il y a dans cette lettre. Je n'ai pas l'impression d'avoir fait quelque chose de mal en répondant à mon patient.

— C'est une lettre pour moi ?

— Tu me dégoûtes à continuer à jouer les innocentes.

— Je peux la lire ?

— NON !

Il a répondu très sèchement. D'habitude, il garde toujours son calme. Cette fois, j'ai senti l'agacement, et la brutalité de la réponse m'a fait sursauter. Je me rends compte que cette lettre, j'ai envie de la lire, qu'elle m'est adressée, et qu'il n'a pas le droit de se l'approprier, encore moins de m'empêcher de la lire.

— Non, parce que c'est moi qui vais te la lire. Tu veux bien ?

— J'ai le choix ?

— Non, en effet. Assieds-toi !

Je m'exécute.

Il m'exécute…

« *Ma chère Juliette…* »

— Eh bien. Tous tes patients te le rendent aussi bien ? Tu leur fais quoi pour que vous soyez aussi intimes en quittant l'hôpital ? Tu les suces, ou bien ?

Je sens les larmes me monter aux yeux, car je sais qu'il en sera ainsi tout au long de la lettre et qu'il va la salir, la piétiner, me piétiner, me salir. Je pense à Roméo, qu'il va salir et piétiner par la même occasion et qui ne le mérite pas.

« Vos lettres me font toujours le même effet. Celui d'avoir envie de progresser, d'aller mieux, de me battre, pour vous prouver que vous aviez raison, la vie vaut le coup d'être vécue. Comment un homme peut-il vous faire languir pour vous demander en mariage ? J'avoue ne pas comprendre. Surtout vous. Je vous trouve tellement extraordinaire... »

— Tu es allée lui raconter que je ne voulais pas me marier avec toi ?

— C'est la vérit....

— TAIS-TOI ! Ça te fait plaisir de me faire passer pour un bourreau sans cœur. Tu penses vraiment ça de moi ?

— ...

— Je t'ai posé une question.

— Non. Mais il faut dire que...

— Tais-toi, c'est pas fini !

« Quant à ce désir d'enfant, vous allez le combler, j'en suis certain. La vie vous enverra un beau bébé, elle ne se trompe jamais, même si le parcours est parfois difficile. »

— Parce que tu lui as aussi parlé du parcours de PMA ? Tu lui as expliqué que j'allais me branler dans un cagibi tout seul face à un mur blanc parce

157

que tu es fichue de travers ? Tu lui as dit ça ? Non, évidemment. Peut-être même lui as-tu fait croire que c'était moi qui n'étais pas capable…

— Non, je te promets.

— Je n'arrive même plus à te croire.

« Je prends soudainement conscience à quel point il a dû être difficile pour vous d'accompagner ma petite sœur pour son IVG. Vous vous battez pour en avoir un, et elle vous demande la bouche en cœur de l'aider à arracher le sien de ses entrailles. Je suis vraiment désolé. Vous n'auriez pas dû vous proposer, nous aurions trouvé une autre solution. »

— C'est quoi cette histoire d'avortement ?

— …

— C'est quoi cette histoire d'avortement ?

— Sa petite sœur de quatorze ans est tombée enceinte. Il ne pouvait pas l'accompagner, je l'ai fait en tant que personne de confiance.

— Quatorze ans et enceinte ? C'est une salope, sa petite sœur ! Tu corresponds avec le frère d'une petite salope ?

— Laurent, arrête.

— Oui, j'arrête, ne t'inquiète pas. D'ailleurs, ensuite, il te raconte son histoire, et c'est tellement inintéressant que je n'ai même pas lu jusqu'à la fin. Sauf qu'il t'embrasse. Il te fait autre chose aussi ?

— Non.

— Alors écoute-moi bien, Juliette. Tu vas prendre une feuille et un stylo et tu vas lui dire que ce n'est plus la peine qu'il t'écrive, parce que ton mari, pardon, ton compagnon n'est pas d'accord, et qu'il pourrait bien prendre des mesures coercitives si ça devait se poursuivre.

— Mais, nous ne faisons rien de mal...

— Tu me trahis, tu me plantes un couteau dans le dos, et à part ça tu ne fais rien de mal. Je me demande même si j'ai envie d'avoir un enfant de toi. Et arrête de pleurer comme une gamine. Tu lui écris cette lettre ou tu t'en vas. C'est clair ?

— C'est clair.

— Sur ce, je vais me coucher. Ce n'est pas la peine de venir me rejoindre. Cette nuit, tu dors dans le canapé, je n'ai pas envie de te voir.

Il s'en va en me lançant le même regard menaçant. Je suis désespérée. Il me piège avec son ultimatum. Je ne me sens pas le courage d'écrire cette lettre à Roméo. Je n'ai pourtant pas le choix. Sinon, je perds Laurent et je lui brise le cœur.

J'ai cependant besoin de lire la fin de sa dernière lettre puisque ce sera la dernière.

« *Notre histoire pourrait paraître caricaturale, et pourtant, je me suis vite rendu compte que nous n'étions pas les seuls dans ce genre de situation. Notre mère est une femme faible et fragile. Elle a mal tourné à la fin de l'adolescence et a violemment plongé dans des addictions de toutes sortes, tabac, drogue et alcool. Son petit ami de l'époque faisait partie des drogués du quartier. Forcément, elle est tombée enceinte. Il fallait s'y attendre. Elle a quand même réussi à prendre soin de moi, une fois placée en unité d'addictologie, puis suivie par un réseau spécialisé dans les dépendances. C'est quand mon père est parti qu'elle a dévalé la pente. J'avais dix ans. Elle a sombré à nouveau dans la mauvaise soupe dont le réseau avait réussi à la tenir éloignée. Autre compagnon, autre drogue, l'alcool pour celui-là. Vanessa est née. Quand son père était à peu près sobre, notre vie était presque normale, même si maman restait très fragile et toujours très dépendante de ses addictions. Il m'arrivait d'essayer de la réveiller pendant plusieurs minutes quand j'étais inquiet de ne plus la voir bouger depuis trop longtemps. Ça marque un gosse, de vivre des choses comme ça. J'ai très vite appris à me débrouiller tout seul, pour aller à l'école, pour faire quelques courses en rentrant, préparer un repas à peu près correct. Mais Vanessa pleurait beaucoup. La première fois où j'ai vu mon beau-père la secouer pour qu'elle se taise, j'avais onze ans et demi, j'étais en sixième, et j'avais la tête d'un adulte sur des épaules d'enfant. Je comprenais ce qui se passait. Je savais que si je m'interposais, il était capable de me balancer contre le mur. Une mauvaise chute et je n'aurais plus été là pour protéger ma petite sœur. Alors, la deuxième fois, je l'ai filmé avec un petit appareil photo que j'avais gagné à la tombola de l'école, et je suis allé en parler à la CPE. Je lui ai dit qu'il fallait me prendre au sérieux parce que c'était grave et que j'aimais ma petite sœur. Quand la CPE a vu la vidéo, tout a été très vite. Nous sommes partis d'abord dans un foyer, puis en famille d'accueil. Au départ, nous étions ensemble, et puis on a été séparés et j'ai été mis à l'internat pour mes dernières années de collège. Et ensuite pour le lycée. Vanessa a grandi trop vite. Elle n'a pas connu l'insouciance d'une petite fille normale. Elle a enchaîné les familles d'accueil. À cinq ans, elle s'était déjà sauvée deux fois,* avec sa petite valise. Vite rattrapée, évidemment. Moi, je savais ce que je voulais faire depuis qu'on nous avait placés en foyer. La caserne des pompiers était en face, je les observais depuis notre fenêtre. J'avais parlé avec l'un d'eux. Je serais pompier professionnel. Je me suis engagé chez les jeunes sapeurs-pompiers volontaires dès que j'ai pu, c'est-à-dire dès le collège, et je me suis donné à fond.

À fond chez les pompiers, j'en pleurais parfois tellement les muscles me faisaient mal, mais j'ai développé une force suffisante pour paraître dix-huit ans quand je n'en avais que quinze. Commencer tôt m'a permis de valider mes acquis et de passer le concours rapidement.

À fond à l'école, pour avoir mon brevet, puis mon bac, et réussir le concours de sapeur-pompier professionnel. Parce que j'avais une seule idée en tête en faisant tout ça, une seule : devenir le tuteur légal de ma petite sœur et la prendre avec moi. Quand on aurait un chez-nous, elle ne se sauverait plus. Pour ça, je savais qu'il fallait que je sois majeur et que j'aie un travail. Les démarches, je les avais un peu préparées en amont avec l'assistante sociale, un amour de femme qui m'a soutenu jusqu'au bout, désespérée de voir Vanessa monter progressivement d'un cran dans la violence lors de chaque placement dans une nouvelle famille d'accueil. C'est ainsi qu'un peu après mes dix-huit ans, j'ai eu mon concours, un poste, et ma petite sœur. Tout s'est mis en place : j'ai trouvé un petit appartement, pas très loin de la caserne, et ma voisine, une femme qui vivait seule avec son fils, a accepté de s'occuper de Vanessa quand j'étais en service.

Voilà, vous connaissez l'histoire. Pour la suite, eh bien, on va dire que je fais comme je peux. Mais je ne suis manifestement pas efficace sur tous les fronts. Pas sur celui de la contraception en tout cas. Vanessa a grandi vraiment trop vite pour moi.

Voilà, je m'arrête là, mon bras me fait terriblement souffrir, il n'a plus l'habitude d'écrire aussi longuement.

Je vous embrasse.

À très bientôt,

Roméo. »

C'est pour ça qu'il s'est autant battu après son accident, il ne pouvait pas faire autrement. Sinon, le combat qu'il menait depuis des années pour accompagner Vanessa était perdu. Je le comprends maintenant. Je le comprends et je voudrais l'aider. Mais c'est devenu impossible.

J'écris cette lettre. L'âme brisée en deux et le cœur en mille morceaux…

Un peu plus tard dans la nuit, je me réveille en sentant une main se faufiler entre mes jambes. Je comprends ce qu'il vient chercher. Je n'essaie même pas de résister, vu ce qui s'est passé dans la soirée, c'est perdu d'avance. Je fais l'étoile de mer en regardant ailleurs, le laissant me prendre froidement, sans aucune tendresse. Ça ne dure pas bien longtemps, mais ça fait mal, très mal. Il repart immédiatement dans notre lit, et moi je reste là, recroquevillée dans le canapé, en pensant à la douceur des mots de Roméo, et à la lettre que je m'apprête à poster demain.

Cher Toi,

J'ai failli m'évanouir. Je m'en fous, il m'aurait réanimée. Nous sommes allés boire un café. Enfin, moi j'ai pris un coca, je déteste le café, c'est trop amer. On a parlé pendant des heures. Je crois. Ah, peut-être juste une, mais le temps est passé trop vite. Il a envie qu'on se revoie. Et quand nous nous sommes quittés, il m'a embrassée sur la joue, beaucoup trop près de la bouche pour que ce soit un hasard.

Il a dit que j'étais très jolie. J'étais presque aussi grande que lui, avec les chaussures à talons que Charlotte avait chourées à sa mère. Je m'étais entraînée toute la soirée d'hier pour ne pas donner l'impression que je ne savais pas marcher avec ça. Tant pis pour les patins. Solange est venue me demander d'arrêter ce bruit de claquement sur le parquet. Mais je ne lui ai pas ouvert la porte. Elle m'énerve. Elle envoie bouler son mari à longueur de journée, alors qu'il est gentil comme peu d'hommes. Une connasse mal baisée, enfin, je dis pas ça contre Christian. Ça doit être elle qui sait pas en profiter, de son cul, pour être aussi coincée.

Et puis, ça faisait à peine un quart d'heure qu'on s'étaient séparés qu'il m'a envoyé un SMS. Bon, je lui en avais déjà envoyé trois, mais il aurait aussi pu ne pas répondre. Je lui manquais déjà.

Si tu savais comme je suis heureuse, si tu savais !

En miettes

Juliette, ou comment passer du sourire au désespoir. Non, non, il n'y aura pas de désespoir. Interdiction. Elle serait déçue. Je ne tomberai plus, même si j'ai le cœur en miettes.

J'ai vraiment le cœur en miettes.

« Cher Roméo,

Je suis profondément triste de vous écrire cette lettre, mais je n'ai pas le choix. Mon mari a lu votre précédent courrier. Il n'aurait pas dû mais il l'a fait. Il a très mal pris le fait que j'entretienne une correspondance avec un ancien patient, que je vous aie parlé de notre couple, de nos soucis pour avoir un bébé. Il a vraiment été très fâché et m'a dit que je devais choisir entre vous et lui. Vous comprenez évidemment que je ne peux pas l'abandonner. Nous nous connaissons à peine, vous et moi, alors qu'il partage ma vie depuis des années, que nous avons des projets ensemble. J'aurais aimé pouvoir continuer à avoir de vos nouvelles, mais...

Je pleure en écrivant cette lettre, car je m'étais attachée à vous, à Vanessa, et ça me déchire le cœur de mettre un point final à tout ça.

J'espère que vous ne m'en voudrez pas. Du peu que je connais de vous, je sais que vous comprendrez pourquoi il faut que nos chemins se séparent.

Prenez bien soin de vous, Roméo, soyez heureux, et veillez sur votre petite sœur, elle a encore besoin de vous, vous avez raison.

On ne choisit pas toujours dans la vie. Je ne choisis pas.

Je vous embrasse très fort,

Juliette. »

J'ai l'impression que le monde s'écroule. Je me laisse tomber sur mon lit, les yeux au plafond, désespérément blanc. Moi qui me posais des questions sur la façon dont je devais m'y prendre pour ne pas lui faire de tort, c'est elle qui donne la réponse. Son mari, plutôt.

Juliette a fait son choix, il est respectable, évidemment. Moi aussi je pleure. Il faut bien que le chagrin prenne un peu de place, mais je ne lâcherai pas le combat pour redevenir pompier. Pour rien au monde je ne lâcherai. Pour Vanessa au quotidien, et pour l'infirmière qui m'a sauvé la vie de loin, avec le cœur...

Le milliardaire russe

Le message de Guillaume m'a surprise. Il m'appelle parfois en dehors du travail, pour prendre de mes nouvelles, ou, quand nous travaillions dans le même service, me demander ce que j'aimerais grignoter. Mais avant-hier, sa voix était nerveuse, il avait besoin de me voir, des choses à me dire, c'était important et, d'après lui, personne d'autre que moi ne pouvait recueillir ses confidences, question de confiance.

Quel honneur !

J'ai dit oui, évidemment, pour déjeuner avec lui après ma garde.

Quand j'arrive, il est déjà assis au fond du restaurant et me fait signe en levant le bras, puis se lève pour venir à ma rencontre. Guillaume, qui me dépasse d'une tête, de deux bonnes largeurs de bras, et de quatre pointures, m'embrasse gentiment, puis me serre les épaules de ses deux mains en les frottant vigoureusement, tout en me demandant comment ça va. Cela me laisse la douce impression qu'il ressent le besoin que j'ai de me réchauffer. Comment sait-il que j'ai froid ? Le souvenir du regard glacial de Laurent.

Nous prenons quelques instants pour regarder le menu et commandons le plat du jour, c'est plus simple comme ça.

— Alors, dis-moi tout !

— Tout ?

— Tout ! Vu comme tu étais agité en m'appelant, et vu l'état de ta serviette de table, que tu dois tripoter depuis un bon moment tellement elle est chiffonnée, je suppose que tu dois avoir des choses à raconter.

— Je suis perdu.

— Perdu… perdu… tu sais où on est, là ?

— Te moque pas, Juliette, déjà que c'est difficile à exprimer.

— Je détends l'atmosphère… C'est le cœur ?

— Le cœur, qui fait n'importe quoi, et qui ne m'écoute plus.

— Raconte !

— …

— Les vers vont sortir tout seuls de ton nez ou je vais avoir besoin d'aller les tirer ?

— …

— Tu es amoureux de l'épouse d'un milliardaire russe et tu ne sais pas comment ils vont te liquider ? Un bain d'acide ou une balle dans la nuque. Perso, je préfère la balle dans la nuque, c'est brutal, mais au moins, tu souffres moins longtemps.

— Juliette !

— Ben raconte !

— Oui, je crois que je suis amoureux. Mais c'est compliqué.

— Ah ?

— …

— Tes vers sont vraiment paresseux ! Elle a quatre-vingt-cinq ans, t'a couché sur son testament, et ses enfants et petits-enfants te regardent d'un mauvais œil, depuis le temps qu'ils attendent l'héritage pour construire leur piscine et changer de voiture ? C'est pour ça que l'autre fois tu m'as parlé de la différence d'âge dans les couples ?

— C'est bien une histoire de différence d'âge, mais dans l'autre sens.

— Ne me dis pas que tu es tombé amoureux d'une mineure.

— …

— Quel âge ?

— On s'en fout de l'âge.

— Euh, pas tout à fait, surtout pas la loi… Quel âge ?

— Presque quinze…

— Guillaume, tu arrêtes ça tout de suite, tu vas avoir de gros problèmes, de très gros problèmes. Tu risques la prison, tu le sais ?

— Je peux pas. J'ai jamais ressenti ça.

— Je veux rien savoir, il faut que tu l'oublies, un point c'est tout.

— Impossible.

— Tu l'as trouvée où cette gamine ?

— …

— Tes vers !

— …

— À la fête foraine ? À la piscine ? Au cinéma ?

— En réa.

— En réa ? Mais t'es au service adultes.

Et là, dans son regard implorant ma compassion et mon indulgence, je mets à peine quelques secondes à comprendre de qui il parle. Les quelques secondes suivantes me permettent ensuite de faire défiler la bobine du film avec un regard nouveau sur les événements et de comprendre. Comprendre ce qui a bien pu se passer. Le comprendre tout court.

— Vanessa ?

— …

— Guillaume, cette gamine n'est pas faite pour toi.

— Qui est fait pour moi ? Et pour qui est-elle faite ? C'est quoi, ces histoires d'être fait pour quelqu'un et pas pour quelqu'un d'autre ?

— C'est une fille en souffrance…

— Justement.

— Alors, tu ne l'aimes pas pour ce qu'elle est mais pour ce que tu peux lui apporter ? Espèce de sauveur !

— Je l'aime pour ce qu'elle est. Son impertinence, sa fragilité. Cette carapace qu'elle enfile pour montrer qu'elle est forte et la petite tortue en dessous qui se rétracte dès qu'on la frôle. Cette vulgarité qu'elle affiche fièrement mais qui cache une grande intelligence. Elle essaie de se débarrasser de son enfance comme on secoue son doigt pour décoller un sparadrap. Sans succès. Elle a les défauts de l'adolescence et les qualités qui vont avec. Elle est entière et franche, avec des idées bien arrêtées sur ce qui compte dans la vie, mais elle se laisse naïvement embarquer dans des histoires qui la déboussolent plus encore.

— Et toi aussi tu te laisses embarquer dans une histoire qui va te déboussoler.

— On a beaucoup parlé, tu sais ? C'est pas un coup de tête. Je sens que je l'aime, j'y peux rien. C'est pas un coup de foudre non plus, c'est pas le côté Lolita qui m'attire. Elle n'en est vraiment pas une, en plus. Ça monte doucement, mais sûrement, comme une évidence. Je ne me l'explique pas. Mais est-ce que l'amour s'explique ? On ressent sans réfléchir.

— On peut ressentir ET réfléchir, parce que c'est la réflexion qui voit le danger. Bon, il y a au moins un côté positif, c'est qu'avec son implant contraceptif tu ne risques pas de la mettre enceinte si jamais tu couches avec elle. Parce que là, tu serais vraiment dans la merde. En te disant ça, je n'ose même pas l'imaginer….

— Elle a déjà couché avec d'autres garçons. Elle a quatorze ans et quelques, mais en fait dix-huit facile. C'est pas une gamine de l'école primaire.

— Demande-lui les tests de dépistage que la sage-femme lui a prescrits en lui posant son fameux implant, avant de faire sauter la capote.

— Oui, maman.

— Te moque pas, c'est difficile pour moi de te dire ça alors que j'ai envie de te hurler de PARTIR EN COURANT AVANT QUE LA VIE NE TE RATTRAPE, et ne te condamne pour tes péchés.

— Oui, ma sœur !

— Tu me fais rigoler, quand même. Toi qui passes ton temps à me sommer de ne pas m'attacher à mes patients, tu tombes amoureux de leur petite sœur. C'est mieux, tu as raison.

— Tout le monde peut se tromper.

— Je suppose que rien de ce que je pourrai te dire ne changera quoi que ce soit…

— Tu supposes bien, mais j'avais besoin de le dire à quelqu'un.

— Alors, maintenant, je peux te dire mes soucis à moi…

Je lui explique alors en détail le début de nos relations épistolaires avec Roméo, la façon violente dont cela s'est terminé, mon cœur en vrac à l'idée de ne plus avoir de nouvelles de lui, ce à quoi Guillaume répond que la vie fait finalement bien les choses et que, des nouvelles, je pourrai en avoir grâce à lui, puisqu'il en aura par Vanessa.

Tu parles d'une vie qui fait bien les choses…

On se quitte en se prenant dans les bras longuement. On a tous les deux besoin du réconfort de l'autre. De s'être parlé en était un, de se toucher, un autre. Je sais que je ne suis pas une bonne sœur à ses yeux, comme il en riait, mais je suis peut-être bien un peu sa grande sœur quand même dans les moments difficiles.

Dans la soirée j'appelle ma maman. À leur retraite, mes parents sont partis vivre dans le sud de la France en se promettant qu'ils y couleraient des jours heureux. Mon père est assez froid mais il m'aime, je crois. Ma mère le dit plus souvent que lui, mais elle ne me comprend pas toujours. Ils apprécient beaucoup Laurent, dont ils disent souvent qu'il est le gendre idéal, tant il est gentil, a une bonne situation qui m'assure un avenir sans nuage.

Chaque année pendant trois mois, ils partent vivre en Thaïlande, pour le dépaysement, pour une bulle d'exotisme. Après quoi, ils rentrent avec plaisir dans leur pays. Leur départ est prévu dans une semaine.

— Maman ?
— Bonjour, Juliette, comment vas-tu ?

— Ça va. C'est un peu difficile. Les traitements, le travail avec les collègues à remplacer, le rythme incroyable.

— C'est la vie. Nous aussi, nous avons travaillé comme des fous, tu en profiteras plus tard.

— Comment va papa ?

— Il va bien. Il prépare notre prochain séjour. Nous allons explorer une région que nous ne connaissons pas encore.

— C'est bien.

— Et Laurent, comment va-t-il ?

— Ça va.

— C'est tout ?

— Il me fait peur, maman.

— Comment ça, il te fait peur ?

— Nous avons eu une dispute l'autre jour. Son regard m'a fait peur.

— Pourquoi cette dispute ?

— Il est tombé sur une lettre que m'a envoyée un patient. Nous avons un peu correspondu, car je l'ai aidé à remonter la pente et il voulait faire un peu plus connaissance.

— Et ça t'étonne que Laurent ait mal réagi ? Tu ne peux pas faire ça, ma chérie. Avec tout ce qu'il fait pour toi. Préserve-le de ce genre de choses.

— Je n'avais rien fait de mal.

— Comment peut-il le savoir ? Tu sais bien qu'il n'aime pas que tu entretiennes des relations avec d'autres hommes.

— Mais je n'ai rien fait avec ce patient.

— Vous vous êtes écrit.

— Et alors ?

— Et alors, je le comprends.

— Tu comprends aussi qu'il ne me demande parfois pas mon avis pour faire l'amour, alors que je n'en ai pas forcément envie ?

— Ça s'appelle le devoir conjugal. Moi aussi, il m'est arrivé de me forcer un peu, mais tu sais bien qu'ils en ont besoin. Ton compagnon a un travail très prenant, stressant, il faut bien qu'il se détende un peu.

— Si tu le dis… Je te laisse, il faut que je parte. Je t'embrasse.

J'ai raccroché en ayant cette certitude que jamais ma mère ne comprendrait mes états d'âme. Elle a beaucoup d'estime pour Laurent et ne peut même pas entendre qu'il puisse faire un pas de travers. Et si j'en parle à Malou, elle va me dire le contraire. Elle est de l'autre côté du miroir. Quant à Guillaume, il est à l'ouest en ce moment. C'est à Roméo que j'aurais eu envie d'en parler. Il semblait disposé à m'écouter.

Tant pis.

C'est la vie.

Pavlov et Marcel

Christian est nerveux ce soir. Une fatigue accumulée par des interventions complexes ces dernières semaines, des jeunes à former à la caserne, son épaule qui tiraille un peu trop souvent. Il a bu un whisky. Puis un deuxième, des fois que ça calme l'épaule. Puis un troisième, des fois que ça calme tout le reste.

Solange est déjà couchée, elle lit. Son visage brille sous sa crème de nuit. Il s'approche d'elle et commence à l'embrasser. Elle le repousse en lui reprochant de ne pas s'être rasé. Il retourne à la salle de bain, se rase méticuleusement, mû par l'espoir, retourne ensuite dans la chambre, presque guilleret. La lumière est éteinte. Une surprise peut-être ? Il se glisse sous les draps, et commence à caresser sa femme, qui repousse sa main en arguant la fatigue.

C'est mort. Il le sait. Deux ans que c'est mort. Sauf le lion en cage qui tourne au fond de lui depuis le même délai.

Christian se relève et décide d'aller boire un quatrième verre de whisky, cette fois-ci pour oublier une autre douleur. Celle du cœur, celle du couple, celle de sa sexualité agonisante. L'épaule, à côté, c'est de la gnognotte. La lumière est encore allumée dans la chambre de Vanessa. Il frappe discrètement avant d'entrer. Elle est assise devant le petit bureau et écrit dans un cahier. Elle ne veut pas, surtout pas, qu'il voie ce qu'elle y note. La jeune fille se lève donc et se poste droite comme un i devant lui. Christian lève ses deux mains et les pose sur sa poitrine déjà provocante, libre et arrogante sous son tee-shirt Snoopy.

— EH, ENLÈVE TES SALES PATTES DE MOI ! Ça va pas, non ? Tu veux que j'appelle les flics ? Mais t'es un vrai tordu ! crie-t-elle, plus fâchée que paniquée.

Christian la regarde un instant, presque effrayé par sa réaction violente, sa conscience prend une sacrée gifle, puis se laisse tomber assis sur le lit de la jeune fille. Il reste muet un instant avant de se mettre à sangloter comme un gosse. L'alcool triste.

Vanessa, surprise, le regarde un moment sans trop savoir quoi faire. Une armoire à glace a beau être une armoire à glace, quand elle pleure, elle devient tout de suite inoffensive. La jeune fille finit par s'asseoir à côté de lui et pose sa main sur son avant-bras. Pas plus. On ne sait jamais.

— Pardon, Vanessa. J'aurais jamais dû. J'suis un gros con.

— Bah, pas si gros que ça… Vous êtes musclé surtout.

— Je suis un con musclé, c'est ça ?

— Voilà !

— Je deviens fou, ça fait deux ans que Solange ne veut plus que je la touche…

— DEUX ANS ? Mais c'est possible, ça ?

— Je ne sais pas pourquoi. Elle trouve toujours des excuses.

— Elle vous aime encore ?

— Il y a de quoi en douter, hein ?

— Vous avez vu comment elle vous parle ? « Range tes chaussures !… T'as pas acheté de pain ?… Combien de fois il faudra que je te dise de mettre les couteaux comme ça dans le lave-vaisselle ? » Elle parle pas, elle aboie.

— Tu trouves ?

— Un peu, que je trouve. Moi ? Mais pas deux jours je tiens, comme ça. Elle vous mérite pas, Solange. Vous êtes un gros nounours tout doux, et elle est rêche comme un balai-brosse.

— T'es dure, quand même.

— Ben, je dis c'que j'pense. Je suis là tous les jours avec vous, et je me demande depuis le début comment vous faites pour tenir. Moi, c'est différent. D'abord, j'ai pas le choix. Et puis, je sais que je vais bientôt partir, alors, les patins, les couteaux vers le haut dans le lave-vaisselle, les chaussures dans le casier, je m'y plie, mais déjà, elle ne me parle pas comme à vous, et vous savez pourquoi ?

— Non ?

— Parce que la première fois qu'elle m'a parlé comme à un chien, je lui ai dit que c'était la dernière fois, parce que j'étais pas un chien.

— Ça a suffi ?

— Apparemment. Mais vous, c'est trop tard, si ça fait trente ans que c'est comme ça, c'est devenu un réflexe acquis, comme le chien, là, justement, Popov, ou un truc comme ça.

— Pavlov ?

— Oui, c'est ça. Sauf que là, c'est vous le chien.

— Et qu'est-ce que je peux faire ?

177

— Alors ça… À part mordre, j'en sais rien, moi. Je constate, j'ai pas les solutions. Faut pas m'en demander trop, j'ai que quatorze ans et d'autres embrouilles à gérer que des problèmes de vieux couple. Mais en tout cas, vous méritez pas ça !

— Tu as peut-être raison.

— Et ne reposez jamais vos mains sur moi !

— Pardonne-moi, petite, mauvaise période, j'aurais jamais dû, pardonne-moi.

— Bon, ça va pour cette fois-ci. Allez, vous mettez pas Marcel en tête.

— Martel, Vanessa !

— Quoi martel ?

— Ne pas se mettre martel en tête.

— Ah bon ? Vous êtes sûr ?

— C'est Pavlov et c'est martel. Martel, comme un marteau, pas comme le prénom.

— Bon, ben vous mettez pas martel en tête. Moi, ça me fait de la peine de vous voir comme ça. Vous êtes gentil, trouvez-vous une petite pépée, un peu plus vieille que moi quand même, hein ? Vous savez, l'uniforme de pompier, ça les fait tomber comme des mouches, et amusez-vous un peu. La vie, elle peut s'arrêter du jour au lendemain. Regardez Roméo, il a failli mourir. Vous aussi vous pourriez mourir demain, et ça fait deux ans que vous vous êtes pas envoyé en l'air ? À part dans la nacelle de l'échelle !

— Solange ne me le pardonnerait pas.

— Elle est pas obligée de savoir !

— Quand même !

— Quand même quoi ? Ça fait partie de la vie, non ?

— Si.

178

— Et puis, tant qu'à faire, essayez de trouver une Marcelle, comme ça vous pourrez vous la mettre en tête et j'aurai raison.

Christian est retourné se coucher en cherchant long-temps le sommeil. À la place, il y a ce questionnement troublant. Comprendre à partir de quand les choses ont basculé. Pourquoi il doit faire ce constat d'échec aujourd'hui sans avoir pu sauver quelques meubles avant. Qu'a-t-il fait de travers pour que la situation se dégrade ainsi ? Est-ce récupérable ? Il en doute sérieu-sement, et cela l'effraie, car quelle solution alors ? Cette gamine qui a failli perdre son frère vient de lui donner un coup de règle sur le bout des doigts pour le sommer de profiter de la vie.

Et qu'ça saute !

C'est le cas de le dire.

Dont acte.

Une petite pépée qui s'appelle Marcelle. C'est pas gagné, mais il va au moins essayer.

La vie suivante

Marie-Louise et Jean sont assis côte à côte sur le minuscule balcon de la maison de retraite. Deux chaises et une toute petite table, l'espace ne tolère rien d'autre. Ils profitent des rayons du soleil sur leur peau aussi ridée qu'une dune de sable balayée par des vents réguliers. Ils se tiennent la main, simplement.

— Je suis inquiète pour ma petite-fille, Jean.

— Pourquoi ?

— Parce qu'elle n'est pas venue ce samedi, pour notre rendez-vous pâtisserie. Elle vient toujours. Elle a l'air triste et ça ne me plaît pas du tout.

— C'est son compagnon qui ne te plaît pas, n'est-ce pas ?

— Pas trop, non. Il se comporte mal avec elle. Avec moi aussi, mais ça je m'en fiche.

— Que disent ses parents ?

— Qu'il est charmant. Il joue bien le jeu. Mais quand Juliette me raconte ce qu'elle subit à la maison, je me dis qu'elle est dans les griffes du loup et que je ne peux rien faire.

— Tu ne peux pas l'en sortir de force, il faut qu'elle en prenne conscience elle-même.

— Je sais. Mais moi j'ai mis cinquante ans à me rendre compte, alors je me dis qu'elle doit réagir vite pour avoir encore du temps devant elle et profiter d'une autre vie.

— Tu sais pourtant bien que ce n'est pas possible. On pousse tous un peu de travers, et on doit tous régler nous-mêmes nos propres problèmes. C'est plus efficace.

— Je sais, mais c'est tellement injuste.

— C'est la vie. Celle-ci lui enverra peut-être une solution.

— En attendant, j'ai peur de la perdre.

— Elle sait que tu es là…

— Et moi je suis heureuse que tu sois là, toi…

— Tout vient à point à qui sait attendre.

— Enfin quand même, attendre une vie entière.

— Tu te rattraperas dans la suivante, avec tout ce que tu auras appris dans celle-ci.

— Tu y seras aussi dans ma prochaine vie ?

— Évidemment !

Quelques symptômes
qui débutaient aussi...

« *Chère Juliette,*

Ne vous inquiétez pas, ce sera la dernière lettre, mais je ne pouvais pas laisser la vôtre sans réponse, c'est pourquoi je vous écris à l'hôpital, en espérant que ce courrier vous arrivera.

N'y répondez pas, je n'attends rien. J'ai simplement besoin que vous sachiez que, certes, je suis incroyablement triste de cet arrêt brutal de notre correspondance, mais je remonterai la pente, pour Vanessa, pour vous, et même si vous n'avez plus de nouvelles, sachez que vous pourrez être fière de moi, que vous ne m'aurez pas pris pour rien dans vos bras quand j'en avais besoin, que vous ne m'aurez pas secoué pour rien quand je me laissais aller.

Sachez aussi que, quoi qu'il arrive dans votre vie, même si cela fait des années que nous n'avons plus aucun contact, je serai toujours là pour vous. J'ai une sorte de dette envers vous, et le simple fait d'être heureux ne suffit pas, à mes yeux, à l'éponger. Vous savez où je suis.

J'y serai.

Je vous embrasse très fort.

Prenez soin de vous, Juliette, et je vous souhaite d'avoir un jour ce bébé que vous attendez tant,

Roméo.

P-S : *je crois que Vanessa est amoureuse. Elle en a tous les symptômes. Je suis heureux pour elle. J'avais quelques symptômes qui débutaient aussi... »*

TROIS ANS PLUS TARD

Trop de pluie

Je me croyais pourtant à l'abri depuis quelques mois.

En y réfléchissant, la première fois où j'ai vraiment eu peur de lui, c'est quand il a lu la lettre de Roméo. Cet élément indescriptible dans le regard qui rend état de sa toute-puissance et qui vous fait ressentir la même insignifiance qu'un petit tas de poussière. Je n'étais rien à ses yeux à ce moment-là. Juste une chose qu'il commandait et avec laquelle il pourrait ensuite assouvir un besoin animal. Je crois aussi que la situation a vraiment commencé à se dégrader à partir de ce jour.

Pendant des semaines et des mois, j'ai eu le nez dans le guidon avec mes traitements et mes envies de bébé, j'acceptais beaucoup de choses sans résister. La résistance, je l'ai tentée quand il me faisait vraiment mal ou qu'il exigeait de moi des relations sexuelles qui me dégoûtaient. Je l'ai tentée, mais elle est vite devenue vaine. J'ai fini par abdiquer. C'était ça ou me retrouver seule, donc sans bébé à concevoir. Quand il me prenait sans ménagement, je pensais à ce bébé dont j'avais tant besoin, et ça jetait un voile flou sur mes douleurs.

Depuis quelques mois, je me croyais à l'abri, parce que ce bébé que je porte désormais dans mes entrailles semblait un bon rempart à sa brutalité. Après tout, il le voulait aussi. Enfin, je crois. Car depuis quelques semaines, il en parle comme d'un rival. J'ai encore plus peur de lui.

Quand je l'ai vu entrer dans la chambre, où je me reposais, allongée sur le lit en brodant un bavoir au point de croix, j'ai vu cette même lueur indescriptible de toute-puissance. Mais aujourd'hui, il y a une nuance supplémentaire, comme une sorte de détermination plus forte que tous les remparts que j'ai réussi à ériger grâce à cette grossesse pour me protéger.

J'ai su instantanément que je n'étais plus à l'abri. Mais j'étais bien décidée à résister.

— Tu ne veux toujours rien faire ?
— Non.
— Tu es vraiment méchante avec moi !
— Je suis fatiguée.
— Tu restes à la maison toute la journée et tu oses dire que tu es fatiguée.

Tout en parlant, il s'approche lentement de moi, comme le personnage du tueur dans un western, qui prend tout son temps avant de liquider l'autre cowboy, puisque son sort est déjà déterminé.

— Tu sais très bien pourquoi.
— C'est vrai, de déplacer toute cette masse depuis des semaines. Une baleine le serait aussi.
— Je fais ce que je peux.

— Tu fais ce que tu veux, oui. J'ai quand même bien le droit de baiser, non ? C'est pas un fœtus qui va m'en empêcher.

— Tu sais que le médecin a dit qu'il ne valait mieux pas.

— Je m'en tape, du médecin, combien d'autres femmes font comme toi ? Hein ? C'est pour m'éviter que tu avances une raison médicale.

— …

— C'est pour m'éviter ? Réponds !

Les remparts s'écroulent les uns après les autres, je sens que la bête gagne du terrain. J'ai peur. J'aimerais appeler au secours, mais qui ? Comment ? Je suis comme une gazelle qui va se faire bouffer par le lion. Je pense à Malou, à mes parents, à mes amis d'enfance que j'aimais et que j'ai perdus, je pense à Guillaume et à mes collègues qui me manquent, je pense à Roméo et à sa dernière lettre où il me disait qu'il serait toujours là pour moi. Je rêve qu'il entre dans la pièce, là, maintenant, et qu'il s'interpose, qu'il soit mon rempart, qu'il éponge sa dette. Mais il n'entrera pas, parce que je suis seule. Seule au monde avec ce bébé, dans cette chambre où, à voir le regard haineux dans les yeux de son géniteur, je sais ce qui m'attend. Je pose mes mains sur mon ventre. Cache-toi bébé, cache-toi, je vais te protéger. Jusqu'au bout. Au bout de quoi, je ne sais pas, mais jusqu'au bout.

— Réponds ! reprend-il en serrant les dents.

Si je réponds non, il me traitera de menteuse et s'emportera. Si je réponds oui, ce sera encore pire. La gazelle acculée au pied d'une falaise qui ne peut plus fuir. J'ai la respiration courte et le cœur qui s'emballe.

Je me suis piquée avec l'aiguille de mon ouvrage, qu'il saisit d'une main et jette à l'autre bout de la pièce.

— Tu l'auras voulu !

J'essaie de me relever et de partir, mais il m'attrape la jambe et je tombe de tout mon long, à plat ventre. Il saisit mes chevilles et me tire vers le lit. Je ne pense qu'à mon ventre. Mon ventre qui souffre. Moi, peu importe, à force, je me suis fait une raison. Mais pas mon ventre, qui frotte contre le sol dur de la chambre…

Il me soulève par les cheveux et me jette sur le lit. Je me débats quand il commence à arracher mon pantalon, alors il me gifle. La brûlure sur ma joue me surprend, mais je retrouve des forces pour me défendre à nouveau au moment où il essaie de m'écarter les cuisses. Contrarié, il me gifle encore plus fort. Je crois que c'était un coup de poing sur la tempe. La douleur irradie dans tout mon crâne. Une artère bat fort dans cette tempe endolorie. Quand je reprends mes esprits, je sais qu'il a gagné. Il tient fermement mes poignets d'une main. C'est fini, inutile de continuer à résister, je dois préserver ce bébé, donc me laisser faire. Il s'est allongé sur une de mes cuisses pour que je ne bouge pas, écarte l'autre, et introduit deux doigts dans mon vagin, sans précaution. Il va et vient rapidement, comme s'il se vengeait de toutes ces semaines sans sexe. Il me dit que ce gosse s'est mis entre nous et qu'il n'aurait jamais dû être là, qu'il est en train de tout gâcher. Que je ne pense qu'à ce ventre et même plus à lui. Je sens ses ongles creuser des sillons dans mes muqueuses fragiles.

— Tu dis rien ? Ça te plaît finalement ? Hein ? Ça te plaît ? T'as arrêté de résister ? C'est que ça te plaît ?

— Arrête ! dis-je sans aucune conviction, car je sais qu'il ne s'arrêtera plus maintenant.

— Non, j'arrête pas, et tu sais pourquoi ? Parce que j'en ai pas fini avec toi.

Il enlève ses doigts, offrant à mes entrailles un instant de répit. Je le vois ouvrir son pantalon, s'énerver, parce que d'une main, il a plus de mal, il serre un peu plus fort encore mes poignets pour bien me faire comprendre qu'il est inutile d'espérer m'enfuir. Son sexe tendu entre en moi dans un atroce déchirement. Les muqueuses sèches résistent douloureusement. Je déteste son odeur âcre, son souffle haletant, chargé d'une haleine fétide, je déteste ce corps couché sur le mien et qui pèse sur mon utérus durci. Cet utérus qui reste contracté comme s'il formait une carapace pour protéger le petit être qu'il contient et qui doit être aussi apeuré que moi.

— C'est quoi ce truc ?

Il tâte mon ventre qui semble le gêner dans ses mouvements. Il le frappe une fois, puis une autre.

— ARRÊÊÊÊTE !!!

Je hurle de rage.

Pas mon bébé. À moi, il peut faire ce qu'il veut, me frapper, me baiser, comme il dit, me déchiqueter, me détruire, mais pas mon bébé. Pas lui.

— Quoi ? T'as peur ? T'inquiète, c'est solide, un bébé, ça a la tête dure. Et tu sais par où elle va passer cette tête dure ? Hein ?

Il n'a pas fini de me poser la question que je sens plusieurs doigts s'introduire dans mon vagin. La douleur est terrible, comme si ma chair déchirée s'embrasait. Je hurle à nouveau.

— Comme ça, tu sauras ce qui t'attend dans quelques mois. Il faudra bien qu'il sorte. Tu vas aussi beugler comme une vache à l'accouchement ?

— Arrêêêête !

Je pleure fort, en le suppliant.

— Mais tu sais que certaines femmes aiment ça ? Hein ? Il serait vraiment temps que tu te décoinces.

Il me retourne alors et me prend par-derrière, sans précaution. Autre déchirure des chairs. Je ne pense plus à rien d'autre qu'à ce bébé qui doit se blottir dans un coin de mon ventre, le plus loin possible de la zone de combat. Je pense à ce bébé et à rien d'autre. À quoi bon ? La gazelle a perdu.

Je l'entends jouir bruyamment après être revenu dans mon vagin, puis il s'affale sur moi quelques instants. Je ne pleure plus, je ne fais que respirer pour survivre. Le minimum, pour ne pas sentir l'odeur, celle de la transpiration, de la brutalité animale, le minimum pour donner un peu d'oxygène à ce placenta et ce bébé qui n'a rien demandé.

Puis il se retire et me donne une grande claque sur la fesse. Et une autre encore plus violente. Je l'entends prendre une douche. Je ne bouge pas d'un centimètre. Je ne sais pas encore s'il va revenir vers moi ou s'il va retourner à ses occupations comme si de rien n'était. Il s'habille puis descend au rez-de-chaussée. Je me tiens aux aguets, j'épie le moindre bruit et ne commence à me redresser que lorsque j'entends la porte d'entrée claquer, puis la voiture démarrer.

Je mets de longues minutes à reprendre pied. Je n'ai pas senti mon bébé bouger tout le temps qu'a duré la scène. J'ai besoin de le sentir remuer. Je m'allonge en essayant de me détendre, en posant mes mains sur lui, en lui parlant doucement. Je suis vivante, montre-moi que toi aussi, je t'en prie. Une petite vague ondule à la surface de ma peau, sous mes doigts. Je souris au milieu des larmes.

Je titube ensuite jusqu'à la salle de bain. Mon périnée souffre aux premiers frottements, puis il s'habitue. Comme le reste. Je me déteste dans le miroir. Juliette Toledano, où es-tu ? Pourquoi ton arcade sourcilière saigne ? Pourquoi tu n'as personne à appeler pour raconter, nulle part où te réfugier ? Pourquoi tu n'as plus ni travail ni amis ? Pourquoi tu as peur de lui ? Peur au point de ne pas pouvoir partir ? Pourquoi ?

Pas de réponse.

Je laisse couler longuement l'eau sur ma peau pour me laver de ma peine, pour réchauffer mon corps glacé. Il a besoin de chaleur, ce petit, de chaleur et de douceur. Je mets une bonne heure à me préparer, à m'habiller, à maquiller ce qui peut l'être et je descends au salon en guettant encore chaque bruit. Je ne sais pas où Laurent est parti ni pour combien de temps. J'ai mis une robe pour que les chairs abîmées ne s'irritent pas davantage contre les coutures d'un pantalon. J'attrape mon sac, mes clés de voiture et je prends le volant, malgré la pluie incessante depuis plusieurs jours. J'ai besoin de me changer les idées, d'aller penser à mon bébé, et à ce cocon que j'ai envie de lui préparer, pour qu'il se sente bien en arrivant.

J'ai mal au ventre.

Puis ça passe.

La douleur revient au feu rouge suivant.

Puis ça passe.

Je décide d'aller faire un tour au grand magasin de puériculture, celui qui vient d'ouvrir. Superstitieuse, j'ai attendu la fin du quatrième mois pour imaginer quoi que ce soit. J'attendrai la fin du sixième pour acheter quelques vêtements et du matériel. Ça ne m'empêche pas de prospecter, de rêver. Ça me permet surtout de penser à autre chose.

Sur l'autoroute, des trombes d'eau s'abattent sur les voitures. Je suis cramponnée à mon volant pour tenir le véhicule malgré les rafales de vent. Il fait presque nuit alors que nous ne sommes qu'en milieu d'après-midi. L'orage est proche. Heureusement, la sortie n'est qu'à quelques kilomètres, et le magasin à cinq minutes à peine. J'y serai à l'abri. En me garant sur le parking, je constate que celui-ci est quasi désert, les gens n'ont pas eu cette folie de sortir par un temps pareil. Je commence à me rendre compte de la mienne. Mais je suis tellement soulagée d'être venue. Je sors de la voiture en me protégeant la tête avec ma veste et je cours comme je peux jusqu'à l'entrée. Mon ventre est devenu encombrant depuis un mois. J'ai hâte d'être à la semaine prochaine, pour la deuxième grosse échographie, j'ai besoin d'être sûre qu'il soit bien formé, je l'ai tellement attendu, ce bébé. J'ai toujours des douleurs intermittentes et violentes.

Quand les portes coulissantes se referment, je me sens en sécurité dans mon petit cocon à moi, à nous deux, un cocon protecteur, bourré de jolies choses pour bébés. L'orage s'éloigne et les éclairs ne sont plus suivis aussi rapidement par le tonnerre. Mais la pluie continue sans faiblir. Impressionnante. La vendeuse me sourit en regardant mon ventre. Je porte une petite robe légère et moulante. Même si elle moule aussi mes fesses rebondies, elle épouse le ventre. J'en suis tellement fière que je me fiche des fesses. Elles me font encore mal. Il y est allé fort.

Je flâne dans les rayons. Une autre future maman se promène dans les allées du magasin. À voir la taille de son ventre, elle accouchera avant moi. Elle est seule, mais elle ressemble à ces épouses dont le mari est aux petits soins, à qui tout réussit, la maternité, le couple, la vie. J'envie cette femme.

Je me dirige vers le centre du magasin où de magnifiques chambres à coucher sont disposées harmonieusement, aux couleurs pastel et aux détails attendrissants. La femme appelle son mari au téléphone pour lui parler d'un petit lit en bois clair qu'elle caresse du doigt. Ils s'aiment, ça se sent.

Le grincement que j'entends alors me glace le sang, je n'arrive pas à situer d'où vient le bruit, mais quelques secondes plus tard, je vois un pan entier du toit qui se détache juste au-dessus de nous.

Cher Toi,

Demain est un grand, un très grand jour. Ça fera trois ans avec Guillaume. Trois ans depuis le franchissement de la barrière. Celle de la langue en l'occurrence. C'est quand même ça qui détermine le point de départ d'une relation. Le reste, les SMS, les cafés, les rires, les courriers, les surprises, les regards appuyés ne sont que préparation du terrain. Mais avec le premier baiser, c'est la fin d'une danse et le début d'une autre. Je danse avec Guillaume depuis que Roméo a valsé dans les airs.

On a dansé tous les deux. Lui la valse, et moi le twist.

Et on s'en sort bien tous les deux !

Je mesure le chemin parcouru en trois ans. Tu vois, moi, mon histoire avec Guillaume, j'aimerais qu'elle se termine comme Cendrillon. *Après tout, ça y ressemble un peu. Lui, il était le prince charmant du service, et moi, j'étais la souillon, la fille dont personne ne voulait au collège. Sauf les garçons. Quand je pense à ce que j'ai accepté de faire dans* les chiottes, pour faire partie du groupe. *Au moins j'existais. J'avais une sale réputation, mais j'existais. Les filles qui me regardaient de haut, parce que j'étais la pauv'fille qui sortait d'un foyer, je sais qu'elles m'enviaient un peu. Moi j'osais, et pas elles. Je m'en foutais de passer pour une salope. C'était ça ou rien. Être une salope, c'est être quelque chose, alors c'est de toute façon mieux qu'être rien.*

Je regrette tout ça. Je comprends, j'ai des circonstances atténuantes, mais je regrette. C'est Guillaume qui m'a sortie de là. Parce que je me suis mise à vraiment exister pour lui. Il passe me prendre au lycée ce soir et m'invite au restaurant pour notre anniversaire. Je me réjouis. Guillaume, c'est l'homme de ma vie. Guillaume, il fait attention à moi, à la façon dont je m'habille, à ce que j'aime et ce que je déteste, à mes petits plaisirs et à prendre soin de moi. Et de mon corps. Il est sensible à mes frissons, même les plus infimes, parce qu'il est d'une douceur infinie, et qu'il m'entend. Et pourquoi il m'entend ? Ha ! ha ! Parce qu'il m'écoute, tiens ! Sa main qui se promène sur ma peau est aussi légère qu'une plume. Je me tortille quand il me chatouille le haut des cuisses, la taille, sous les bras, et le nez. Le nez, c'est le pire. Mais il s'en va très vite ailleurs et là, ça ne chatouille pas, ça trifouille dans les profondeurs de mon plaisir. Il prend son temps, tout son temps, jusqu'à ce que je le supplie de venir. Mais il me laisse toujours venir avant lui, par politesse, par respect, comme ces hommes qui tiennent la porte. D'ailleurs il me tient aussi la porte en vrai. C'est rien, un homme qui tient la porte à une femme. C'est rien et c'est tout à la fois. Je m'en fous de l'égalité des sexes. C'est de la foutaise, ça. Sous prétexte qu'elles veulent les mêmes droits, elles revendiquent le même traitement. Mais nous, les femmes, on a besoin d'attention, de douceur, de tendresse, de ces petits riens qui font tout. On a besoin qu'on nous tienne la porte. Bon, déjà, ça aide quand on revient du shopping les bras chargés. Hé ! hé ! Mais surtout, surtout, on a besoin qu'on nous tienne la porte, parce que, quand on nous tient la porte, ça veut dire qu'on nous lâchera pas la main au premier coup de vent.

Ça fait trois ans, et Guillaume m'a dit qu'il avait une surprise pour moi à cette occasion. Il passe son temps à me faire des surprises, et j'adore ça.

Un gros ventre dans l'accident

Nous n'avons pas arrêté depuis hier. Nous sommes en sureffectif pour faire face à la météo désastreuse. Trois jours et trois nuits que je travaille, en raison des pluies torrentielles, mais je n'ai pas le choix. Chacun dort comme il peut, on se relaie pour se reposer une heure ou deux. Ce que je viens de faire.

À peine le temps de boire un café et nous sommes appelés. Les deux équipes partent en même temps, ça ne s'arrêtera donc jamais. Nous allons rouler un moment ensemble, les appels proviennent du même secteur. J'interviens sur l'effondrement d'un toit, l'autre engin sur un énième accident de voiture.

C'est le toit d'un magasin de puériculture. Nous nous attendons donc à devoir secourir des femmes enceintes, éventuellement des enfants en bas âge. La personne qui a donné l'alerte a parlé d'une victime sous les gravats. Je déteste ça.

En arrivant, elle est inconsciente. La vendeuse nous confirme la grossesse, qu'on ne peut pas encore constater. Seules une partie des jambes et la tête dépassent des gros morceaux de plâtre et de tôle tordue. Son visage ne ressemble plus à rien, il est entaillé, couvert de sang. Ses yeux sont fermés, intacts, mais un côté de sa mâchoire est enfoncé. Le choc a dû être brutal. Elle respire. C'est le principal. On la dégage aussi vite que possible pour la transporter en urgence au CHU de la ville. Le SAMU n'a pas tardé à nous rejoindre. Pourvu que son bébé soit encore vivant, et que son mari puisse la reconnaître après les sutures, les os et les chairs rafistolés. Certains accidents changent le paysage d'un corps avec beaucoup de violence. Je sais de quoi je parle.

J'ignore si c'est son premier bébé, mais je suppose qu'elle l'attend avec bonheur. Je repense à Juliette et à son désir d'enfant. Juliette qui, en trois ans, n'est pas sortie de mon esprit plus d'une journée. J'espère qu'elle a pu avoir son bébé, qu'elle est une maman comblée, qu'elle est heureuse. On fonde tant d'espoirs dans une grossesse, et dire qu'en quelques secondes tout peut être balayé… Pourvu que le bébé soit vivant.

Je suis à l'avant du camion. Mon collègue s'est installé derrière. Il sait que j'ai du mal avec les femmes enceintes au corps meurtri, mais il ne sait pas pourquoi. Inutile de raconter à tout-va mes souvenirs d'enfance, quand mon beau-père frappait ma mère pleine d'une Vanessa en préparation.

Mon collègue fait les transmissions, puis nous laissons la victime entre les mains de l'équipe qui nous attendait à l'entrée du service et repartons immédiatement. Toujours prêts !

Je ne connais même pas son nom.

La seule chose qui compte

Je me réveille difficilement. Ils ont dû me sédater. J'ai un monitoring sur le ventre et j'entends battre le cœur de mon bébé. C'est la seule chose qui compte. Son battement régulier me berce et je me rendors paisiblement.

Il va bien.

Alors je vais bien.

Le prénom d'une victime

Quand l'autre équipe nous rejoint, Éric s'approche de moi, hésitant.

— Faut que je te dise, Roméo, on était sur l'accident de voiture pendant que vous étiez dans le magasin qui s'est effondré.

— Des victimes ?

— On a secouru une femme qui sortait de ce magasin. Elle devait être encore sous le choc, elle a foncé dans un arbre en ratant un virage. Heureusement, elle ne roulait pas vite. Elle était consciente, c'est elle qui nous a expliqué ce qui s'était passé, le grincement, le toit qui s'écroule juste devant elle, sur une autre femme. Elle a demandé s'il y avait un Roméo dans l'équipe. Et comme t'es le seul Roméo pompier dans le département, j'ai tout de suite tilté.

— Comment s'appelle-t-elle ?

— Juliette. Tu penses bien que j'ai encore tilté. Une Juliette qui réclame un Roméo, ça me disait quelque chose. J'ai compris qu'elle était infirmière. Et elle est enceinte.

— Comment elle va ?

— J'en sais rien. On l'a laissée à l'accueil urgences, après j'en sais pas plus.

— Elle est à quel stade ?

— Là, tu m'en demandes trop. Mais c'était beaucoup trop tôt dans la grossesse pour se prendre un choc dans le ventre. Tu la connais, cette femme ?

— C'est l'infirmière qui a pris soin de moi en réa quand je suis tombé, il y a trois ans. Il ne faut pas qu'elle perde ce bébé.

— Ah, ça, tu n'y changeras rien.

— J'irai la voir dès qu'on aura fini.

J'entre dans le service d'urgence gynéco en tenue de pompier. Ça donne une certaine légitimité. J'ai surtout évité de perdre du temps en venant directement de la caserne. Je demande à la sage-femme si je peux voir la femme enceinte de l'accident de voiture et j'en profite pour demander des nouvelles de l'autre femme enceinte. Son bébé est vivant. Les deux bébés sont vivants. Il y a parfois des petits miracles au milieu de l'horreur.

Quand j'entre dans la chambre, Juliette a les yeux fermés. Je m'approche du lit. Je ne sais pas comment faire pour ne pas l'effrayer. Je toussote. Elle ouvre les yeux et tourne doucement sa tête vers moi. Je découvre l'hématome sur sa tempe. Et les yeux rougis faisant ressortir des cernes profonds.

— Roméo ?

— Bonsoir, Juliette.

— Vous êtes venu.

— Dès que j'ai pu. Mon collègue m'a parlé de vous. Comment ça va ?

— Ça va. Le bébé va bien. Ça va. J'ai mal à la tête et je suis très fatiguée. Je crois qu'ils m'ont un peu shootée.

— Je repasserai demain matin, je vais vous laisser vous reposer, mais je voulais que vous sachiez que je suis là et que je pense à vous et à ce bébé. Avez-vous besoin de quelque chose ?

— C'est gentil. Mon ami devrait m'apporter quelques affaires.

— Voulez-vous que je prévienne Malou ?

— S'il vous plaît.

— Je m'en occupe.

Puis je l'ai embrassée sur le front en lui prenant la main. Elle n'a pas serré la mienne. Une main inerte. Je ne sais même pas si je l'aurais reconnue dans la rue. Si, bien sûr, une personne à qui vous pensez depuis trois ans ne peut pas disparaître comme ça du tiroir à souvenirs. Mais j'aurais dû y réfléchir à deux fois pour compenser la surprise d'une telle métamorphose.

Juliette n'est plus Juliette.

Le soir même, en rentrant chez moi, j'ai appelé pépé pour qu'il prévienne Marie-Louise. Elle était à côté de lui, j'ai pu lui parler directement. Elle m'a demandé de l'emmener la voir à l'hôpital dès le lendemain matin, ce dont nous sommes convenus.

Il y a trois ans, après avoir reçu la dernière lettre de Juliette, j'ai eu besoin d'en parler à pépé. Il est le seul à qui je peux confier tous mes états d'âme sans être jugé. Il m'a réconforté, et puis, m'a souri en me disant que des nouvelles d'elle, j'en aurais un peu quand même, parce que Marie-Louise…

J'ai trouvé ça incroyable qu'ils soient tombés amoureux. Sa grand-mère et mon arrière-grand-père. Et tout ça grâce à ma chute. J'ai donc fait la connaissance de Malou, qui m'a donné des nouvelles régulièrement, et qui un jour en a eu de moins en moins, et puis plus du tout. Elles qui semblaient très proches. Malou était inquiète mais ne pouvait rien faire.

Moi pareil.

Arc-en-ciel d'amour

Je suis installée dans une chambre seule, au service de gynécologie. Je connais les pratiques hospitalières, et pour cause. Ils m'ont mise là pour que je n'entende pas les autres bébés du service de maternité. Leur mine sombre en m'annonçant qu'à vingt et une semaines un tel choc nécessitait une vigilance particulière, qu'il y avait un risque d'hématome rétroplacentaire, et qu'il faudrait attendre quelques jours pour être vraiment fixés sur l'avenir de la grossesse m'a fiché un poignard dans le cœur.

Mais d'avoir parlé à Roméo m'a rendu un peu d'espoir. Je vais poursuivre cette grossesse, et j'accoucherai d'un enfant presque à terme. Je ne peux pas endosser le rôle de la victime alors qu'il y a trois ans je lui répétais sans arrêt que ce n'était pas la solution. Ce petit bébé, je vais lui parler toute la journée, je vais lui dire que nous allons y arriver, tous les deux, et que je vais encore le garder au chaud. Une chance, je n'ai rien de cassé, des hématomes un peu partout, assez douloureux, mais qui vont se résorber rapidement. J'avais la ceinture de sécurité et je ne roulais pas vite.

Laurent m'a appelée vers vingt heures, après mes trois messages laissés sur son téléphone. Il m'a demandé ce que je faisais dans ce magasin par un temps pareil. Il a ajouté que j'aurais pu faire plus attention au volant, que si je perdais le bébé, ce serait de ma faute. Je me suis sentie coupable. Il m'a dit qu'il avait une réunion importante ce soir et qu'il ne pourrait pas passer. Je lui ai demandé qu'il m'apporte au moins quelques affaires et une trousse de toilette. Il viendra demain matin, avant d'aller à l'agence. Un autre aurait annulé sa réunion pour venir me prendre dans ses bras.

Un autre ne m'aurait pas fait ce qu'il m'a fait.

Mais je n'ai pas d'autre.

Les seuls bras auxquels j'ai droit me frappent.

Même si je lui parle, à ce bébé, j'ai peur quand même. Je pleure en silence quand la sage-femme entre dans la chambre. Elle me branche un appareil sur le ventre pour écouter son cœur et vérifier que je n'ai pas de contractions. Trente minutes minimum. Elle pourrait repartir faire sa tournée, mais je pleure. Alors elle s'assoit sur le lit à côté de moi et me prend doucement la main en me souriant.

— Qu'y a-t-il derrière ces larmes ?

— Je m'en veux.

— Vous n'avez pas foncé dans cet arbre volontairement ?

— Bien sûr que non. Mais j'étais trop nerveuse pour prendre le volant. Le toit du magasin venait de s'effondrer devant moi. J'ai eu très peur.

— C'est humain d'avoir cherché à fuir.

— Peut-être.

— Je peux vous poser une question ? Vous n'êtes pas obligée d'y répondre.

— Oui ?

— Sur votre dossier, il est écrit que les hématomes ne correspondent pas au choc de l'accident, avec des points d'interrogation. Celui sur la tempe, ceux sur les fesses, et puis votre périnée œdemateux, fissuré par endroits.

— …

— On vous a fait du mal avant l'accident ?

— Oui.

— Voulez-vous me dire qui ?

— Je ne sais pas.

— Vous ne risquez rien ici.

— …

— …

— Mon compagnon. Il n'en pouvait plus de ne pas me toucher à cause de la grossesse.

— C'est la première fois ?

— Depuis que je suis enceinte, oui.

— Et avant ?

— Non.

— Que comptez-vous faire ?

— Ne pas perdre ce bébé. Le reste est secondaire. Je ne survivrais pas de le perdre.

— Il y a une seule chose importante que vous puissiez faire pour ce bébé quand ça ne va pas et que vous avez peur pour lui, c'est lui envoyer un arc-en-ciel d'amour…

— Un arc-en-ciel d'amour ?

— Vous visualisez votre cœur, vous visualisez le sien, le trajet est court, et vous imaginez un arc-en-ciel d'amour de l'un à l'autre. Un arc-en-ciel, parce que l'amour est tout aussi impalpable et immatériel, et tout aussi coloré. Ce bébé va le ressentir, et quoi qu'il arrive, cela l'aidera.

— Je risque de le perdre ?

— Oui. Vous risquez de le perdre, mais vous avez aussi une grande chance de le garder, et votre pensée devrait s'orienter vers cette probabilité, et uniquement celle-là. Le reste n'est que pensée inutile.

Quand elle est repartie avec son appareil et le tracé qui permettait d'affirmer que tout allait bien, j'ai fermé les yeux et j'ai vu cet arc-en-ciel. Mon bébé a bougé légèrement et je l'ai senti s'installer contre la paroi de mon ventre et se poser là, sur mon cœur, comme un trésor à son pied.

La revoir

J'arrive, comme convenu, à huit heures devant la maison de retraite. Marie-Louise patiente devant l'entrée, me fait un petit signe en s'approchant de la voiture. Elle a les yeux rouges, mais me sourit en posant simplement sa main sur mon avant-bras.

— C'est gentil, tout ce que vous faites pour ma petite-fille.

— Je vais juste lui rendre visite.

— C'est déjà beaucoup.

— Ça me paraît si évident.

— Ça ne l'est pas pour tout le monde. C'est loin d'ici ?

— Nous y serons dans quinze minutes. Mon arrière-grand-père dort encore ?

— Il n'émerge pas avant dix heures. Il est très fatigué en ce moment.

— Ah ?

— Nous veillons souvent tard. C'est que ça prend du temps de refaire le monde, vous savez.

— C'est quand même un drôle de hasard que vous vous soyez plu.

— Vous croyez encore au hasard ? Quel conformisme, jeune homme ! Sortez des sentiers battus et ouvrez les yeux, il n'y a aucun hasard dans la vie, aucun. Le destin est tracé pour nous et pour de bonnes raisons.

— Aucun aucun ?

— À mes yeux, aucun. Nous sommes la somme de nos choix, mais ces choix, nous ne les faisons pas par hasard.

— En quoi l'accident de Juliette fait partie de son destin ?

— Je n'ai pas dit qu'on avait toujours la réponse. Parfois elle est évidente, parfois elle arrive plus tard. Et parfois elle ne vient jamais.

Lorsque nous arrivons dans le couloir du service de gynécologie, nous apercevons un homme qui sort rapidement d'une chambre et se dirige vers nous d'un pas décidé. Quelques mètres avant de nous croiser, il s'adresse à Marie-Louise, en aboyant :

— Qu'est-ce que vous faites là, vous ?

— Je suis venue réconforter ma petite-fille, et vous ?

— Et vous, qui êtes-vous ? me demande-t-il avec agressivité.

— C'est le chauffeur du taxi médicalisé qui m'a conduite jusqu'ici, répond Marie-Louise avant même que j'aie eu le temps de balbutier quelque chose.

— Foutez-lui la paix, à ma femme.

— Vous n'êtes pas mariés, que je sache, rétorque-t-elle avec un aplomb incroyable, alors qu'il fait au moins deux têtes de plus qu'elle.

— Foutez-lui la paix quand même.

— Bonne journée, Laurent !

C'est donc lui.

Je comprends pourquoi Juliette a dû couper tout contact avec moi.

Je ne comprends pas qu'elle soit avec un homme de cet acabit.

Je comprends Marie-Louise qui s'inquiétait d'avoir très peu de nouvelles depuis quelque temps.

Je ne comprends pas que nous ne puissions rien faire.

Avant d'entrer dans la chambre, Marie-Louise, qui a remarqué mon trouble, pose à nouveau sa main sur mon bras pour me signifier qu'aucun commentaire n'est nécessaire concernant cet homme. Surtout pas.

— Venez avec moi, ça lui fera plaisir…

— Vous êtes sûre ?

— J'ai l'air de douter ? me répond-elle en souriant.

Juliette semble soulagée en nous voyant entrer. Je comprends aisément pourquoi. S'il n'y avait pas cette grossesse fragile, je crois que j'aurais envie de la kidnapper pour lui prouver qu'elle n'a rien à faire avec ce type. Mais je ne peux pas. Et puis, il n'y a que dans les films qu'on voit ce genre de héros agir de la sorte. Marie-Louise approche une chaise et s'assoit tout près de sa petite-fille.

— Tu es venue, Malou ?

— Comment aurait-il pu en être autrement ?

Les larmes reprennent le dessus, les fourbes…

— Tu m'as manqué…

— Toi aussi, ma douce, tu m'as manqué… Mais tu savais que j'étais là pour toi, n'est-ce pas ? Allez, donne-nous des nouvelles de ce bébé.

— Avec le choc qu'il a subi, on ne peut pas encore trop s'avancer, mais ça peut tenir, tant qu'il n'y a pas d'infection ou de décollement du placenta. Il faut se contenter d'attendre. Ça va être long. J'ai peur, mais j'y crois.

Nous passons deux bonnes heures en sa compagnie, entrecoupées par les visites du médecin pour les résultats de bilans, de la sage-femme pour le tracé. C'est tellement incroyable d'entendre le cœur de son petit bébé battre dans la machine. Comme un cheval au galop. Il s'accroche, il y croit lui aussi. Je souris à Juliette comme si j'étais le père. Je suppose qu'on ressent le genre d'émotion qui envahit ma poitrine quand on est père, en mille fois plus fort. Enfin, ça dépend des pères. Malou ne quitte pas sa petite-fille du regard, comme si elle avait du temps à rattraper. Nous expliquons à Juliette la jolie relation entre Malou et Jean. Elle ne le savait pas, puisqu'elle s'est éloignée de sa grand-mère avant d'avoir eu le temps d'en prendre conscience. Elle est agréablement surprise. Elle me demande des nouvelles de Vanessa. Je suis étonné que Guillaume ne lui en ait pas donné.

— Je n'ai plus de nouvelles de Guillaume depuis que j'ai arrêté de travailler.

— Vous avez arrêté de travailler ?

— Laurent trouvait ça mieux pour le temps de la grossesse. Il me disait que ça mettrait toutes les chances de mon côté si j'étais moins fatiguée et moins tendue.

— Ça ne vous empêchait pas de garder contact avec vos anciens collègues.

— Laurent trouvait qu'ils n'avaient pas une bonne influence sur moi. Et donc, Vanessa ?

— Elle va très bien. Elle a beaucoup changé, vous savez ? Je crois que sa rencontre avec votre ami infirmier a bouleversé beaucoup de choses. Elle s'est délicatement posée sur la vie, comme une plume qui jusque-là a été prise dans les remous des vents violents et rencontre enfin une zone de non-turbulence.

— C'est joli ce que vous dites.

— C'est l'image qu'elle me donne. Elle est devenue calme là où elle était impulsive, réfléchie là où elle fonçait, elle s'est mise à travailler en classe, à lire des bibliothèques entières de livres pour dépasser la moyenne, pour être la meilleure. Elle a des projets qui la motivent, et j'ai l'impression que depuis Guillaume, elle regarde droit devant avec la rage au ventre. Avant, c'était pour le passé qu'elle avait cette rage.

— Quels sont ses projets ?

— Elle veut être infirmière.

— Je suis contente. Quand je pense que j'ai tout fait pour dissuader Guillaume de tomber amoureux d'elle. Elle n'avait que quatorze ans. Vous imaginez s'il m'avait écoutée ?

— Je crois que c'est un peu mon accident qui l'a fait avancer, avec ou sans Guillaume, mais il aurait été dommage qu'il renonce. J'ai d'abord eu du mal à admettre cette relation, cette différence d'âge, mais elle allait tellement bien après tout ce qu'elle avait traversé. Alors j'ai accepté de faire la connaissance de Guillaume, et nous sommes devenus très amis. Il a presque mon âge.

— Il vous fait des pâtisseries ?

— À n'en plus finir. Vanessa s'y est mise. Ils font des concours. À celui qui réussira la plus belle présentation. Et moi, je me sens parfois lourd sur l'échelle.

— Vous avez même réussi à remonter.

— Je vous l'avais dit, je vous avais promis que vous pourriez être fière de moi. Et que je serais toujours là pour vous. Je tiens toujours mes promesses.

— Je suis fière de vous…

Je suis allé boire un café au distributeur dans le hall d'accueil pour les laisser se retrouver. Cela semblait tellement important pour Malou. En revenant la chercher, un peu avant le repas de midi, j'ai précisé à Juliette que j'étais d'astreinte quarante-huit heures mais que je reviendrais la voir dans deux jours. Que je croisais les doigts et que je pensais à elle et à ce petit bébé qui luttait pour vivre.

Dans la voiture, sur le chemin du retour, Malou a pleuré. Pourtant, le tableau n'était pas si noir. Les résultats étaient bons. Je ne comprenais pas. Mais elle n'a rien voulu dire.

Voir une femme de quatre-vingt-sept ans pleurer comme une petite fille laisse une trace indélébile. Parce qu'à cet âge-là, on ne devrait plus avoir de raisons de pleurer, on devrait avoir atteint le forfait maximum. Les quelques années restantes et comptées ne devraient être que du bonheur, que du bonus, la cerise sur le gâteau, la pièce montée d'une vie. Une pièce montée au goût sucré, pas salée de larmes…

Pars avec lui

Voilà. C'est fini.

C'était une petite fille.

Je ne le savais pas jusque-là. J'ai commencé à avoir de la fièvre hier soir. Les contractions sont arrivées très vite. Chorioamniotite. Brutale et violente. Ils n'ont pas pu arrêter le travail. Vingt et une semaines plus quatre jours. Fausse couche tardive. Inutile de chercher à réanimer, c'est trop petit. Comme j'avais de la fièvre, je n'ai pas eu de péridurale, seulement des antibiotiques dans la perfusion et de quoi calmer un peu la douleur. Celle-ci était dans le ventre et partout ailleurs. Ça faisait si mal d'accoucher de ce petit bout de fille déjà formée, qui allait finir je ne sais trop où, mais pas dans mes bras, pas à mon sein, pas dans mon lit ni dans la poussette que j'avais vue dans ce magasin qui s'est effondré. C'est le plafond de la vie qui s'écroule, et je suis dessous, sans pouvoir réagir.

L'équipe a été extraordinaire, mais ça ne me rend pas mon bébé. J'étais seule pour accoucher. C'est arrivé tellement vite. À trois heures du matin, tout était fait. J'ai appelé Laurent, mais il avait coupé son téléphone. Je voulais appeler Roméo, mais je n'en ai pas eu la force. Et puis, il était probablement en intervention. Au petit matin, en retournant dans ma chambre, sans fièvre, sans ventre, sans bébé, sans énergie, je n'avais plus envie d'appeler personne. Je voulais m'enfermer dans ma coquille et disparaître.

Oubliez-moi tous !

L'infirmière du service m'a enlevé la perfusion il y a une heure. Je n'ai pas pleuré. Rien ne sort. Je suis comme le bébé sur le visage duquel on souffle fort, il bloque sa respiration en ouvrant grands les yeux. Puis relâche.

Je n'ai pas encore relâché.

Je ne tiens plus dans cette chambre d'hôpital. Je ne veux pas rester. Je ne veux pas rentrer à la maison non plus. Pour quoi faire ? Je rassemble mes quelques affaires dans le sac de sport rangé au fond de l'armoire, avant de faire un rapide passage dans le local où se trouve la pharmacie. À cette heure-là, les infirmières sont aux transmissions. Je trouve rapidement les antibiotiques que je dois avaler pour soigner l'endométrite. Je prends des antalgiques aussi. Et quelques calmants. Au cas où, quand je relâcherai. Personne ne m'a vue. Je fourre le stock de médicaments dans ma trousse de toilette. C'est mon dossier qui est ouvert sur la paillasse. J'aperçois le résultat du prélèvement : « nombreuses colonies d'E. coli ». C'est de sa faute. Il m'a prise derrière et est ensuite venu contaminer mon vagin et mon utérus. Je lui avais pourtant déjà expliqué qu'il ne fallait pas, quand il a commencé à vouloir me retourner, il y a quelques mois. L'autre soir, je n'ai même pas pu l'en empêcher. De toute façon, je n'aurais rien pu faire. J'étais sa chose. Le salaud. C'est lui qui a condamné la grossesse.

J'écris quelques mots sur une feuille de papier posée sur la table de la chambre.

Je ne sais pas pourquoi, je sais seulement que je ne devrais pas, mais je passe par le service de maternité avant de partir. Comme si j'avais besoin d'entendre ces bébés vivants qui appellent leur maman, comme pour bien prendre conscience que le mien n'en fait pas partie. Et puis j'en entends un qui crie très fort à travers la cloison d'une chambre. Il doit avoir faim. J'entrouvre la porte et je le vois gigotant et hurlant dans son berceau. Sa maman est sous la douche et elle ne l'entend pas pleurer. Le pauvre ! Il a à peine deux jours. Je le prends dans mes bras, il se calme aussitôt et tourne sa tête vers mon sein. Il cherche de sa bouche à téter. Il tremble. Il a l'air si affamé.

Et moi dont le colostrum ne sert plus à rien...

Une voix me dit : « Pars avec lui... »

La lettre

« J'ai fait une bêtise, je m'en vais. Merci pour tout. Juliette. »

Je suis réveillé par ce SMS sur mon téléphone en milieu d'après-midi, après avoir récupéré de ma nuit d'astreinte. J'avais prévu de lui rendre visite en fin de journée, quand je serais frais et dispos.

Je saute de mon lit et j'enfile ma tenue de pompier, la première à ma portée, que j'ai abandonnée par terre, ivre de fatigue. Je dévale les escaliers et j'ouvre la porte du garage. Putain ! Ma voiture ! Je l'ai laissée chez le garagiste pour qu'il change les amortisseurs. Je devais aller la chercher en fin d'après-midi. Je verrai ça plus tard, la maternité est à dix minutes en courant à un bon rythme. L'essoufflement ne m'empêche pas de réfléchir à trois mille choses en même temps. Quelle bêtise a-t-elle bien pu bien faire ? Où part-elle avec cette grossesse sur le fil et cette poche rompue ? Pourquoi me remercie-t-elle pour tout, comme si elle me disait adieu ? Je déteste ça.

Je déteste encore plus apercevoir les véhicules de gendarmerie postés devant la maternité. J'arrive dans le hall en arrêtant ma course pour reprendre mon souffle.

Je demande à un gendarme un compte-rendu des événements. Ma tenue de pompier me donne une légitimité bienvenue, il me répond sans se poser de questions :

— On nous a appelés pour un bébé qui avait disparu de la maternité, mais on vient de le retrouver.

— Il va bien ?

— Oui, apparemment. Ils sont en train de chercher à comprendre ce qui s'est passé.

Je longe les couloirs d'un pas rapide vers le service de gynécologie, en espérant que Juliette s'y trouve encore. On sent l'agitation, l'électricité dans l'air, malgré les efforts du personnel de l'hôpital pour maîtriser la situation.

La chambre de Juliette est vide. Évidemment. C'eût été trop beau. Je me dirige vers le bureau des infirmières où l'équipe s'est réunie.

— Où est Juliette Toledano ?

— Vous êtes Roméo ? me demande une infirmière, un papier dans la main.

— Oui.

— Il y a une lettre pour vous. Elle était ouverte. Nous l'avons lue, vu les événements dans la maternité.

— Je comprends.

Elle me la tend et je sens tous les regards posés sur moi. Je m'éloigne de quelques pas dans le couloir pour ne plus être dans leur champ de vision.

J'entends chuchoter.

Je m'éloigne encore.

« POUR ROMÉO, LE POMPIER.

Cher Roméo, c'est en vous que j'ai confiance. Dites-leur, à tous, que je vais bien, enfin, à peu près,

disons suffisamment pour ne pas se faire de soucis,
que je pars parce que j'ai besoin d'aller prendre
l'air, renouer avec la nature et les vieux amis perdus
auxquels je tenais tant. Que le personnel ne s'inquiète
pas pour ma santé. C'est mal, mais j'ai pris ce dont
j'avais besoin pour mon traitement dans la pharmacie
du service. J'ai conscience des risques, mais je pren-
drai soin de moi. Je reviendrai quand ça ira mieux.

Merci pour tout. Cette petite fille était magni-
fique. Magnifique. Je l'ai appelée Célestine, puisque
je l'imagine là-haut dans l'immensité, au milieu des
étoiles. Je l'emporte dans mon cœur, relié au sien
par un arc-en-ciel...

Je vous embrasse. »

Une infirmière s'approche alors de moi. Elle
m'explique la fausse couche dans la nuit, l'agitation
dans tout l'établissement, avec ce bébé enlevé et sa
chambre vide, avec ce mot.

— Vous la connaissez bien ?

— Pas assez.

— Pourquoi vous a-t-elle écrit à vous ?

— Vous avez croisé son ami ?

— Non. Je l'ai eu au téléphone, pour le prévenir.
Il ne va pas tarder.

— Vous comprendrez. Je peux garder la lettre ?

— Oui, nous avons fait une copie.

— Juste une question : est-ce que Juliette a quelque
chose à voir avec le bébé disparu ?

— La cadre vient de nous dire que la personne qui
a été vue avec l'enfant correspondait à son signale-
ment. Vous voulez lui parler ?

— Je peux ?

— On va voir.

Je repars du service un peu abasourdi. La responsable d'unité vient de m'expliquer ce que les enquêteurs avaient mis en évidence. Une femme ressemblant à Juliette est entrée dans le petit salon de rencontre au fond du service, avec un bébé dans les bras, qui cherchait à téter. Un couple était là, avec leur nouveau-né et les grands-parents. Elle s'est installée dans un fauteuil et l'a allaité. Elle le regardait avec tant d'amour qu'ils n'ont même pas imaginé que ça puisse ne pas être le sien. Et puis, un peu plus tard, elle s'est levée en demandant au papa s'il pouvait tenir le bébé quelques instants, prétextant qu'elle devait aller chercher quelque chose dans la chambre, et passer aux toilettes. Il l'a vue saisir un sac de sport dans le couloir, sans vraiment comprendre ce qu'elle fabriquait.

C'est quand, juste après, ils ont entendu les cris d'une femme, puis l'agitation dans les couloirs et tout le personnel qui défilait dans tous les sens en demandant si personne n'avait vu un petit bébé de deux jours, qu'ils se sont trouvés bêtes avec cet enfant dans les bras. Le soulagement a été immédiat dans toute la maternité. La maman du bébé était tellement heureuse, tellement soulagée qu'elle n'a pas porté plainte. Elle n'a pas eu de mal à comprendre ce qui s'était passé, le geste désespéré de Juliette, son désir fou, instinctif, de tenir, rien qu'un peu, un enfant dans ses bras.

Voilà, ça s'arrête là.

Juliette s'est arrêtée là. Bien lui en a pris. Le contraire eût été terrible.

Il faut que je la retrouve.

En repassant devant le bureau des infirmières j'entends des éclats de voix. Laurent, son compagnon, ne comprend pas l'infirmière qui soutient que la police ne fera rien puisque Juliette part de son plein gré, avec une lettre d'explication.

— C'est un abandon de domicile !

— Vous êtes mariés ?

— Non !

— Alors elle peut partir comme elle veut. Le policier m'a bien expliqué que nous ne sommes pas dans le cas d'une disparition inquiétante. Je vous le répète, elle a laissé une lettre, elle a besoin d'être seule.

— Où est cette lettre ? Je veux la voir !

— Elle ne vous est pas adressée.

— À qui est-elle adressée ?

— Je n'ai pas le droit de vous le dire.

— Taisez-vous, pauvre folle, je la retrouverai tout seul puisque personne ne veut m'aider...

Je fais profil bas en passant à leur hauteur, des fois qu'il me reconnaisse. Je sais où m'enquérir d'informations avec ce courrier pour découvrir où elle a bien pu aller. Je ne sais pas quand, je ne sais pas comment, mais je la retrouverai. Pour éponger ma dette... Et ses larmes probablement.

Partir

En marchant vers l'arrêt de tram tout à l'heure, j'ai croisé plusieurs voitures de police, sirènes hurlantes, qui m'ont flanqué une gifle. Prise de conscience soudaine. Je ne voulais pas faire de mal, juste rassurer ce bébé qui avait faim, qui était tout seul. Juste ça. Juste ça, vous m'entendez ? Tu m'entends, la vie ? Ce lait qui est en train de pousser derrière les mamelons et qui ne sert plus à rien. Juste apaiser un bébé bien vivant, lui. Bien vivant.

Juste ça.

Je suis balancée par les mouvements de la rame du tram qui m'emmène vers la gare. Ça coule entre mes jambes et je me rends compte que je n'ai rien prévu de ce côté-là dans mon sac, ce n'était tellement pas envisageable. Il faudra que je m'arrête dans une boutique à la gare.

Je ne sais pas quel train m'attend, mais il y en aura bien un qui descend vers le Sud. Pour le reste j'aviserai. Je ne veux pas que Laurent me retrouve. Il aura accès à toutes les opérations de ma carte bancaire. Je retirerai donc une grosse somme d'argent à la banque sur la place de la gare. Sur le livret et sur le compte courant. Je ne me serai jamais promenée avec autant d'argent sur moi, mais tant pis. Je le cacherai dans mon soutien-gorge. Les billets sentiront le lait maternel. Ça pourrait bien donner une agréable odeur à l'argent, pour une fois.

Quand j'entre dans le hall de la gare, je regarde les panneaux d'affichage des trains au départ. Un TGV pour Lyon dans une demi-heure. Celui-ci sera parfait. Je paie déjà en espèces, pour qu'il ne sache pas dans quelle direction je le fuis. J'ai pris une taille de bonnet, avec tous les billets que j'ai planqué dedans, en ayant bien eu soin de positionner un coussinet absorbant et imperméable, je ne suis pas folle non plus. J'achète un billet première classe pour pouvoir me reposer un peu. Je n'ai pas dormi la nuit dernière, je sens que l'épuisement me guette.

Le train est déjà annoncé. Un crochet vers les toilettes pour juguler l'hémorragie, puis j'achète quelque chose à manger s'il m'était donné d'avoir faim durant le voyage. La vibration de l'appareil qui composte mon billet au pied des quais se propage tout le long de ma colonne vertébrale. J'ai comme un sentiment de liberté absolue en faisant ce geste. Une liberté que je ne m'étais plus autorisée depuis des années. J'en aurais presque le sourire aux lèvres si je n'avais à l'esprit les raisons pour lesquelles j'ai envie de fuir. Cette petite qui a choisi de ne pas s'accrocher, et les reproches de Laurent. Alors que c'est à cause de lui ce qui m'est arrivé, de ce qu'il m'a fait juste avant l'accident, et il a osé me traiter d'incapable, m'accuser de faire son malheur.

Si c'est comme ça...

Je marche sur le quai à la recherche de mon wagon avec le sentiment que tout le monde m'observe, me dévisage, se pose des questions à mon sujet, comme si je faisais déjà la une de tous les journaux. Je suis peut-être recherchée par la police pour avoir pris ce bébé quelques instants dans mes bras, à moins qu'on me laisse tranquille. Advienne que pourra. Pour l'heure, je pars. J'espère qu'Alex sera là. C'est l'avantage de son métier, on sait où le trouver, il est toujours à son poste, sauf à de rares occasions. Vu la saison, il doit y être. Est-ce qu'il se souviendra de moi ? Est-ce qu'il voudra de moi ?

Le train démarre. Je branche le chargeur de mon téléphone et je programme une alarme pour une demi-heure avant l'arrivée en gare.

J'ai besoin d'un lourd sommeil.

Réparateur.

Séparateur.

Salvateur.

Digne d'une grand-mère

— J'ai besoin de vous, Marie-Louise.

La vieille femme est restée sans bouger quelques instants. Elle réfléchit et semble soucieuse de ma présence. Pourtant, je viens régulièrement les voir, elle et pépé. Sent-elle qu'il se passe quelque chose ? Je dois transpirer l'inquiétude.

— Roméo ? Que faites-vous là ?

— Je peux vous parler ?

— Venez, laissons dormir votre pépé, il est très fatigué.

— Vous devriez arrêter de refaire le monde toutes les nuits, ça ne sert pas à grand-chose.

— À nous, si ! Allons dans les petits fauteuils au bout du couloir, nous y serons tranquilles. Il n'y a que des sourds par là-bas, on les met dans des chambres qui donnent sur la route bruyante. L'équipe médicale fait preuve de jugeote, n'est-ce pas ?

— Et c'est si grave si on nous entend ?

— Malheureux, vous ne connaissez pas les vieux ? Jaser est leur passe-temps favori. Vous n'imaginez pas tout ce que j'ai entendu sur mon idylle avec votre pépé. Vous savez, l'acmé d'une vie, ce point le plus haut de la maturité d'un homme je ne sais pas bien où il se situe, entre quarante et cinquante ans probablement, eh bien, avant et après cet âge, il y a une sorte de rapport de symétrie qui fait qu'en devenant vieux, on retrouve des choses de l'enfance. Les difficultés à marcher, à se retenir pour les besoins courants, à compter, parfois même à parler... Et je vous assure que certains vieux, des vieilles en particulier, retrouvent des réflexes d'adolescentes. Dans le réfectoire, certaines se crêpent le chignon comme à l'époque du certificat d'études, quand elles étaient amoureuses du même garçon.

Marie-Louise avance avec précaution dans le couloir, tout en s'agrippant à mon bras. J'essaie d'entrer dans le vif du sujet tant je suis impatient de lui raconter pour Juliette, mais à chaque fois que je commence à lui expliquer, elle s'arrête pour m'écouter. Ce fameux fait intrigant qui empêche l'être humain, passé un certain âge, de faire deux choses en même temps. Alors, je ronge mon frein et j'attends que nous soyons installés dans les fauteuils.

Je prends le temps qu'il faut, je résume au maximum mais il y a tant de choses à dire.

Elle attend d'être sûre que j'aie fini pour tourner la tête vers la fenêtre et regarder dans le vide quelques instants. Les yeux humides, mais un léger sourire sur ses lèvres agitées de mouvements muets de la bouche, comme si elle avait besoin de redire mes paroles dans sa tête pour bien prendre conscience que ce qu'elle vient d'entendre est vrai. Je ne comprends pas. Elle semble presque se réjouir d'apprendre que Juliette est partie.

— Pourquoi vous souriez ?

— Parce qu'il y a du bien dans ce mal. Vous voyez, quand nous avions évoqué les hasards de la vie, qui à mes yeux n'existent pas, vous m'aviez demandé pourquoi cet accident. Je ne pensais pas avoir la réponse aussi vite.

— Quelle réponse ?

— Roméo, Juliette est partie. La perte de cette petite fille a été l'élément déclencheur de quelque chose que j'espère depuis tant d'années.

— Et vous n'êtes pas inquiète qu'elle se sauve ainsi sans qu'on sache où elle va, juste après une fausse couche tardive et une infection ?

— Pas vraiment. Juliette sait prendre soin d'elle-même. Elle est infirmière, dois-je vous le rappeler ? Je suis sûre que cette horrible épreuve va la sortir des griffes de son compagnon et que, sans cette petite puce partie trop tôt, elle n'aurait peut-être pas eu la force de le faire. Où qu'elle aille, elle sera mieux que chez elle.

— À ce point ?

— Je crois, oui. C'est pour ça que Laurent ne m'aime pas et ne m'a jamais aimée. Dès le départ, j'ai senti que c'était trop beau pour être vrai. Cet homme me mettait mal à l'aise, sans que je puisse l'exprimer. Il était tendre et charmeur avec Juliette. Elle n'a rien vu venir, elle s'est laissé embarquer, trop heureuse de rencontrer un homme parfait sur tous les plans. Très vite, il a créé le manque chez elle, jouant au chat et à la souris. Il ne la rappelait pas, la laissait plusieurs jours sans nouvelles. Elle devenait folle, et puis, il la reprenait au vol, plus charmeur encore, et il recommençait. Elle est tombée dans le piège, aveuglément. Et moi, je voyais tout, je sentais tout, j'avais la terrible intuition d'assister, impuissante, à la noyade d'un être cher.

— Et ça s'est dégradé ?

— Ça se dégrade toujours, ce genre d'histoires. Depuis le début, il la fait mariner à propos du mariage car il sait que c'est son rêve de princesse. C'était un peu le mien aussi. Je voulais lui faire sa robe de mariée. J'en étais capable, j'ai travaillé pour Chanel. Il l'a coupée de ses amis, même des plus proches, de sa famille, en la discréditant auprès de ses parents qui n'ont rien vu venir. Et, pire que tout, elle a quitté son travail, dernier rempart contre l'isolement. À partir de ce moment-là, je ne l'ai plus du tout vue. Je pensais pouvoir la protéger, mais Laurent a été plus fort. Vous comprenez pourquoi j'étais si émue de la retrouver à l'hôpital.

— Je comprends beaucoup de choses.

— La bienveillance et l'indulgence qu'elle avait pour lui, en raison de ses failles, de son vécu, de cette capacité qu'il a eue à se construire malgré une histoire difficile, ont fait place à de la peur.

— Il l'a battue ?

— Je ne sais pas. C'était surtout de la violence psychique. En permanence, le dénigrement, les critiques acerbes, les mises en situations délicates… Elle en est arrivée à avoir honte d'elle-même, à se trouver moche, grosse, mal dans sa peau, pas à la hauteur. Tout était de sa faute à elle. D'après ce qu'elle a pu me confier, les quelques rares douleurs physiques qu'il lui infligeait étaient d'ordre sexuel. Il se servait d'elle comme d'un objet. Il n'avait aucune considération pour elle. Il lui demandait de faire des choses qu'elle n'aimait pas en la soumettant, en lui reprochant d'être trop coincée. Là aussi, elle se sentait en faute. Alors elle acceptait.

— C'est insupportable.

— Vous comprenez maintenant pourquoi je suis soulagée qu'elle soit partie ? Cette petite Célestine est peut-être passée dans sa vie pour lui offrir de sortir de cet engrenage qui l'aurait complètement détruite.

— C'est difficile à croire.

— Moi j'y crois. On a tous une destinée et un petit rôle à jouer sur cette terre. Je suis triste et soulagée à la fois. Et je pense que ma petite-fille est très malheureuse mais débarrassée aussi. Où est-elle partie ?

— C'est bien la question, et c'est pour ça que j'ai besoin de vous. Elle m'a laissé ceci, ça vous aidera peut-être à avoir une idée.

Je lui tends la lettre. Elle sort une paire de petites lunettes qu'elle ajuste sur son nez, avance et recule la feuille jusqu'à trouver la bonne distance.

— Vous voulez que je vous la lise ?

— Je sais encore faire ça, jeune homme, répond-elle en me souriant.

Je regarde son visage durant sa lecture. Il est impassible les premières secondes, mais s'illumine très vite.

— Ça vous parle ?

Elle replie le courrier en affichant un petit air espiègle.

— Si elle n'est pas là où je suis sûre qu'elle est, je ne suis pas digne d'être sa grand-mère.

— Où est-elle ?

— En Haute-Savoie. La nature et les vieux amis perdus auxquels elle tenait, je ne vois que ça. J'en mettrais ma main à couper. Une main de petite main Chanel, vous imaginez la valeur ?

— Où en Haute-Savoie ?

— Pour ça, il me faut une carte de la région, je ne me souviens plus du nom des villages. Rappelez-vous que nous sommes dans une maison de retraite, un nid à vieux qui perdent la boule. Ma pente est douce mais je la descends quand même. Cependant, si on me rafraîchit la mémoire, je saurai les reconnaître.

Je fais quelques recherches sur mon portable et lui lis les noms de tous les villages qui longent le lac Léman, en partant d'Évian et en descendant vers Genève. J'articule lentement, lui laissant le temps de réfléchir. Je profite qu'elle ne soit pas en train de marcher, mais en pleine possession de ses moyens.

Elle m'interrompt :

— Anthy ! C'est ça, c'est Anthy. Un très joli village.

— Je ne connais pas cette région.

— À Anthy, il y a un pêcheur. Il s'appelle Alexandre, et c'est un ami d'enfance de Juliette. Ils ont passé des heures ensemble à pêcher sur le Léman. Les parents de Juliette l'emmenaient là-bas à toutes les vacances. Ils y avaient un petit appartement. L'été, ils profitaient du lac, et l'hiver, des stations de ski. Elle s'était fait une bande de copains, et s'était liée d'amitié solide avec deux d'entre eux, Alexandre sur le lac et Babette en montagne.

— Vous êtes sûre de vous ?

— Retrouver le contact avec la nature et les vieux amis, c'est clair, elle parle du lac, au petit matin, quand ils partaient à la pêche ensemble, et de la montagne. Elle adore les bouquetins. Elle est là-bas.

Ma main Chanel, je vous dis. Retrouvez-la, et dites-lui de ma part que je l'aime comme je n'ai aimé personne d'autre.

— Je lui dirai.

— Et promettez-moi une chose avant de partir.

— Bien sûr, je vous écoute.

— Prenez bien soin d'elle.

— J'ai l'air d'avoir une autre intention à son égard ?

— Non, me répond-elle, mais elle aura besoin d'une double dose. La dose habituelle et une autre dose pour lui faire oublier le passé, parce qu'elle sera méfiante. Tenez-vous-le pour dit.

Elle me prend alors dans les bras, toute fine, toute fragile. Je ne la serre pas trop fort, de peur de l'abîmer. Frêle de corps, mais avec un caractère solide et déterminé. Avant de partir, je passe saluer pépé. Il daigne ouvrir un œil et me sourire. Même fatigué, même âgé, il a gardé sa bouille de gosse. Je crois que c'est son tempérament malicieux qui lui fait garder cette part de jeunesse.

En quittant la maison de retraite, j'ai mille choses à organiser. Mon remplacement au pied levé. Christian me doit bien ça. Il sait ce que moi-même je dois à Juliette. Prévenir Vanessa. Elle sera ravie, je sais d'avance qu'elle fera venir Guillaume à la maison durant les quelques jours où je serai absent. Et surtout récupérer ma voiture.

Je prépare rapidement un sac avec quelques affaires, je retrouve une vieille carte routière, et j'évalue le trajet à parcourir pour arriver le plus vite possible. Mais l'instant d'après, je suis pris de doute, mes pensées s'entrechoquent, je ne suis plus du tout sûr d'avoir pris la bonne décision.

Et si elle avait besoin d'être tranquille ? Qui je suis pour débarquer comme ça dans sa vie, alors qu'elle m'avait demandé d'en sortir ? Certes, elle m'a écrit, mais pour me dire qu'elle voulait être seule, pour qu'on ne s'inquiète pas.

D'habitude, je sais ce que j'ai à faire, je fonce sans hésiter pour éteindre les feux et sauver les gens, pour ma petite sœur aussi. Mais il m'arrive parfois de m'interroger, surtout quand il est question de prendre des décisions dans ma vie privée. Toujours peur de faire le mauvais choix et de le regretter ensuite. Quelque chose me pousse à partir retrouver Juliette, à la ramener ici. C'est à moi qu'elle a écrit, après tout. Et en même temps une autre force me retient, coupe mon élan. Elle veut être tranquille, retrouver des amis d'enfance.

Il faut que je demande à Vanessa ce qu'elle en pense.

Ma petite sœur ne doute de rien.

C'est parfois utile. Nous nous complétons bien. Quand j'hésite trop, elle me pousse, quand elle fonce, je la freine.

Je crois qu'aujourd'hui j'ai très envie qu'elle me pousse.

Le bateau d'Alexandre

Le compartiment est calme. Alléluia. Pas d'enfant qui pleure, pas de vieux qui ronfle la bouche ouverte, pas d'homme d'affaires qui passe ses appels au mépris des consignes, en parlant fort pour montrer son importance, sans se soucier de la tranquillité des autres passagers. J'enfonce les écouteurs du téléphone dans mes oreilles pour écouter de la musique. J'hésite entre Merzhin, pour laisser sortir la rage que j'ai au fond de moi, et Mozart, pour essayer de l'apaiser. Ce sera Mozart. Je suis dans ma bulle et je me laisse bercer par le mouvement du TGV lancé à pleine vitesse. Nous traversons une violente averse. Je repense à la pluie qui a fait céder la structure du toit, m'a fait paniquer et a noyé mes désirs d'enfant dans un déluge d'injustice.

Je regarde par la fenêtre. Les gouttes projetées sur la vitre dessinent une trajectoire horizontale, s'étirent et tressaillent sous l'effet de la vitesse. On dirait des centaines de spermatozoïdes qui se dirigent tous dans la même direction.

Je crois que je suis folle.

Je ferme les yeux et j'essaie de m'imprégner de la musique sans penser à rien d'autre, juste la musique. Je me focalise sur chaque instrument, chaque note, chaque variation d'intensité. Et je me laisse aller, sans avoir oublié, au préalable, d'envoyer un arc-en-ciel d'amour entre mon cœur et celui de Célestine. Un arc-en-ciel infini, qui va se perdre quelque part de l'autre côté de l'horizon, loin, très loin, dans un lieu vague, mais là où j'imagine qu'elle est partie. Je souris presque. Cette image m'aide à supporter le vide. Je le comble avec cet amour que j'ai et que j'aurai toujours pour elle. Puisque je ne peux pas changer le cours de la vie. Ni celui de la mort. La vacuité a envahi mon ventre, et mon avenir. Ce bébé évaporé, ce billet composté, comme si je remettais le compteur de ma vie à zéro. Je ne sais simplement pas où cela va me mener. Mais à quoi bon m'en soucier ? Plus rien ne m'importe, juste tenir debout. Et retrouver ce qui me faisait vraiment du bien.

Le bateau d'Alexandre...

Pour l'instant, c'est vers lui que je roule.

Compteur à zéro.

La doudoune

— Je me demande même pourquoi tu te poses cette question !!!

Elle est assise sur le canapé, et tient dans les mains sa doudoune bien chaude, qu'elle a sortie du placard comme si elle espérait l'hiver. Sa doudoune qui a mis trois ans à être à sa taille, parce qu'elle avait décidé que c'était cette doudoune-là qu'elle voulait pendant les soldes, car sa meilleure amie Charlotte avait la même et qu'il fallait cette couleur précise, et que si je ne la lui achetais pas, elle allait probablement mourir de froid, et que si ce n'était pas de froid, ce serait au moins de chagrin. La doudoune, qui, dans cette couleur, et dans ce modèle, n'existait plus qu'en taille M, alors qu'à quatorze ans, même si elle s'habillait au rayon femme parce qu'elle était grande, ma sœur faisait un tout petit S, plutôt un XS tant elle était fine. Cette doudoune qui a occupé notre après-midi, moi à lui donner une liste entière d'arguments valables pour ne pas l'acheter, et elle à les démonter les uns après les autres. De toute façon, la perspective de la mort par chagrin les faisait tous voler en éclats, ces arguments. Nous sommes repartis avec la doudoune, non sans qu'elle m'ait sauté au cou à la caisse, devant tout le monde, en m'embrassant et en me disant des « je t'aime, je t'aime, je t'aime ». Moi aussi, je l'aimais, je le lui disais depuis toujours, mais c'était plus que tout la doudoune qui, à ses yeux, le lui prouvait. Elle avait passé le reste de l'après-midi à faire les magasins revêtue de ce gros machin tout neuf mais beaucoup trop grand pour elle. Les deux jambes-allumettes qui en dépassaient la faisaient ressembler à une brebis qu'on aurait oublié de tondre depuis des années. Et puis, il y avait cette grande étiquette qui pendait dans son dos, parce qu'elle n'osait pas tirer dessus de peur de déchirer le tissu. C'est aussi pour ça que j'aime ma petite sœur. Elle se fiche de ce que vont penser les autres. L'étiquette qui pendait dans son dos ? Et alors ? Et alors ? Elle portait sa doudoune, celle-là même qui lui épargnait une mort certaine. Alors, hein ?

Trois ans plus tard, la doudoune est toujours là. Vanessa l'a mise assidûment chaque hiver, si bien qu'elle commence à ressembler à un gros doudou d'enfant qu'on rafistole de partout tant il part en lambeaux.

— Tu fais quoi, là ?

— J'essaie de décoincer la fermeture éclair.

— Et donc, tu crois que je dois partir la chercher ?

— Évidemment !

— Mais elle veut être seule, peut-être, quand même, non ? Elle l'a écrit.

— Toi, faut vraiment que je t'explique les femmes. Si un jour je fais une fugue et que je laisse un mot à quelqu'un en particulier, en lui disant que je veux être seule, tu crois vraiment que je veux être seule ?

— Eh bien... euh... si c'est dans le courrier...

— Bien sûr que non ! J'écris à ce quelqu'un que je veux être seule pour qu'il comprenne que je me sens seule et que j'ai besoin qu'il vienne pour me réconforter.

— Si c'est ça, pourquoi tu ne l'écris pas, tout simplement.

— Parce que sinon, ça fait pauv'fille fragile, qui a besoin des autres.

— Oui, mais si c'est ce que tu espères, c'est donc bien que tu en as besoin, des autres ?

— On a tous besoin des autres !!! Mais si on le dit, on a trop la honte, alors on fait croire que non, et on espère que les autres comprendront que si.

— C'est compliqué, une femme.

— Parce que c'est simple, un homme ?

— C'est franc, en tout cas. Vous n'avez pas besoin de vous torturer l'esprit à essayer de comprendre que ce qu'on voudrait correspond au contraire de ce qu'on dit.

— C'est vrai, c'est assez basique, un homme. Un homme a besoin de viande, de potes et de cul. Je parle pas des voitures, hein ?

— Épargne-moi ça. D'accord, tu marques un point, c'est un peu compliqué aussi, un homme.

— Quelle sagacité ! Vraiment !

— Mais quand même.

— Va la chercher, et arrête de réfléchir, c'est un truc de femme, ça.

— C'est pour ça que tu fonces sans réfléchir ?

— Je suis pas une femme !

— Et t'es quoi si t'es pas une femme ?

— Un « fomec »…

— Comme quand tu étais petite ?

— Quand j'étais petite, on jouait aux vrais FOMECC-BOT ! Moi j'ai gardé le début, c'est tout.

Quand je l'ai prise avec moi le jour de mes dix-huit ans, il a bien fallu trouver des occupations. Les gars de la caserne entretenaient leur condition physique de façon ludique, avec des jeux de guerre et de stratégie dans la nature. Pour repérer sans se faire repérer dans un environnement, il fallait camoufler les éléments FOMECC-BOT : Formes, Ombres, Mouvements, Éclairages, Couleurs, Chaleur, Bruits, Odeurs, Traces. J'avais expliqué ça à ma petite sœur, en simplifiant un peu les choses, et j'avoue qu'elle était assez douée. Je me souviens de mon affolement quand je n'arrivais pas à la retrouver, parce qu'elle était vraiment forte en camouflage.

Vanessa ne m'a pas regardé un seul instant en me disant tout cela, obnubilée par sa fermeture éclair qu'elle ne parvient pas à décoincer. Et à chaque tentative un peu plus brusque, ou quand elle change de position sa doudoune pour essayer d'un autre angle, de petites plumes s'échappent d'un probable trou dans la couture, qu'elle n'aura pas vu au dernier rafistolage, ou qui s'est constitué depuis.

— Et c'est quoi un « fomec » alors ? je lui demande en allant chercher un peu de savon pour sa fermeture éclair.

— C'est un homme camouflé dans un corps de femme, me crie-t-elle pour que je l'entende jusqu'à la cuisine.

— Et pourquoi tu dis que tu es un fomec ?

— Parce que les filles me saoulent, sauf Charlotte et deux, trois autres. Les filles, ça se plaint tout le temps pour des broutilles, genre parce que la meuf que tu détestes le plus au lycée a le même pantalon que toi, parce que ton vernis à ongles a pris un jeton, parce que t'as pas eu la meilleure note de la classe, parce que t'as tes ragnagnas et que ça fait mal, parce que les filles, ça fait des coups de travers, parce que c'est pernicieux et rancunier. Je me sens mieux avec les garçons, que j'ai l'impression de comprendre et qui me comprennent aussi, contrairement aux filles. Un garçon, ça râle pas trop, et quand ça râle, c'est pour des raisons moins débiles. Et quand ça cherche la merde, ça se règle par une bonne branlée, et après on retrouve des relations simples et amicales. Voilà, je suis comme ça...

— Et moi ? Je suis quoi dans ton encyclopédie humaine ?

— Toi ? Toi, t'es un homme, un vrai, qui n'a peur de rien. Un biceps-couillu. T'as juste trop le cœur sur la main. Du coup, tu l'exposes à tous les vents, et il s'abîme. Mais bon, à force, c'est comme le dessous des pieds en été, ça finit par se tanner. Un jour, t'auras plus mal du tout et tu pourras marcher sur des cailloux avec ton cœur.

— Tu devrais demander à Marie-Louise de te la réparer une bonne fois pour toutes. Elle était couturière.

— Tu crois qu'elle voudrait ?

— Je crois qu'elle adorerait.

— Tu pars quand ?

— Pour prévenir Guillaume ?

— Entre autres. Pour savoir si tu manges là, aussi. Les fomecs cuisinent quand même, tu sais ?

— Il est dix-neuf heures, inutile que je parte ce soir. Nous sommes sortis plusieurs fois cette nuit. Il faut que je me repose avant de prendre la route, et puis, arriver à minuit ne m'avancera pas plus, je ne vais pas sonner à la porte du pêcheur en pleine nuit. Je dors là et je pars demain matin très tôt.

Le savon a permis de décoincer la fermeture, je cherche du fil et une aiguille pour que restent encore quelques plumes dans cette doudoune, qui, je le sais, ne sera pas remisée au placard avant que Vanessa n'entre plus dedans, c'est-à-dire dans quelques années.

— Tu l'aimes, hein, cette nana ?

— Je sais pas…

— Mytho !

— Ça se voit tant que ça ?

— Grave, que ça se voit ! Mais t'inquiète, ça fait du bien, tu sais ?

— Je sais.

— J'ai eu 17 en maths. Et 18 en SVT au bac blanc.

— Ça aussi, ça fait du bien.

— Je sais pas…

— Mytho !

— Oui, ça fait du bien. Allez, va dormir, t'as de la route demain.

Se couper de l'inhumanité

« Anthy-sur-Léman : dix kilomètres. »

Le but approche. Je suis finalement descendue du train à Bourg-en-Bresse, pour raccourcir le trajet en voiture. Le type de l'agence de location de véhicules ne voulait pas que je le paie en espèces, pour des histoires d'assurance. Je lui ai dit que j'avais perdu ma carte bancaire. Il a fallu que j'insiste lourdement, que je lui affirme que c'était urgent et important pour moi d'avoir cette voiture. Il a fallu aussi que je m'assoie quelques instants en me tenant le ventre pour qu'il accepte enfin. Et je n'ai même pas eu besoin de jouer la comédie, j'avais vraiment mal, une grosse contraction.

J'ai programmé le trajet sur le GPS intégré et je me suis laissé guider. Auparavant, j'ai écouté les messages déposés sur mon téléphone, que je n'avais pas entendu sonner, puisque je m'étais endormie profondément sur une bonne partie du trajet, après la scène des spermatozoïdes sur la vitre. De toute façon, je n'aurais pas répondu. J'ai décidé de ne pas répondre. Pas pour l'instant.

Laurent. Trois messages. Il est en colère, une colère froide, il ne hausse pas le ton mais me menace, me somme de rentrer immédiatement, me dit que je ne suis plus une gamine, et que toute cette comédie a assez duré.

C'est vrai !

Yvette, notre femme de ménage, qui s'étonne de ne pas me voir à la maison comme prévu. Je la rappelle immédiatement, brièvement, pour lui demander si elle peut prendre Lisette, ma petite chatte, car je serai absente quelques jours, et nous savons pertinemment toutes les deux que Laurent ne s'en occupera pas. Il serait capable de la laisser mourir, voire de la tuer, comme dans *Liaison fatale*. Il déteste les chats. Il n'en voulait pas. Mais là-dessus, je n'ai pas lâché. Une des rares choses sur lesquelles je n'aie pas lâché. J'ai toujours vécu avec des chats et j'ai besoin de leur ronronnement pour me ressourcer. J'ai besoin du spectacle de leur liberté pour ne pas nier la mienne.

Ça n'a pas suffi.

J'ai nié ma liberté d'être. Mais je sens qu'elle revient. Je la sens qui remonte avec la force d'une vague puissante, moi qui faisais la planche sur ma vie pour ne pas couler. Une grosse déferlante qui m'a retournée, secouée, cognée contre le rocher, j'aurais pu mourir, mais puisque je suis encore vivante, je vais nager jusqu'à la plage et fuir le requin. L'odeur du sang l'a excité. C'est l'odeur de ma vulnérabilité qui l'excite depuis des années.

Roméo : un seul mais long message, où il dit s'inquiéter pour moi, me demande où je suis, me dit qu'il a été touché par ma lettre, me demande de prendre bien soin de moi, et qu'il pense très fort à Célestine.

Des larmes reviennent quand je l'entends prononcer son prénom. Ses pensées pour elle concrétisent sa présence au monde, et surtout son absence.

Malou qui me dit qu'elle m'aime.

J'efface les messages et je coupe mon téléphone. J'ai besoin de silence. J'ai dit à Yvette que j'allais bien, et qu'elle ne devait pas s'inquiéter. Et surtout qu'elle s'occupe bien de Lisette.

À l'entrée du village, je ressens une forme d'apaisement, avec une pointe d'excitation. Je revois tous les moments passés avec la bande à faire les quatre cents coups derrière l'église, les soirées à fumer et à boire quand nous étions adolescents, sur la petite plage de cailloux. Les baisers échangés avec Alexandre sur le bateau, au milieu du lac. Les virées avec Babette dans la montagne.

Je me rappelle toutes ces choses simples et anodines qui restent pourtant gravées dans ma mémoire, parce qu'elles ont eu lieu à un moment crucial de la vie, celui où l'on découvre ce que c'est que d'exister par soi-même, pour soi-même, et où l'avenir se dessine, à la fois angoissant, terrifiant, et si attirant.

Alexandre est un vrai ami. La première fois que nous nous sommes rencontrés, nous avons su qu'il y aurait quelque chose d'intense et que ce serait probablement solide entre nous. Il avait suffi de se côtoyer un été et les dés étaient jetés. On avait treize ans, l'âge des promesses pour la vie qui ne durent qu'une saison. Mais il y avait cette vibration dans le cœur, cette étincelle dans les yeux, qui donnaient à ces serments un goût de certitude. Je le voyais tous les étés. Si nous avons eu quelques moments incestueux, il a toujours été comme un frère pour moi. Fils, petit-fils et arrière-petit-fils de pêcheur sur le lac, il a suivi la voie, naturellement. Quand j'ai cessé de venir tous les étés en Haute-Savoie, nous avons maintenu le contact. C'était différent, mais je savais que j'avais toujours la même place dans ses pensées. Et vice versa. Un vice versa rassurant. Savoir qu'il y a quelqu'un quelque part qui pense à vous, qui vous réserve un petit coin dans son cœur, au chaud, à l'abri de tout, c'est comme une couverture toute douce qui vous enveloppe et vous protège du froid.

Ce n'était pas un abri, avec Laurent. Quand il est entré dans ma vie, j'ai perdu un à un mes amis, soit parce qu'il ne les appréciait pas, soit parce qu'il ne me laissait plus aucune occasion d'entretenir mon amitié pour eux. Je ne les ai pas perdus, c'est Laurent qui me les a perdus !

Ça fait quatre ans que je n'ai plus donné aucune nouvelle à Alexandre. Il a bien essayé de m'appeler une ou deux fois, mais un jour il est tombé sur Laurent qui lui a dit d'arrêter de m'importuner, que nous n'étions pas du même monde et qu'il ferait mieux de s'occuper de ses poissons, parce que la petite sirène était désormais à un autre, qui, lui, pouvait se payer un yacht, alors une pauvre barque de pêcheur, vous comprenez.

Aujourd'hui, c'est Alexandre que j'ai envie de voir. Parce que je sais que je suis vraiment sa petite sirène, et qu'il s'y connaît en naufrages. Il est toujours resté en contact avec la nature, à voir le jour se lever, très tôt le matin, à vivre de la pêche, cette activité aussi vieille que le monde, éprouvante, mais tellement essentielle. Alexandre procure de la nourriture à l'humanité. Même si cette humanité se réduit à quelques dizaines de clients, il n'empêche, c'est un bout d'humanité.

J'ai besoin de cette parenthèse pour oublier le reste.

Il pêche tous les jours, je le sais, il me l'a souvent dit. « Quand je suis sur mon bateau, je ne suis plus de ce monde, je suis à l'écart des hommes, et ça fait du bien. »

Fais-moi du bien, Alexandre, coupe-moi de l'humanité.

De l'inhumanité surtout.

Je ne sais pas comment il va m'accueillir. C'est à quitte ou double. S'il ne veut pas de moi, je retournerai directement à l'auberge où j'ai réservé une petite chambre en arrivant. Mais quelque chose me pousse à le retrouver sans attendre, alors j'écoute ce quelque chose. C'est peut-être Célestine. Peut-être Malou qui trouvait dommage que je me sois éloignée de lui. C'est peut-être la petite sirène.

Il est vingt et une heures, je me gare sur le trottoir en face de sa maison. Son nom est toujours sur la devanture, il doit être là. Je vois de la lumière à travers la vitrine. Malgré la buée je distingue une silhouette qui évolue à l'intérieur, entre le hangar et la chambre froide. Je le reconnais, même quatre ans plus tard. Je me souviens par cœur de lui, la couleur de ses yeux, de ses cheveux, la forme de ses mains que j'ai vues des centaines de fois saisir les filets, la pointure de ses pieds, le galbe de ses fessiers et ses biceps saillants, de près comme de loin. C'est lui. Je frappe au carreau. Il s'approche, essuie la vitre avec le revers de sa manche et y colle son visage en mettant ses mains en visière pour cacher la lumière de son atelier et voir dehors, dans l'obscurité naissante. Je me recule un peu pour ne pas lui faire peur. Je suppose que mon regard ressemble à celui du Chat potté, je ne suis pas capable de beaucoup plus. J'entends la clé tourner dans la serrure, avant qu'il n'ouvre la porte. Son sourire immédiat me rassure. Il ne m'en veut pas. Il me regarde comme s'il m'avait toujours attendue, comme s'il savait que je reviendrais un jour, à peine étonné. Il m'invite à entrer et referme la porte derrière moi. Nous nous regardons un instant. Je ne sais pas quoi lui dire. Je me sens en faute, après ces années de silence. C'est lui qui le rompt en me disant : « Viens par là, toi ! » tout en ouvrant ses bras pour m'y accueillir. Il porte encore ses habits de travail. Comme j'aime cette odeur. Ma madeleine à moi sent le poisson, le gazole, le tabac froid et l'odeur légèrement âcre d'un homme au travail, qui a donné toutes les forces de son corps pour remonter les filets, une madeleine qui me rappelle ces moments magiques passés avec lui sur le lac à le regarder des heures entières se battre contre les éléments, mais avec cette évidence si simple : sa place était là. Je ressens la même évidence aujourd'hui. Ma place est là, dans ses bras.

— Je suis heureux de te revoir, me dit-il en me caressant les cheveux doucement de ses énormes mains abîmées par l'effort.

— Pardon d'avoir disparu comme ça.

— Merci d'être réapparue.

— Tu ne m'en veux pas ?

— Je t'en veux de le croire.

— J'ai pris une petite chambre à l'auberge, au village.

— Tu viendras quand même dire bonsoir à Catherine. Le temps que nous allions nourrir les mouettes, elle aura couché les enfants.

— Catherine ? Les enfants ?

— Je me suis marié. Nous en avons deux. Un garçon de deux ans et demi et une fille de six mois.

— Je ne savais pas.

— Tu viens avec moi demain matin ?

— S'il te plaît, j'en ai besoin.

— Je sais…

Il charge le seau rempli des déchets de la journée dans la voiture et nous descendons vers le port à la nuit tombante. Le bateau est là, attaché au ponton, ondulant doucement sur les vagues légères du lac.

Je m'installe à l'avant et je le regarde démarrer le moteur et manœuvrer le gouvernail. Nous gagnons rapidement le large, puis il ralentit le bateau. Les mouettes volent déjà autour de nous depuis quelques dizaines de mètres. Elles savent. Leurs cris perçants et leurs trajectoires aléatoires qui les font nous frôler parfois donnent à la scène un côté Hitchcock, en à peine moins angoissant. À chaque poignée de carcasses de poissons que leur jette Alexandre, une nuée d'oiseaux piquent dans l'eau, prêts à tout pour attraper une part du butin. La lune n'est pas pleine, mais elle éclaire déjà bien la nuit tombante et les plumes blanches des mouettes qui s'agitent autour de nous. Il finit par vider le restant du seau, et redémarre le bateau en trombe, comme pour les semer. Certaines s'acharnent un moment à nous suivre, puis finalement abandonnent les unes après les autres.

Quand le calme est revenu, il coupe le moteur, je sais qu'il va falloir que je parle. On ne réapparaît pas comme une fleur sans expliquer pourquoi elle est fanée. Je suis épuisée, alors je vais à l'essentiel. Je devine son regard, parfois tourné vers moi, le plus souvent fixé sur ses bottes blanches en caoutchouc. Il ne parle pas. Que dire ? Il est calme mais silencieux. Il accueille mon récit sans commentaire et sans jugement.

Ça me fait un bien fou. Voilà, j'ai vidé mon seau de peines sur le bateau, comme il vient de le faire avec les carcasses de poisson dans le lac.

Tous ces déchets dont on ne sait que faire…

Et puis, sans un mot, nous rentrons au port. Il me raccompagne jusqu'à l'auberge.

— Demain six heures, ça te va ?

— Parfait.

— Il n'y avait plus de lumière à la maison, tu verras Catherine demain. Dors bien…

— Merci, Alexandre.

— De quoi ?

— De tout.

— De rien…

Touché coulé

Pourquoi faut-il avoir des insomnies quand on a justement besoin de dormir ? Il est minuit, et j'ai toujours les yeux grands ouverts. Pourquoi Marie-Louise semble-t-elle avoir confiance alors que moi je suis inquiet ? Inquiet qu'il soit arrivé quelque chose à Juliette, qu'elle ait des idées trop noires, qu'elle ait envie d'en finir. Je ne la connais pas assez pour savoir comment elle peut réagir en pareille situation. Peut-être aurais-je dû partir tout de suite, ne pas lui laisser ce temps d'avance. Si j'arrive trop tard, je ne m'en remettrai pas. En même temps je me dis qu'après tout sa grand-mère la connaît bien mieux que moi, et elle n'était pas alarmée du tout. Je vais la croire plutôt que mes peurs. Et puis, Malou est un sacré petit bout de femme, elle a bien dû transmettre un peu de cette force à sa petite-fille.

Quand je n'arrive pas à dormir, je vais voir Vanessa. Elle a un grand lit, on peut s'étaler sans se gêner. Je la prends dans mes bras, comme lorsque j'avais onze ans et qu'elle était un tout petit bébé qu'il fallait bercer quand nos parents s'engueulaient. De la sentir respirer contre moi m'apaise. Petite, elle ronronnait. En fait, elle souffrait d'asthme. Encore maintenant, il lui arrive d'avoir des crises. Ça la rassure que je la prenne dans mes bras dans ces moments-là. Elle n'aime pas devoir chercher son souffle et craint l'étouffement. Elle a dû vivre un truc à la naissance, pour paniquer autant dès qu'elle manque d'air.

Quand je frappe à sa porte, je n'ai même pas le temps de tourner la poignée qu'elle l'ouvre déjà.

— T'en as mis du temps…

— Je veux pas te déranger, t'as cours demain.

— J'ai sport en première heure, je ferai semblant de me tordre la cheville et j'irai me poser sur un matelas, on a gym.

Elle soulève la couette et on se met en boule l'un contre l'autre, après avoir éteint la lampe de chevet. Vanessa, je l'aime comme personne d'autre. Elle est un morceau de moi. La vie nous a trop secoués, malmenés, effrayés. Il arrive un moment où il n'y a qu'un amour véritable pour se tenir ensemble, et ne plus pouvoir être séparés. C'est celui-là qu'on a atteint tous les deux depuis mon accident, depuis que j'ai failli mourir, depuis toujours peut-être. Un amour à la vie, à la mort. Un amour qui conjure le sort. Un amour qui fait que l'autre est là même quand il part.

Nous chuchotons dans la pénombre de sa chambre, uniquement éclairée par le lampadaire de la rue.

— Tu trouves pas que pépé a mauvaise mine ?

— Si, me répond-elle sur le ton de l'évidence.

— À mon retour, j'essaie de voir ce qui se passe. Ça ira pendant que je ne serai pas là ?

— Pourquoi ça n'irait pas ?

— Parce que je ne serai pas là.

— Roméo… J'ai dix-sept ans.

— C'est vrai. Excuse-moi. Je n'arrive pas à te voir grandir. Tu seras toujours ma petite sœur.

— Une petite sœur bientôt majeure. Et puis il y a Guillaume.

— Il te fait du bien ?

— Juliette te faisait du bien quand tu étais sur ton lit d'hôpital ?

— Évidemment, tu le sais bien.

— Tu le sais bien aussi pour Guillaume.

— Quand je pense que si je n'étais pas tombé du huitième étage, tu ne l'aurais jamais rencontré… Qu'est-ce que je ferais pas pour te rendre heureuse, hein ?

— Ha ha ! Très drôle. On vit ce qu'on a à vivre. Il y a toujours une bonne raison à ça.

— Tu t'y mets toi aussi ? Marie-Louise me disait la même chose tout à l'heure.

— C'est elle qui m'a convaincue.

— C'est pareil avec Juliette ?

— Ben oui. Tu vas la retrouver, la réconforter, lui dire que tu l'aimes et elle va te tomber dans les bras, vous allez faire votre vie ensemble, et tu seras aussi heureux que moi. Et si ça ne se passe pas comme ça, c'est que ça devait se faire autrement. À ce moment-là, tu vivras autre chose et tu seras heureux aussi.

— Si tu le dis.

— J'ai revu maman.

— C'est vrai ?

— De loin, on s'est croisées, elle était sur le trottoir d'en face. Ça ne s'arrange pas. Elle poussait un vélo avec un petit chien dans un panier. Elle portait un chapeau de cow-boy et un tee-shirt à paillettes et chantait toute seule dans la rue.

— Tu voudrais lui parler un jour ?

— Non. Je regarde devant maintenant. Devant, y a Guillaume, y a toi, y a pas maman. Maman, elle était derrière, j'ai trop regardé derrière, c'est pour ça que j'ai fait plein de conneries. C'est fini maintenant.

— Qui t'a fait tourner la tête pour regarder devant ?

— Guillaume, toi, les choses de la vie. Qu'est-ce que tu veux que maman nous apporte encore ? Elle est à moitié folle, bouffée par l'alcool. Elle nous a jamais vraiment aimés. On était des accidents tous les deux, Roméo, des accidents, et pas un seul airbag autour de nous. T'as vu comme on a morflé ? Et tu veux te jeter de nouveau contre le mur ?

— C'est notre mère, quand même.

— On n'a pas besoin d'une mère, on a besoin de l'amour d'une mère. C'est pas elle qui me l'a donné, c'est toi.

— Mais je suis pas ta mère.

— Encore heureux. Et toi ?

— Moi quoi ?

— Toi, qui t'a donné l'amour d'une mère ?

— Je sais pas.

Touché coulé. J'ai à peu près limité les dégâts affectifs chez ma petite sœur, en l'aimant comme notre mère aurait dû le faire. Mais moi ? Qui m'a aimé comme ça, moi ? Personne. Il y a eu pépé tout de même. Il nous a aimés comme il a pu, le seul de la famille qui n'était pas trop cinglé. Mais il nous a aimés de loin, parce qu'il ne pouvait pas beaucoup plus.

Il y a eu Saïda, la voisine marocaine, qui me recueillait à chaque fois qu'il n'était plus possible de me laisser seul à la maison. Un mur mal insonorisé séparait nos deux appartements, alors elle entendait vite quand ça dégénérait. Elle venait sonner en proposant de me prendre quelques heures. Saïda m'a peut-être aimé comme une mère. Elle était douce, tendre, et elle voulait mon bien. Je marchais droit avec elle. C'est à elle que je venais montrer mes bulletins, c'est elle qui était fière de moi, ou qui me demandait si j'aurais pu faire mieux. Quand c'était le cas, elle me disait « alors fais mieux », avec un sourire encourageant.

J'ai quand même ce trou béant au fond de moi, ce manque affectif que je comble en aimant ma sœur, trop probablement. Ça fait trois ans que je m'en rends compte. C'est peut-être pour ça l'accident, si tout s'explique dans la vie, comme le soutient Malou. Je ne voulais pas qu'elle grandisse, je ne voulais pas l'entendre, et il m'aura fallu une bonne grosse séparation forcée pour me rendre compte que j'étais en train de l'étouffer. La prise de conscience fait son chemin. Même s'il y a encore quelques ratés, je la laisse respirer maintenant.

Vanessa s'est retournée pour dormir, après m'avoir dit bonne nuit en m'embrassant sur le front. Je l'ai enlacée, et elle est venue se coller à moi, ses fesses froides contre mon ventre, comme la partie ronde d'une pièce de puzzle qui s'emboîte dans le creux d'une autre. Mais Vanessa a trouvé une nouvelle pièce maintenant.

Si seulement Juliette était ma pièce manquante à moi. Il faut bien que j'en trouve une pour construire quelque chose, moi aussi.

Je m'endors en pensant à elle.

Où est-elle ?
Que fait-elle ?
M'attend-elle ?
Elle fuit le loup…

Quand le soleil se lève deux fois

J'ai dormi comme une masse. Une enclume. Peut-être bien comme la tour Eiffel tout entière.

Je file me laver pour ressembler à quelque chose. Il fait encore nuit noire et tout le monde doit dormir dans l'hôtel. J'ai probablement réveillé les clients des chambres voisines avec ma douche. Tant pis. Ils ont bien fait du bruit tard hier soir quand ils sont rentrés de leur soirée en riant aux éclats dans le couloir.

L'auberge est en haut de la rue principale. Je sors par l'accès de nuit et marche vers la poissonnerie d'Alexandre. L'air frais est incroyablement apaisant. Bien emmitouflée, il n'entre que par mes voies aériennes et me procure une sensation de fraîcheur intérieure, de renouveau. Je respire profondément en ouvrant grande la bouche, pour jouir au maximum de cette bouffée de vie. J'en aurais presque la tête qui tourne. Il vient de pleuvoir, une grosse averse apparemment, et l'odeur du dehors lavé est délicieuse. Cela semble se dégager à l'est, ce qui nous promet un joli lever de soleil sur la dent d'Oche. De loin j'aperçois la lumière. Elle doit déjà être allumée depuis un moment. On ne peut pas dire que le travail leur fasse peur.

Alexandre et son père ont le sommeil réparateur des navigateurs, court mais efficace.

Je me réjouis de les rejoindre. Je sais qu'ils vont me faire du bien. Je les admire pour leur courage et leur générosité.

En presque soixante ans de métier, le père d'Alexandre en a vécu, des drames. Le corps du véliplanchiste, disparu depuis huit ans, qu'on remonte un jour dans son filet, et dont les chairs ne tiennent que grâce à la combinaison en néoprène. Une sorte de momie qu'il faut bien remonter dans le bateau pour la ramener au port, à la famille, et à la dignité, parfois pour permettre à la veuve de toucher enfin l'héritage du défunt et s'occuper décemment de ses orphelins jusque-là privés des biens de leur père parce qu'il est seulement déclaré disparu. Pas de corps, pas de mort. Et quand il faut aller prévenir la femme d'un collègue que la voiture de son mari est toujours sur le port, qu'on a retrouvé son bateau, vide.

Et pourtant, tous les matins il est là, son couteau à la main, à détailler les filets pour les clients du jour, en se gardant de se plaindre de la météo, de ce qu'il gagne, des mauvais jours sans poisson, parce qu'il sait que personne ne l'écoutera. Et que ça ne sert à rien.

Ça s'appelle l'humilité. Une profonde humilité, simple, évidente, inconditionnelle. Je comprends, en pensant à tout cela, à l'approche du bâtiment, que c'est de cette noblesse d'âme-là dont j'ai besoin pour remonter à la surface des eaux froides et profondes où un type a failli m'engloutir. Un type indigne qui passe son temps à se plaindre de payer trop d'impôts, à se demander quel investissement lui rapportera le plus pour sa retraite, et comment mieux arnaquer le fisc en toute légalité. S'il avait à repêcher un mort, lui, il se pisserait dessus.

La pauvreté n'est pas là où l'on pense. Et le vrai courage des hommes n'est pas sous la peau d'un banquier qui brasse des millions sans entendre la misère de certains clients, le vrai courage des hommes, il est dans les tripes de ces pêcheurs qui affrontent les vents violents, la bise glaciale, la vie quotidienne incertaine et l'impitoyable mort qui fauche et qui noie.

Comme je me sens bien ici. Il est étonnant de constater que de retrouver des lieux et des gens que l'on a aimés profondément vous fait instantanément renouer avec les valeurs qui sont les leurs et que la vie vous avait fait oublier.

Quand j'entre dans l'atelier, Alexandre s'approche de moi et m'embrasse. Il porte une parka jaune, un jean qu'il couvrira bientôt d'un pantalon en toile cirée, ses indispensables bottes blanches et son éternel bonnet rouge. Je l'ai toujours trouvé très beau, même à six heures du matin. Je l'ai toujours trouvé très beau parce qu'il dégage ce sentiment de cœur sur la main en continu.

— Prête ?

— Oui.

— Tu t'es habillée chaudement ?

— Je n'ai rien d'imperméable.

— Prends ça, me dit-il en me tendant un ciré et un pantalon imperméable.

— Je vais nager dedans !

— C'est conseillé, de savoir nager, quand on va sur le lac. Si tu veux pouvoir nous aider, il faut t'équiper.

— Je ferai ce que je peux.

— Tu feras ce que tu veux. Si tu regardes simplement, je ne t'en voudrai pas.

— Je veux juste oublier.

— Tu compteras les poissons, ça te fera oublier le reste. Pour s'endormir, c'est les moutons, mais pour oublier, ici, c'est les poissons.

Alexandre s'occupe de détacher le bateau, amarré pour la nuit au corps-mort, de quoi le protéger des chocs en cas de vent. Il s'est couché de tout son long sur l'avant de la coque, pour attraper la corde dans l'eau et détacher le cadenas.

De voir son corps ainsi allongé me touche, sans que je comprenne pourquoi. Peut-être parce qu'un homme est plus vulnérable dans cette position que campé sur ses deux pieds, et qu'un homme vulnérable, ça a quelque chose d'émouvant ? Peut-être parce que ça me rappelle d'autres moments où il était allongé ainsi, quand j'avais l'heureuse place du bateau ?

J'arrête de chercher à comprendre, j'aime le voir ainsi, c'est tout. Il a dû le sentir, car il me regarde fixement, m'obligeant à détourner les yeux, comme prise en flagrant délit. Je regarde dans le vague, en m'accrochant aux vagues, et en guettant du coin de l'œil, sans en avoir l'air, le moment où il sera retourné à sa tâche pour que je l'observe à nouveau.

Nous partons dans la nuit, seuls, au milieu des lumières tout autour du lac. Le noir de l'eau a quelque chose d'effrayant et fait prendre conscience des dizaines de mètres de profondeur qui se trouvent juste au-dessous de nous, avec une paroi seulement épaisse de quelques centimètres de plastique pour nous protéger de cette immensité profonde et glacée.

Le père et le fils ne se sont pas parlé depuis tout à l'heure. Inutile. Ils savent parfaitement qui fait quoi, pourquoi et comment. Parfois un simple regard entre eux leur suffit pour se comprendre.

Le moteur est coupé à la première balise, Alexandre la saisit puis tire le fil plombé d'un geste régulier. Le filet apparaît, et les premiers poissons avec lui. Je commence à les compter, mais je me rends vite compte que je ne vais pas réussir à tenir la cadence. Son père les détache du filet au fur et à mesure, pour les jeter dans les seaux où ils se tortillent désespérément. Mais c'est la vie, plus trop la leur, certes, mais la vie, en forme de chaîne alimentaire qui décide que pour eux, ça se termine maintenant, et qu'ils vont partir dans les protéines musculaires d'un être humain. Le même qui un jour donnera son corps aux asticots qui iront nourrir les poissons. C'est plus une boucle qu'une chaîne, en fait.

Quand ils gigotent trop, le père saisit un petit bâton et leur tape plusieurs fois sur la tête, de quoi les assommer sans les tuer. Je n'ai jamais aimé ce moment, mais aujourd'hui encore moins, parce que dans mon cœur, là, j'ai le souvenir d'avoir été un poisson qu'un homme a matraqué pendant des années. Étourdie, prisonnière d'un seau. La bouche grande ouverte, à chercher un peu d'air pour ne pas crever. Dans un dernier sursaut, grâce à Célestine, j'ai réussi à m'en extraire, à me sauver, à retrouver l'eau fraîche qui me réveille de ma torpeur. À ouvrir grande la bouche ce matin et à respirer de nouveau. À retrouver Alex et à respirer de nouveau. À être avec eux sur le lac et à respirer de nouveau.

Je pleure en silence, de dégoût pour le passé, mais aussi d'émotion pour l'instant, pour ma fille, pour l'avenir. Alexandre, qui m'observe de temps en temps voit bien que je chancelle.

— Tu viens me relayer ? Tu te souviens des gestes ?

— Évidemment que je m'en souviens.

— Ça va être lourd, il y en a beaucoup ce matin. Tu nous portes chance…

Il me provoque, car il sait que j'ai ma fierté, et qu'à chaque fois qu'il m'a dit que ce serait trop lourd pour moi, il me tenait à cœur de lui prouver qu'il avait tort.

Il pose ses mains sur les miennes pour accompagner mes premiers mouvements avant de s'écarter, heureux de constater que je n'ai rien oublié de ce qu'il m'a appris. Il va s'asseoir à l'avant du bateau et me sourit à chaque fois que je le regarde. Je fais un effort immense pour qu'il ne se rende pas compte à quel point je suis crispée, parce que les filets sont vraiment très lourds, et que j'ai la sensation que mon utérus est en train de se détacher. Mais je chasse cette idée, je serre mon périnée et je force un peu plus encore sur les bras, en regardant avec plaisir ces poissons qui apparaissent les uns après les autres, accrochés au filet comme des boules sur une guirlande de Noël. Celui que je suis en train de remonter est un filet calibré pour les ombles chevaliers, espèce rare et chère, et la guirlande est incroyablement garnie ce matin, à croire que je leur porte vraiment chance. Cependant, je sais tout au fond de moi que je n'y suis pour rien, que j'ai un petit ange gardien qui doit s'amuser à leur faire croire que je suis leur porte-bonheur. Croire apaise, peu importe que l'on ne croie pas à la même chose pour un même événement. Chacun joue avec la vérité pour la rendre un peu plus agréable à ses yeux. Pour eux, c'est grâce à moi, pour moi c'est grâce à Célestine. Il n'y a guère que les poissons que je sors de l'eau qui ne doivent plus trop croire à leur bonne étoile. Alors, par pur symbolique, je saisis le poisson suivant, je le détache et le relâche dans l'eau. Ça fait du bien aussi, parfois, de rendre sa liberté au condamné. Je souris bêtement au père d'Alexandre, qui me regarde, étonné. Un omble chevalier quand même...

— Celui-là, je ne pouvais pas.

C'est une belle pêche et nous avons relevé presque tous les filets avant le lever du soleil. La pluie s'est effectivement éloignée vers l'ouest et s'est installée sur la pointe d'Yvoire, où le nuage est épais et les précipitations denses. Je me suis assise à nouveau à l'avant du bateau, tant les muscles me brûlaient, et je suis face au soleil. Il apparaît doucement au pied de la première pointe de la dent d'Oche, puis disparaît derrière elle, avant de réapparaître quelques minutes plus tard dans l'immense faille entre les deux pointes.

— Tu as vu, Juliette ? Ce matin, le soleil se lève deux fois, me lance son père.

— Ça veut dire qu'il brillera plus fort ?

— Ça veut dire qu'il t'offre un joli spectacle parce qu'il sait que tu en as besoin.

Un peu poète, le père d'Alexandre.

Aucun nuage au-dessus des montagnes. Il brille fort quasi instantanément. C'est à ce moment-là qu'Alexandre me caresse la joue du revers de la main puis m'invite à regarder derrière moi. Parce que le soleil n'en a pas fini avec les jolies surprises. Il se reflète dans la grisaille d'Yvoire pour former un magnifique arc-en-ciel qui part du village et s'étend jusqu'à la rive suisse.

Évidemment, je me mets à pleurer. Comment faire autrement ? C'est Célestine que je vois à l'horizon. Célestine qui me fait signe. Alexandre est venu derrière moi et me prend dans ses bras, dans un frottement de toiles cirées. On pourrait bien rester collés que ça ne me dérangerait pas. Je lui explique l'image de la sage-femme, l'arc-en-ciel de cœur à cœur, mes croyances, cet amour dont je déborde et qui se matérialise au-dessus de ce lac où je me retrouve après m'être perdue.

Je pleure beaucoup, je me vide de tout ce que j'ai pu accumuler ces derniers jours, ces dernières semaines, ces dernières années. Je pleure pour me libérer, et mes larmes salées ne seront rien dans les milliards de mètres cubes d'eau douce tout autour de moi, mais comme c'est bon de les laisser sortir. Comme c'est bon de voir cet arc-en-ciel devant moi. Comme c'est bon d'être ici sur le bateau. Comme c'est bon de revoir Alexandre, son père, leur simplicité d'hommes généreux et respectueux.

Plus besoin de compter les poissons. J'oscille entre le soleil à l'est et la pluie à l'ouest, la lumière et l'arc-en-ciel, qui s'estompe progressivement. Non, Célestine, ne pars pas, pas tout de suite, reste encore un peu…

Mais elle n'est déjà plus là. Je ferme les yeux et je poursuis l'image au fond de moi.

Le bateau a redémarré, il avance à vive allure pour rentrer au port. Du travail attend Alexandre pour tout préparer avant l'arrivée des clients, qui mangeront ce midi ou ce soir un poisson qui frétillait encore ce matin dans la noirceur du lac.

C'est ça, la vie. Et moi, je vais aller voir à quoi elle ressemble tout en haut des montagnes. Parce que là-haut aussi je sais que je trouverai la paix.

Et Babette.

Ma meilleure amie.

Ne pas se perdre

Nous sommes restés collés toute la nuit l'un à l'autre, comme une batterie en charge sur son socle.

Quand son réveil a sonné, je l'ai embrassée sur l'épaule, et je lui ai dit que je filais sous la douche, le temps qu'elle émerge.

Lorsqu'elle a ouvert les yeux, le petit déjeuner était prêt, et mon sac aussi, posé dans l'entrée. Elle ne parle jamais le matin, même après la douche, comme si tous les fils n'étaient pas branchés dès le réveil. Heureusement celui du sourire fonctionne tout seul. C'est déjà ça. Certains matins, il n'y a que le sale caractère qui est connecté.

— Prends soin de toi, petite sœur, et appelle-moi s'il y a quoi que ce soit, OK ? On fait comme d'habitude. Si tu m'appelles trois fois de suite, c'est une grosse urgence.

— Ne te perds pas…

— J'ai une carte routière et mon GPS.

— Je parlais pas de la route…

Je pars, en jetant mon sac sur l'épaule. Tandis que je descends les escaliers, me revient à l'esprit ce qu'elle vient de me dire. Ma petite sœur de dix-sept ans, dont je m'occupe depuis dix ans, me donne des conseils sur ma vie affective. Après tout, en trois ans, elle a mûri plus vite et plus efficacement que bien des adultes, peut-être même est-elle plus mature que moi sur certains points. Est-ce mon accident ? Le fait qu'elle soit tombée amoureuse, le but qu'elle s'est fixé dans la vie ? Tout ça à la fois ? Le résultat est assez intéressant, et je dois admettre que nous avons traversé l'adolescence sans trop d'encombre. En dehors de son comportement avec les garçons, qui a pris fin aussi vite qu'il avait commencé, merci Guillaume, elle aurait pu se mettre à boire, se droguer, fuguer. Rien de tout cela. Elle avait pris une sacrée longueur d'avance sur l'enfance mais s'est arrêtée à temps. Il faut croire que j'avais bien balisé le chemin pour qu'elle ne fasse pas trop de hors-piste. Il y a eu des bosses, de grosses bosses, mais elle l'a quand même suivi…

Le GPS est branché, le réservoir, plein, il n'y a plus qu'à retrouver Juliette.

« Il n'y a plus qu'à… »

J'espère que Malou a raison. Après tout, elle est peut-être à l'opposé de là où je vais et je m'apprête à m'éloigner d'elle. Mais je n'ai pas beaucoup d'autres choix que d'essayer cette destination. Sa grand-mère avait l'air tellement convaincue.

Je n'ai pas mis la musique, j'ai juste envie de penser à tous ces moments partagés avec elle, à toutes ces choses qu'elle m'a apportées, à toutes ces autres choses que je comprends maintenant, avec les dernières cartes en main, et je n'avais rien vu, elle n'avait rien voulu montrer. Je me dis que si j'avais un peu insisté quand elle m'avait demandé de ne plus lui écrire, j'aurais peut-être pu faire quelque chose. Mais quoi ?

Alors, je repense à la théorie de Malou. Rien n'arrive par hasard. Je suppose qu'il aura fallu que Juliette vive des choses très dures pour se libérer de cet homme. Ça s'appelle l'expérience. Après tout, nous souffrons tous et c'est ce qui nous indique le chemin à suivre ou celui à éviter. Pour moins souffrir la fois suivante. Et puis parfois on accepte, on préfère rester et endurer, de peur de perdre tout le reste en fuyant la violence. Jusqu'au jour où le reste n'a plus de sens. C'est bien qu'elle soit partie. À partir du moment où ce que l'on subit est à peu près supportable, on continue d'endurer par peur de se retrouver seul et de perdre ses illusions.

Il faut que j'y aille. C'est Vanessa qui l'a dit, en décoinçant la fermeture de sa doudoune magique. Le langage des plumes…

Certains lisent bien dans le marc de café…

Ce n'est pas une plume que porte Juliette sur ses épaules, ça doit être une enclume. Il me faudra pourtant y aller avec des pincettes pour l'aider. Des pincettes pour une enclume, la barre est haute.

Est-ce que la conception de Malou inclut l'idée que la vie est prête à sacrifier de petits êtres pour en sauver d'autres ? Célestine serait-elle partie pour que sa maman puisse s'en aller aussi ?

Il me faudra bien des pincettes pour approcher Juliette et du courage, beaucoup de courage, mais ça, je sais que j'en ai. J'en ai eu pour moi, il n'y pas de raison que je n'en aie pas pour elle…

Pour Juliette, je décrocherais la lune. Je suis remonté sur l'échelle, alors, quelques barreaux de plus ou de moins, hein ?

Cher Toi,

Roméo vient de partir vers sa Juliette. C'est drôle qu'ils refassent l'histoire. Enfin, pour l'instant, l'histoire, c'est mon frère qui la refait tout seul. Rien ne dit que cette Juliette deviendra sa Juliette. Et puis, j'espère qu'elle finira pas pareil, leur histoire, parce que ça craint un peu quand même. J'aime pas quand ça finit mal. Ma vie, j'espère qu'elle finira bien. Elle a mal commencé, ça me laisse peut-être plus de chances, non ? Si on a payé son solde à l'avance, ça devrait être gratuit après !

Petite sirène

Juliette a quitté Anthy depuis dix minutes. Alexandre commençait à lui faire mille recommandations, mais elle l'a arrêté net. Il a fini par lui dire simplement : « Ne disparais plus, promis ? »

Elle a promis.

Il l'a serrée fort et s'est jeté sur ses poissons pour ne pas la regarder quitter les lieux. C'était trop dur de la voir repartir, même si elle avait promis.

Il est en retard, mais, dans la vie, il y a des retards sacrément justifiés, il s'en arrangera avec les clients.

La radio diffuse des variétés. Alexandre se concentre sur son travail, en essayant d'oublier le reste. Il compte les poissons. Et soudain s'arrête en entendant les premières paroles d'une chanson de Francis Cabrel.

Pleure pas petite sirène [...]
Ton histoire commence à peine...

Il essaie de reprendre son travail. Le retard, les clients...

Ce matin est si clair
Ce silence est si doux
Tu déchires tout d'un trait de lumière
Et c'est la vie tout à coup.

Alexandre, les yeux tournés vers l'horizon, loin, très loin, pense fort à Juliette qui est partie, revenue blessée, repartie en lui ayant fait une promesse.

Ça se voit que tu viens de chez les anges,
T'es belle comme tout.
Ça se voit que nos manières te dérangent,
Et ces lumières partout.

Tous ces fantômes qui te touchent,
Ces mains qui te secouent,
Cette bouffée d'air froid dans ta bouche,
C'est la vie tout à coup [...]

Ses filets de poisson sont arrosés d'une eau légèrement salée. Ça leur donnera plus de goût.

Voilà que tu viens comme une reine
Juste à la pointe du jour
Avec dans son écho de porcelaine
Ton appel au secours...

Alexandre ne dit rien, il serre la mâchoire et le manche de son couteau. À s'en faire mal. Il ne faudrait pas qu'il ait Laurent dans son périmètre, avec ce couteau dans la main et la rage au fond de lui.

Comme un signal pour que s'égrène

Ce temps qui s'enfuit à son tour
D'abord les heures, les jours, les semaines
Et puis les années d'amour
Les années d'amour...

Le revers de sa manche est humide à force d'essuyer ses yeux. Ne pas se blesser avec le couteau, ne pas montrer ce spectacle aux clients qui pourraient entrer.

Sa petite sirène est revenue, pour un appel au secours, certes, mais elle est revenue. Peut-être bien que l'œil gauche pleure la douleur de Juliette, et le droit la joie de l'avoir retrouvée. La douleur et la joie, la pluie et le soleil, de quoi composer un arc-en-ciel sur son visage, et plus en profondeur. Il l'envoie à Juliette, qui sera bientôt là-haut, avec Babette et les bouquetins.

Un arc-en-ciel d'amour de cœur à cœur avec les gens qu'on aime, qu'ils soient ici ou dans l'infini. C'est vrai qu'elle est jolie, son image. Et pour l'arc-en-ciel de ce matin, le vrai, sur le lac, il a bien envie de croire à Célestine.

Alex sèche ses larmes et ne garde en lui que le plaisir d'avoir retrouvé Juliette. Elle a promis.

Pleure pas petite sirène...

Le petit point rouge

Je suis arrivé à Anthy autour de midi. La boutique du pêcheur était fermée. J'ai frappé au carreau, puis j'ai vu la pancarte qui indiquait les horaires d'ouverture. Que le matin. Je ne pouvais pas attendre jusqu'au lendemain.

J'ai sonné à la porte d'à côté, qui portait le nom que Malou m'avait donné. Mais aucune réponse.

Je suis descendu vers le port. Il y avait là quelques hommes qui rangeaient du matériel. Je leur ai demandé de me renseigner sur un certain Alexandre. Il n'était pas là, il venait de lancer son bateau sur le lac. L'un d'eux m'a expliqué que d'habitude il ne partait jamais pêcher le midi, mais que tout à l'heure il était arrivé précipitamment sur le port et qu'il avait pris son bateau sans parler à personne, en regardant ailleurs, pour ne pas croiser leurs regards, ce qui ne lui ressemblait pas. Visiblement, il avait vraiment envie qu'on lui foute la paix.

— Vous voyez le petit point rouge là-bas ? m'a dit un pêcheur en pointant son doigt vers l'horizon.

— Oui.

— Ben, c'est lui.

— Est-ce que quelqu'un pourrait m'emmener là-bas ?

— Qu'est-ce que vous lui voulez à Alexandre, d'abord ? Je suis son père, je peux peut-être vous renseigner ?

— J'ai des questions à lui poser.

— Vous êtes de la police ?

— Non, mais je cherche quelqu'un qui a de bonnes raisons d'aller mal, et certaines choses portent à croire qu'elle a pu venir le voir.

— Elle ? C'est la femme qui était avec lui sur le bateau ce matin ?

— C'est possible. Elle s'appelle Juliette.

— Elle était là, oui.

— Vous savez où elle est ?

— Aucune idée. On est rentrés de la pêche vers huit heures, ils sont montés au magasin. Après, je sais pas.

— J'aimerais vraiment parler à Alexandre.

— Bon. C'est bien parce que c'est Juliette.

— Vous la connaissez ?

— Ça faisait longtemps qu'on l'avait pas vue, mais ici, on la connaît depuis qu'elle est petiote. Ça va barjaquer qu'elle soit revenue. Montez seul'ment dans le bateau du Fernand, je vais lui dire de le rattraper, mais j'vous garantis rien. Le lac est grand.

Babette à l'état brut

Je me souvenais parfaitement de la route. Cette route-là, je l'ai empruntée des dizaines de fois, des centaines peut-être… Bernex était ma deuxième maison. Sa station de ski, ses montagnes alentour, la dent d'Oche. Babette.

Elle m'en a plus voulu qu'Alexandre quand je suis partie. Elle a un caractère sanguin. Elle était ma meilleure amie et ne comprenait pas ce qui se passait, et si elle ne comprend pas, elle n'accepte pas. Alors, quand j'ai arrêté de donner des nouvelles, elle n'a pas insisté et est passée à autre chose, amère mais déterminée. C'est Alexandre qui m'a dit tout cela ce matin. Je peux comprendre. J'espère qu'elle comprendra elle aussi. Après tout, elle n'a rien dit tout à l'heure au téléphone quand Alexandre l'a appelée pour lui dire que je venais. Elle a peut-être digéré.

Ou pas.

Je vois le chalet, dans un des derniers virages, au loin.

J'espère vraiment qu'elle a digéré. Je ne suis pas en état d'affronter sa colère ou ses reproches. Elle était du genre rancunier quand on se disputait. Et plus on se disputait, plus on s'aimait. Aujourd'hui, j'ai surtout besoin qu'elle me prenne dans ses bras, comme nous le faisions il y a vingt ans, et qu'elle me dise, comme Alexandre, que tout va bien…

Je la vois à son balcon. Elle guettait peut-être les voitures, rares par ici. Un véhicule de location, ça ne pouvait être que moi.

Je m'engage dans sa montée de garage et je ne la vois plus. Babette a disparu dans la maison.

Je détache ma ceinture de sécurité, et quand je sors de voiture, je l'aperçois, adossée à la poutre de la porte d'entrée. Elle me regarde en fumant une cigarette. Nous avions essayé ensemble, tous les trois, la première fois. Alexandre et Babette n'ont jamais vraiment arrêté. Elle m'observe d'abord assez froidement, de la colère dans les yeux. Les miens se baissent. Je n'ose plus bouger. Et puis, je l'entends tirer une dernière fois sur sa cigarette, longuement, et l'écraser par terre. J'ai relevé la tête. Elle ramasse le mégot et le jette dans un petit seau. Me fixe à nouveau. Mes yeux plongent en direction de mes chaussures. J'attends. Quoi ? Je ne sais pas. J'attends.

Et puis elle s'approche rapidement de moi et me prend dans ses bras, presque brutalement, comme si rien ne la retenait, comme si elle ne maîtrisait plus son corps et que celui-ci me criait le manque. J'ai du mal à respirer tant elle me serre fort, mais j'aime cette étreinte, pour retrouver son empreinte, effacée avec le temps, avec les vents violents, avec la distance et l'absence.

— Emmène-moi voir les bouquetins.

— Là, maintenant ?

— Oui. Maintenant. Tu as une tente ? On peut dormir là-haut ? Tu te souviens ?

— Bien sûr que je me souviens... Il faut que je vérifie la météo. Tu es sûre que tu auras la force ? Alexandre m'a rappelée. Il m'a un peu expliqué.

— J'ai eu la force de bien d'autres choses jusque-là. Et puis, on fera ce qu'on peut. J'ai envie d'être là-haut.

— On va préparer quelques affaires, et on y va si la météo permet de concrétiser cette idée folle. Tu as mangé ?

— Non. J'ai pas faim.

— Il faut manger.

— J'ai pas faim, je te dis.

— Il faut manger, et c'est moi qui décide, c'est moi le guide. Si tu montes l'estomac vide, tu n'auras aucune énergie, et tu vas faire un malaise. Tu manges pas, on part pas.

— T'as pas changé !

— T'espérais quoi ?

— D'accord, c'est bon.

— Va voir dans le frigo pendant que je prépare le matériel.

— Tu fais chier.

— Je sais. Mais c'est aussi pour ça que tu m'aimes.

— Je sais.

— Tu fais chier, toi aussi, à disparaître comme ça, pendant des années.

— Je sais. Mais tu m'aimes quand même.

— Je sais.

Voilà, on s'est retrouvées. Babette à l'état brut.

Elle souriait au requin

J'ai vomi trois fois.

Putain de mal de mer. Sur l'échelle, ça va, le vide, je m'en fiche, mais sur l'eau… Et dire que ce n'est qu'un lac.

Le vieux pêcheur s'est foutu de moi en me voyant blanc comme un linge.

— Désolé, jeune homme, mais si vous voulez qu'on le rattrape, je dois mettre les gaz, et ça secoue. Faut vraiment que vous y teniez à Juliette, pour faire tout ça. C'est votre copine ?

— Non.

— Alors pourquoi vous la poursuivez ?

— Elle m'a sauvé la vie. Je lui dois bien ça.

— Les femmes sauvent souvent la vie des hommes…

— Le contraire n'est pas toujours vrai.

— Pourquoi vous dites ça ?

Plutôt que de répondre, j'ai nourri les poissons une quatrième fois.

Nous avons failli perdre de vue le bateau d'Alexandre. Puis il a reparu. J'ai fixé mon regard sur lui comme j'ai pu. Ça m'a aidé à moins vomir, je crois. Il s'est arrêté au beau milieu du lac, après Thonon. Nous mettons dix bonnes minutes à l'atteindre.

Il est assis, une cigarette à la main, les yeux fixés sur la montagne. Il a jeté un coup d'œil vers nous quand il nous a entendus arriver puis s'est à nouveau tourné vers les reliefs. Le pêcheur du bateau dans lequel je suis manœuvre avec habileté pour arriver à hauteur d'Alexandre et toucher son bateau comme on fait une caresse. L'habitude.

— Eh, Alex, j'ai un visiteur pour toi ! C'est pour Juliette.

— ...

Il fait semblant de ne pas entendre... Il tire calmement sur sa cigarette, inspire profondément, comme pour profiter de chaque molécule apaisante.

— Allez, déconne pas, tu sais qu'Huguette m'attend ! Je vais encore me prendre une abadée si j'arrive en retard !

— J'arrive, dit-il en trempant son mégot dans l'eau et en le jetant dans un coin du bateau.

Alexandre, méfiant et manifestement soucieux, s'emploie à tenir le rebord du bateau de son collègue, qui fait de même avec le sien.

J'enjambe les deux embarcations et me retrouve du côté d'Alexandre. Il salue son collègue qui repart vers son Huguette.

— Je m'appelle Roméo, lui dis-je en lui tendant la main...

— Et vous cherchez Juliette ? C'est drôle, ça... C'est donc vous le Roméo dont elle m'a parlé ? Moi, c'est Alexandre, roi des cons, me répond-il en me serrant la main.

— Pourquoi vous dites ça ?

— Parce que je n'ai rien vu, rien fait.

— Bienvenue au club.

— Vous, vous faites quelque chose, vous êtes là en train de la chercher, venu d'Alsace, c'est pas rien, ça.

— Vous auriez fait la même chose que moi si vous aviez été dans ma situation, non ?

— Si. Mais c'est avant qu'il aurait fallu agir. Moi, c'est comme si j'avais été au bout du ponton, que je l'avais vue se jeter à l'eau alors qu'un requin rôdait dans les parages, et que j'étais reparti chez moi, les mains dans les poches, en me disant qu'elle le voulait bien, qu'elle allait se faire bouffer mais que c'était pas mon problème.

— Elle ne vous a pas appelé au secours non plus, elle était sous le charme du requin.

— J'aurais dû le voir dans ses yeux, l'entendre dans sa voix, le sentir dans ce qu'elle devenait.

— Les regrets ne servent à rien. Maintenant qu'elle est partie, ça ira mieux. Vous savez où elle est ?

— Elle est partie chez Babette, en milieu de matinée. C'était important pour elle d'aller là-bas, comme au bon vieux temps.

— Vous regrettez le bon vieux temps ?

— J'aurais simplement aimé qu'elle soit heureuse. Pas qu'elle tombe sur un salaud. J'aurais pris soin d'elle, moi, et autrement que ce connard.

— Vous l'aimez ?

— Évidemment. Juliette, je l'ai toujours aimée. Ça s'est apaisé. Aujourd'hui je l'aime différemment, comme une sœur. J'aime ma femme. Mais j'aurais voulu pouvoir protéger Juliette d'elle-même.

— Est-ce qu'on protège vraiment les autres d'eux-mêmes ? Malou a essayé et elle n'a pas réussi.

— Et vous, vous l'aimez ?

— Depuis la première seconde où je l'ai vue.

— C'est romantique.

— C'était pas vraiment romantique sur le moment. Je sortais du coma.

— Elle m'a dit beaucoup de bien de vous, vous savez. Et elle sera touchée que vous soyez venu la chercher. Je vous demande juste une chose. Ramenez-la en Alsace, sa vie est là-bas, mais ne la laissez pas retourner avec cet enfoiré.

— C'est pas prévu.

— Allez, on va rentrer. J'ai du boulot. J'avais besoin de digérer un peu tout ça, mais finalement, vous m'avez l'air bien sympathique et je ne vois pas de nageoire douteuse dépasser de votre dos. Je suppose donc qu'elle est entre de bonnes mains. Faute des miennes, elle a trouvé les vôtres.

— Je crois qu'elle a retrouvé les vôtres aussi, non ?

— En quelque sorte.

L'eau glacée de la montagne

Babette porte tout. Sa condition physique le lui permet. Elle est robuste, n'a peur de rien, même pas de souffrir. Elle pourrait me prendre sur le dos, elle le ferait, mais la tente, les vêtements chauds, les sacs de couchage, l'eau et quelques aliments suffisent à sa peine. Moi je porte tout le reste, le chagrin, la peur, la fatigue, les douleurs dans le ventre, et maintenant dans les jambes, et puis la culpabilité, ça pèse lourd, la culpabilité. Le dégoût aussi.

Une demi-heure que nous marchons et les cloches des vaches commencent à tinter, là-haut dans les prairies d'alpage où elles sont traites pour le fromage produit en chalet d'altitude. Babette marche devant moi, à un rythme lent, pour me laisser une chance de suivre. Je ne pense à rien, juste au pas que je vais faire après le précédent. Nous parlons peu. C'est difficile. La gêne respiratoire, la gêne tout court, quatre ans après. Rompre le silence est souvent délicat, on ne sait pas quel bruit suivra, une petite mélodie ou un vacarme à transpercer les tympans.

Je suis soulagée d'avoir le chalet en ligne de mire. Même s'il est encore loin, il représente un but à atteindre et chaque pas m'en rapproche de façon concrète. Plus ça monte fort, plus je sens mon utérus descendre, comme sur le bateau quand je relevais le filet. Mais je m'en fiche. Qu'il tombe, tant qu'à faire, comme ça je serai fixée sur mes compétences de mère porteuse. Bon débarras puisqu'il ne veut pas d'un enfant, je ne veux plus de lui. J'aurais presque envie de l'arracher si je n'étais pas là, avec Babette, à essayer de la suivre, si je n'avais cet objectif d'aller tout en haut. J'aviserai au retour.

Quand enfin nous arrivons au chalet, je m'arrête un instant à la fontaine pour boire l'eau glacée de la montagne, pendant que Babette échange quelques mots avec l'éleveur qui travaille à ses fromages. Encore un peu de cette fraîcheur qui semble me réveiller de l'intérieur. Je la bois par petites gorgées et je la sens qui descend doucement jusque dans mon estomac. Je revis. J'ai avalé trop de choses indigestes durant toutes ces années. C'est comme si cette eau claire qui vient de la dent d'Oche si immense au regard de ma toute petite personne me lavait des dernières souillures. Le seau que l'on balance par terre quand c'est trop sale. J'en boirais bien un entier de cette eau. Mais se poserait le problème de son évacuation. Il fait bon être un homme, parfois.

— Tu es sûre que ça ira ? me demande Babette, inquiète.

— On prendra notre temps, mais je veux les voir ce soir.

— Alors on y va.

Nous atteignons le lac de la Case après un bon quart d'heure. C'est là que nous planterons la tente ce soir. Un lieu très calme, dans un petit cirque, au pied de la dent d'Oche. Je lève la tête et j'aperçois les portes d'Oche, première étape, déjà bien haute. Je m'accroche, je veux les voir de près, je veux voir le mont Blanc en passant, et Montreux de l'autre côté. Je veux voir les bouquetins et l'immensité des Alpes suisses, je veux voir les cailloux et les petites fleurs de montagne, entendre les cris des oiseaux résonner dans le vaste silence. Guetter les animaux autour de moi, avec ce sentiment étrange d'être là, mélange d'imposture et d'honneur.

L'attendre

J'étais sûr de ne pas la trouver.

Je le sentais. Je le savais.

Après tout, elle ne m'attend pas, ne veut peut-être pas me voir. Elle vit sa vie avec ses amis d'enfance.

Et moi, qu'est-ce que je fais là ?

J'appelle Vanessa. Besoin de son désintégrateur de doutes.

— Tu restes et tu la retrouves !

— Elle est quelque part dans la montagne, et je ne sais pas où.

— Alors tu l'attends !

— Mais combien de temps ?

— Le temps qu'il faudra ! Que t'aies pas fait tout ça pour rien. Va à l'hôtel et tu reviens demain !

— Et si je la loupe de nouveau ?

— Alors reste chez sa copine, elles vont bien finir par revenir. T'as qu'à dormir sur le paillasson !

Soit. Il est puissant, le désintégrateur de ma petite sœur. Je n'aurais jamais pensé au paillasson.

Je cherche quand même à m'informer auprès des voisins, si quelqu'un les a vues partir, mais je croise peu de monde. Une vieille dame a vu la voiture de

Babette descendre vers le bas du village. Elle pense avoir remarqué deux personnes à son bord, mais c'est tout. Ça ne m'avance pas. J'ai l'impression d'être un voleur, à vagabonder autour de cette maison à la recherche d'un endroit où dormir.

Finalement, je gare ma voiture devant la porte du garage et je décide de passer la nuit sur la banquette arrière. J'ai toujours un sac de couchage dans le coffre. Une serviette éponge pliée tiendra lieu d'oreiller, pour ne pas trop pâtir des reliefs durs de la portière. Je vais mal dormir, mais quelle autre option ? Vanessa a raison, je ne vais pas rebrousser chemin maintenant, alors que je sais qu'elle n'est pas loin, qu'elle va forcément revenir. Malou avait raison. J'éprouve le besoin de l'appeler, pour lui confirmer son intuition.

— Malou ?

— Alors ?

— Alors personne ne vous coupera votre petite main Chanel.

— J'en étais sûre. Comment va-t-elle ?

— Je ne sais pas, je ne l'ai pas encore retrouvée. Je la manque de peu à chaque fois. Mais je sais déjà où elle est, sauf qu'elle n'y est pas.

— Vous êtes où ?

— Chez Babette. Mais la maison est vide. Je vais attendre.

— Dites-lui bien que je l'aime.

— Je lui dirai. Merci, Malou. C'est grâce à vous que je suis là.

— Vous vous devez à vous-même le plus gros du travail.

Je trouve une prise électrique extérieure pour mettre en charge mon téléphone, car il s'épuise. Et Juliette ? Je ne sais pas bien comment elle tient le choc. Elle a quand même accouché il y a deux jours. Elle doit puiser dans ses réserves d'énergie pour partir ainsi en montagne. J'en ai ramassé, des gens qui allaient au-delà de leurs forces, dans des trails ou des marathons. Et ils n'avaient pas fait une fausse couche deux jours avant. J'espère ne pas avoir à le faire pour elle.

Ils sont là

Le dernier pas avant d'atteindre le col est toujours apaisant. Parce que de l'autre côté, généralement, ça redescend. On a souffert mais on est récompensé, par le spectacle, par la fierté d'y être arrivé.

J'y suis arrivée. Nous n'avons pas atteint le but ultime, car ces portes d'Oche étaient déjà bien lointaines pour mon état. Je suis folle de prendre ce risque, mais ai-je encore quelque chose à perdre, à part mon utérus qui pendouille dangereusement ? Je me suis égarée toutes ces années. À présent je ne peux que me retrouver. J'ai rassemblé une partie des lambeaux de moi-même sur le bateau, les autres doivent gésir par ici.

Nous faisons une pause, et Babette sort une bouteille d'eau. Je lui explique qu'il me faut un petit coin tranquille, allusion qu'elle comprend immédiatement.

Combien de temps vais-je saigner ainsi ?

Le temps rouge de la déchirure.

Je souris tristement quand je rejoins Babette, mais elle ne me laisse même pas de temps pour la mélancolie, nous repartons aussitôt. Il y a une sorte de cirque à longer sur le flanc du col pour en atteindre un autre. Si je me souviens bien, du beau milieu de ce cirque, nous verrons le mont Blanc. Je regarde où je marche, car ce chemin n'est que cailloux, et si je dérape, je dégringole tout en bas.

Babette s'est arrêtée, elle m'attend, avec son appareil photo dans la main.

Il est là, très loin, si proche, le plus haut sommet d'Europe. Avec l'illusion d'optique, j'ai presque le sentiment d'être à la même hauteur que cette grande montagne blanche. Je m'assois sur un rocher, et je le contemple. Sa Majesté des sommets, donne-moi un peu de ta paix, apprends-moi à résister aux vents violents, à ne pas me laisser emporter, à m'accrocher à mes bases et à ne plus dévier.

Babette est déjà repartie. Je crois qu'elle craint la nuit. Étant donné les circonstances, on ne peut présumer de mes forces. Elle n'est pas sûre que je tienne le rythme pour retrouver le chalet avant le crépuscule. Je la rejoins après avoir traversé un autre chemin couvert de gros cailloux empilés n'importe comment, parfois de manière instable.

Le col de Pavis nous accueille, verdoyant, s'étendant vers Montreux et toutes les Alpes suisses. Le vent souffle fort. Babette accélère le pas, ce passage est moins accidenté, puis s'arrête brusquement pour m'annoncer qu'ils sont là, qu'elle les voit, en pointant son doigt dans leur direction.

Quelques cornes sur une arête à l'horizon. Oui, ils sont là. J'ai du mal à suivre Babette qui presse la cadence et grimpe maintenant à flanc de montagne, dans l'herbe et les rochers, en direction des quelques mâles que nous distinguons de mieux en mieux.

Et puis là, c'est un spectacle incroyable qui s'offre à nous. Plus nous avançons, plus ils sont nombreux. Une dizaine, une quinzaine, puis une vingtaine, certains debout, d'autres couchés. Ils nous regardent arriver, calmement. Il faut dire que Babette sait les approcher. La femme qui murmurait à l'oreille des bouquetins.

Nous sommes maintenant au milieu du troupeau. Que des mâles, des tout jeunes et des très vieux. Nous ne nous trouvons qu'à deux mètres de leurs corps robustes, de leurs cornes immenses et effrayantes. Sommes-nous conscientes du danger ? Je m'en fiche, c'est si bon d'être là. Je viens de retrouver quelques lambeaux de plus, qui viennent panser la plaie béante, compléter celle que j'étais avant, celle que je suis à nouveau. Juliette, la Juliette des montagnes et du lac, la Juliette d'Alexandre et de Babette. La Juliette heureuse de vivre toutes ces jolies choses, loin des humains sans humanité. Ici, c'est le cœur de la vie qui bat. La paix dans l'immensité. Tout en haut, dans le vent et la vue, tout là-bas, sur le lac où ce matin j'ai ressenti l'immensité avec la même intensité. La même paix aussi.

Je me suis assise dans l'herbe et je ferme les yeux pour éprouver cette immensité au fond de moi. Il y a les gens que j'aime. Et seulement eux. Parce que c'est ça l'immensité intérieure. C'est la beauté des gens qu'on aime et qui nous aiment avec respect. Leur image au fond de moi recoud les lambeaux les uns aux autres.

J'ai moins mal au ventre. J'ai moins mal à la vie.

Je remercie Babette du regard. Elle détourne le sien pour ne pas montrer qu'elle est émue. Elle déteste montrer qu'elle est émue, des fois qu'on pourrait croire qu'elle est faible. Si elle savait comme je la trouve forte.

Nous resterions là toujours.

Je laisse les bouquetins derrière moi. Je sais qu'il sont là, je reviendrai demain pour les voir à nouveau, et finir de rassembler les morceaux de moi-même. La descente est facile, même si je sens à chaque pas le poids de ma féminité meurtrie entre les jambes. À mi-chemin, Babette m'annonce qu'elle part devant pour aller chercher les affaires au chalet, et me propose de la retrouver au lac de la Case. Le temps que j'arrive au lac, elle sera déjà remontée, l'effort est tellement facile pour elle. Je lui fais signe et la regarde s'élancer en dévalant la pente. Elle est presque aussi agile qu'un bouquetin. À force de les côtoyer, elle finit par leur ressembler. Je la vois disparaître derrière une butte, puis réapparaître quelques minutes plus tard, quelques dizaines de mètres plus bas. Je n'aurai pas à attendre longtemps au bord du lac, je sais qu'elle reviendra vite.

Je m'arrête un long moment, car en redescendant des portes d'Oche, on a une vue imprenable sur le lac Léman, et à l'ouest, sur le soleil qui est en train de se coucher. Le spectacle est sublime. Le vent pousse les nuages, qui s'amassent en couches superposées et forment un dégradé de couleurs irisé par les derniers rayons. Alexandre est là, en bas, avec sa femme et ses enfants. Je pense à lui. Pour la première fois depuis que je le connais, je ressens cette évidence que j'ignorais jusque-là. Que je ne voulais peut-être pas voir. J'aurais dû partir avec lui il y a vingt ans. Mais c'est trop tard.

C'est le couchant sur le lac, vu depuis cette montagne qui le surplombe, qui rend tout cela évident. Comme si une page se tournait avec le vent d'altitude, comme si le rideau descendait avec la nuit qui tombe. C'est un pan de ma vie qui tombe. Un autre qui se lève. L'affaire est close. J'ai retrouvé Alexandre en me retrouvant, et je ne le perdrai plus, parce que je ne veux plus me perdre, mais entre nous ce ne sera plus jamais comme avant, il n'y aura plus jamais ce domaine du possible, qui peut-être m'a fait fuir, qui peut-être m'a précipitée dans la gueule du loup. De loup, je n'en veux plus, je rêve d'un berger, et je ne l'imagine qu'en berger.

La petite sirène et le berger.

Juste sauver la vie

Il est trois heures du matin.

J'ai mal partout. Le dos cassé, des crampes dans les jambes, la nuque raide. Et le froid qui, non content de m'avoir anesthésié la chair et les muscles, commence désormais à me ronger les os. Mon petit plaid polaire au-dessus d'un vieux sac de couchage n'est rien face aux rigueurs des nuits en montagne.

J'aurais dû partir hier à quatre heures du matin, pour la rejoindre au bord du lac. Je l'aurais retrouvée devant le bateau et nous serions peut-être déjà en route pour rentrer en Alsace. Mais j'avais ma petite sœur et sa chaleur contre moi. Je ne peux pas la quitter au milieu de la nuit quand nous l'avons commencée ensemble. C'est comme ça. Ça doit remonter à l'enfance. Elle n'avait que moi quand elle pleurait la nuit. Ça ne viendrait à l'idée de personne de s'éloigner du feu dans le Grand Nord alors que les loups hurlent dans la nuit. J'étais son feu de camp.

Cependant, les regrets ne changent rien. Ce qui est fait...

J'aimerais seulement me rendormir, pouvoir retrouver quelques forces pour tout à l'heure. Ce tout à l'heure dont je ne connais rien. Si elles redescendent, ce sera déjà formidable. Je suppose que Babette a des obligations professionnelles. Et si elles ne reviennent pas ? Je fais quoi, moi ? Je pars à leur recherche ? Dans quelle direction ?

Il faut qu'elles reviennent.

Et il faut que je dorme.

Je suis quand même heureux d'être là. Alexandre l'aurait fait lui aussi. Pourquoi s'en veut-il à ce point ? Il a fait ce qu'il a pu. Peut-on vraiment sauver les gens d'eux-mêmes ? Mais alors, pourquoi je suis là ?

Hein ? Quelqu'un peut me dire pourquoi je suis là, à trois heures du matin, plié en trois sur la banquette arrière d'une voiture glacée devant le garage d'une nana que je n'ai jamais vue, en attendant qu'elle revienne avec une femme que je connais à peine ?

Mais cette femme que je connais à peine m'a sauvé la vie.

Elle m'a juste sauvé la vie.

Juste ça.

Alors, je suis là.

Et puis je l'aime.

Voilà.

Les dents de la mère

Je me suis tellement attardée dans la descente, hier soir, pour regarder le Léman et le coucher de soleil, que Babette était déjà au lac quand j'y suis arrivée. La nuit devenait profonde. Nous pouvions encore voir devant nous, parce qu'aucune lumière ne venait perturber notre champ visuel, mais ça n'allait pas durer. Babette a déballé la tente et l'a laissée s'ouvrir toute seule. Quand nous étions jeunes, nous devions enfoncer les sardines. On apprécie le confort quand on prend de l'âge. L'air était glacé et humide. Nous avons rentré tout notre matériel précipitamment et nous sommes réfugiées à l'intérieur, en faisant un bond vingt ans en arrière. Je retrouvais la chaleur du cocon qu'on se fabriquait régulièrement, adolescentes, en allant camper en montagne, sans aucune crainte. Pourtant, c'était risqué. Deux filles seules au milieu de nulle part. Mais Babette n'a jamais eu peur. Alors moi non plus.

J'ai retrouvé le bazar indescriptible dans ses affaires, même si elle trouvait toujours ce qu'elle cherchait, l'odeur de ses chaussures de randonnée une fois quittées et posées dans un coin de la tente. Mais je m'en fichais. C'était mon autre madeleine à moi. J'ai des madeleines particulières. Elle a gonflé les petits matelas et nous nous sommes allongées face à face. Sa frontale reposait dans un coin de la tente et la petite lumière tamisée ne me permettait que de distinguer la forme de son visage, à peine ses yeux. Je la voyais sourire. Un sourire mêlé de regrets. Le mien était plein d'avenir. Celui des retrouvailles et des toujours.

— Il faut que tu dormes, tu n'aurais jamais dû être là. Si tu me fais un malaise, je suis mal.

— J'ai un ange gardien, t'inquiète !

Elle a pris ma main et l'a serrée très fort. C'était notre façon à nous de nous dire « je t'aime ». Quelques longues secondes de douceur, juste pour dire que…

Et puis elle s'est reculée un peu et m'a posé la question fatidique :

— Pourquoi tu en es arrivée là, Juliette ? Pourquoi t'es pas partie ?

— Il était menaçant, j'avais peur.

— Et pourquoi t'es pas partie avant ?

— Parce qu'avant, il était gentil…

— Mais quand tu as senti qu'il l'était moins ?

— J'avais peur d'être seule.

— Il vaut mieux être seule que mal accompagnée.

— Je ne supportais pas l'idée de me retrouver seule…

— Même quand il était méchant ?

— Quand il est devenu méchant, c'était trop tard…

— Il n'est jamais trop tard.

— Je sais… alors non, justement, je ne sais pas pourquoi. Pour le bébé peut-être.

— Pourquoi tu as tellement besoin d'avoir un bébé ?

— Tu n'en veux pas, toi ?

— J'y pense parfois, mais ça n'est pas indispensable à ma vie. Alors que pour toi…

293

— Pour moi, c'est vital.

— Et tu en as oublié de vivre. Ce type t'a isolée du monde, et tu ne t'en es même pas rendu compte, ou alors tu as laissé faire pour cette fausse bonne raison, et regarde où ça t'a menée. Il t'a frappée ?

— …

— T'oses pas me le dire ?

— Tu vas te fâcher.

— Mais non !

— Il m'a violée avant que j'aie l'accident. Je crois que c'est à cause de lui que j'ai perdu le bébé.

— Le salaud ! Tu vas porter plainte ?

— Je suis partie, c'est déjà bien. Je n'ai plus la force de l'affronter. Pas maintenant en tout cas. Pour l'instant, j'ai besoin de me sentir revivre pour ne pas mourir tout court.

— Je comprends. Mais il faudra qu'il paie.

— On verra. Là, j'ai simplement besoin que tu me prennes dans tes bras et que tu me dises que c'est fini tout ça…

Ce qu'elle a fait immédiatement, sans dire un mot. Les gestes suffisaient à me convaincre que c'était fini. Que j'étais en sécurité. Et j'avais moins peur, seule avec Babette, sous une tente plongée dans l'obscurité au beau milieu de la montagne déserte, que sous le même toit que Laurent, dans un bel appartement sous surveillance vidéo. Parce que le danger venait de l'intérieur.

Nous sommes demeurées ainsi le restant de la nuit.

Ce sont les cloches qui nous ont réveillées. On n'avait pas bougé. Elle s'est étirée en ronronnant et est revenue contre moi pour me serrer un peu plus fort. Elle devait se dire qu'il fallait profiter de m'avoir sous la main, des fois que je reparte. Elle savait que j'allais repartir. J'ai ensuite dû négocier âprement pour qu'elle me laisse seule ici. Je voulais remonter aux bouquetins dans la matinée. Et Babette ne pouvait pas rester, elle avait un rendez-vous important dans la vallée. J'ai obtenu de pouvoir retourner les voir, à condition de laisser la tente ainsi et de ne prendre AUCUN risque.

Babette savait pertinemment que je ferais ce que je voulais, même si c'était risqué, maintenant que je retrouvais le goût de la liberté. Nous avions évoqué la veille tout ce qui m'était arrivé depuis quatre ans. Elle se doutait que j'avais besoin d'une grande inspiration pour refaire surface. Le grand bleu ! Le plongeur qui retrouve l'air après l'apnée prolongée.

Nous avons mangé quelques barres de céréales et bu du jus d'orange. Nous étions réchauffées, malgré le froid du petit matin : à la chaleur dégagée par nos deux corps durant la nuit s'ajoutait celle des retrouvailles.

Elle vient de partir, pour ne pas être en retard. Je cherche de quoi me changer, me rafraîchir un peu. Je saigne encore.

Je vérifie que personne n'arrive au loin et je m'accroupis rapidement au bord du lac pour faire une petite toilette. Je fais couler un peu de l'eau d'une bouteille entre mes jambes, elle est glacée, nous l'avions laissée hors de la tente. L'eau se colore de rouge.

Les dents de la mère. Morsure de la vie.

Elle a deux bonnes rangées de pointes acérées et la mâchoire solide, la vie, parfois.

Je prépare mon sac, un peu de nourriture, de l'eau, des vêtements de rechange, mon téléphone, que je n'ai pas allumé depuis hier, à quoi bon ?

Et je pars.

Déterminée est son nom

Je sursaute !

Une femme frappe violemment sur la portière de ma voiture. Je dormais profondément. Je mets quelques secondes à retrouver mes esprits et à comprendre que c'est Babette. Je regarde rapidement autour d'elle. Personne. Je suis maudit.

Je sors de la voiture en chaussettes et en remettant mon tee-shirt dans mon pantalon pour me protéger un tant soit peu du froid.

— Vous êtes qui, vous, pour vous garer comme ça, chez moi ? me dit-elle d'un ton agressif.

— Je suis Roméo, un ami de Juliette.

— Roméo, le pompier ?

— Oui.

— Qu'est-ce que vous faites là ?

— Je suis à la recherche de Juliette, elle est avec vous.

— Qu'est-ce que vous lui voulez ?

— L'aider.

— Qui vous dit qu'elle avait besoin d'aide ?

— Ma petite sœur.

— Pardon ?

— Non rien. C'est Malou qui m'a envoyé vers vous.

— Malou ? Vous la connaissez ?

— C'est la petite amie de mon arrière-grand-père.

— Rien que ça.

— Juliette s'est occupée de moi quand j'étais dans le coma.

— Et ça vous donne le droit de la poursuivre comme ça ?

— C'est un devoir plutôt. Alexandre m'a dit que ça lui ferait plaisir de savoir que je la cherchais.

— Alors si Alexandre a dit. Elle est restée là-haut.

— Toute seule ?

— On ne peut pas lutter contre Juliette. La détermination n'a pas meilleure définition.

— Elle ne risque rien ?

— Si. Mais c'est la vie. La sienne.

— Vous pouvez m'indiquer où elle est ?

— Si ça vous chante. Du coup, si vous montez la chercher, vous pourrez redescendre la tente ?

— Si je la retrouve, oui.

— Vous ne pouvez pas vous tromper. Il n'y a qu'un chemin possible, pour l'aller et pour le retour, vous la croiserez forcément. La tente est plantée au bord du lac. Vous saurez vous débrouiller ?

— Ça ira, je suis pompier.

— Et pourquoi vous étiez dans le coma ?

— Je suis tombé du huitième étage en intervention.

— Respect. Elle doit vous admirer.

— Pas plus qu'un autre.

— Qu'est-ce que vous en savez ? Ramenez-la ici, elle aura besoin d'une bonne douche et d'un chocolat chaud.

Babette m'invite ensuite à boire un café, accompagné de quelques gâteaux secs, sort une carte de la région, qu'elle me laisse, avec l'itinéraire. Cela semble facile, en effet. Deux heures de marche tranquille pour monter. Une bonne heure en étant bien entraîné.

Je suis bien entraîné. Et Juliette est là-haut, seule et sans défense. Ça me donne des forces pour tirer sur les muscles.

Je m'apprête à quitter Babette.

— Et vous allez faire quoi après l'avoir retrouvée ? me lance-t-elle avant que je ne ferme la portière.

— Ce qu'elle aura décidé. C'est Juliette, non ? Déterminée !

— Bon courage.

— Du courage, j'en ai.

— Vaut mieux. Faites gaffe aux bouquetins. S'ils commencent à souffler, c'est qu'ils sont contrariés. À ce moment-là vous vous asseyez par terre et vous regardez vos chaussures. Je vous attends dans l'après-midi. Appelez-moi s'il y a un problème. Je vous ai noté mon numéro sur la carte.

Cher Toi,

Il y a des hommes lourds qui pensent être couillus comme des taureaux de concours, qui écrasent de leur virilité malsaine les femmes trop fragiles, et il y a des hommes élégants et délicats qui les considèrent et les respectent dans leur fragilité.

Il y a aussi des femmes fatales qui n'ont de vraiment fatal que le vide intersidéral de leur cœur, qui maltraitent les hommes sensibles, et il y a des femmes attentionnées et touchées par les hommes qui osent montrer leurs failles.

Certaines combinaisons à l'intérieur de ce petit monde sont parfois improbables quand d'autres se font dans une harmonie parfaite, parce que tout colle, tout s'emboîte, même les failles. Surtout les failles.

Avec Guillaume, tout colle.

La première fois que je l'ai vu, mon frère était en bouillie, le retour en foyer me guettait. Il était là, il me souriait gentiment, pour me soutenir pendant que je regardais mon frère, dont les lambeaux tenaient ensemble grâce à des fils, des bandes, et probablement un peu de Saint-Esprit en spray. *Ma petite voix m'a dit : « Pars avec lui. »*

Pourtant, je suis partie avec le chef des pompiers et sa femme imbaisable, parce que c'était comme ça. Mais à ce moment-là, je me suis dit qu'un jour, plus tard, je partirais avec lui pour toujours.

Durant les visites suivantes, en le croisant dans le service, il avait le même sourire gentil, et quelques paroles réconfortantes en plus. Une autre fois, c'était quelques pâtisseries, parce que « le sucré fait du bien quand rien d'autre ne passe ». Il avait raison. Je crois que j'ai commencé à l'aimer en savourant ses macarons à la pistache et ses cookies américains. Qui me rappelaient le réconfort de ses sourires sucrés.

Et puis on a échangé nos téléphones, puis des SMS, puis des verres, puis des envies, des désirs et des mots tendres, puis des caresses, puis des vertiges autrement plus vertigineux que ceux des chiottes du collège. Je partais avec lui dans la vie, tout doucement, sans vraiment y croire tellement c'était improbable. Je lui ai tout dit, je suis comme ça. Cash, pour rien cacher. Tant qu'à partir avec lui, autant démarrer sur de bonnes bases solides bien honnêtes. Ma mère cas social, mon père pas mieux, les garçons que je me tapais pour exister dans un monde qui ne voulait pas de moi. C'étaient les seuls à vouloir de moi.

Guillaume m'a expliqué qu'on existait d'abord dans le respect. Il a surtout dû commencer par m'expliquer le respect. J'en ai découvert, des choses !!! Surtout que j'avais tout faux. Ça fiche une grosse claque. Mais il était infirmier, il pouvait me prodiguer les premiers soins. Ce qu'il faisait déjà avec beaucoup de douceur.

Ensuite, il m'a appris à corriger mes fautes dans les rédactions de français et les exposés d'histoire-géo. Première étape.

Puis à m'exprimer correctement, en sortant de mon vocabulaire les mots vulgaires et en les remplaçant par quelques synonymes. Deuxième étape. Elle a été longue.

Troisième étape, il m'a fait écouter du Charles Trenet et lire des livres. Beaucoup de livres. Progressivement. Il fallait commencer tout doux pour que je m'habitue. Des fois que je fasse un choc anaphylactique.

Il a réussi à ce que je ne puisse plus me passer de lire. Des classiques, des modernes. D'abord un par mois, puis un par semaine, pour arriver à en dévorer certains en une soirée. Depuis j'écris mieux, non ? T'en penses quoi ?

Et puis, il m'a parlé de son beau métier. C'est celui que je ferai. Comme ça, avant de se coucher, on pourra parler de perfusion, de cathé central, d'escarres et de pansements trois temps.

Ha ha ! Tu rigoles ? On a mieux à faire avant de s'endormir. Mais un jour, quand je serai diplômée, avant qu'on ait des enfants, on fera de l'humanitaire. Il vaut mieux qu'on fasse ça avant les enfants. Lui, comme ça, si on lui demande son avis, il dit qu'il en veut quatre. Moi, personnellement, depuis mon stage en maternité en troisième, je me dis que peut-être, éventuellement, j'essaierais avec un, et que j'aviserais ensuite. Parce que, même quand c'est une fille, ça n'a pas l'air tout rose.

J'ai au moins une certitude. Ce sera un papa gâteau.

301

Et puis, hier, il m'a demandée en mariage. Il a prévu ça le jour de mes dix-huit ans. En rigolant, il m'a dit qu'il piquerait le témoin à mon frère, qui est tuteur légal jusqu'à ma majorité, comme dans les relais du quatre fois cent mètres des Jeux olympiques. Je lui ai répondu qu'il faudrait travailler le passage, pour pas me laisser tomber, sinon il serait disqualifié.

Il faut que j'annonce la nouvelle à mon frère, il va en faire une tête. Je pouvais quand même pas trouver mieux comme parti. Un type gentil, bonne situation professionnelle, bon cuisinier, attentionné, le beau-frère idéal.

Et il m'aime.

Et il me tient la porte.

Même pour les chiens

Je monte doucement. Plus doucement qu'hier. Je sens comme une fatigue accumulée, et cette impression de me vider de ma substance. C'est dans le physique et c'est aussi dans l'âme. Le vide absolu. Quand on est vide, on n'est rien. Je suis quoi ? Pas une mère, en tout cas. Ou peut-être que si ? Ça suffit quelques semaines de grossesse pour se déclarer mère ? L'enfant mort valide-t-il les acquis ? Je repense à ce connard de gynéco qui était de garde la nuit où j'ai expulsé. « Vous en ferez un autre, madame. » J'ai failli lui sauter à la gorge, hurler en lui crachant au visage tout ce que j'avais dû faire pour arriver jusque-là, et que peut-être, ce bébé-là, c'était le seul que la vie m'offrirait. Et qu'aucun autre ne remplacerait jamais celui-là. Même pour les chiens on ne dit pas des choses comme ça. Même pour les chiens. J'aurais mordu jusqu'au sang la main de ce type qui essayait de balayer ma peine en quelques mots comme on repousse les miettes sur la nappe à la fin du repas.

Même pour les chiens...

J'ai le temps. J'ai tout mon temps. J'ai la vie devant moi pour monter voir les bouquetins. Babette ne revient que dans l'après-midi. Je mangerai là-haut, avec les animaux.

Je connais le chemin par cœur, j'espère seulement deux choses : revoir le mont Blanc, et retrouver le troupeau d'hier. Non, trois. Savoir en redescendant dans quelle direction repartir. Je ne peux décemment pas rester éternellement là-haut. Quoique ?

Quoique…

Je réfléchis en marchant. Je pense aux gens que j'ai laissés derrière moi, à Malou, dont je n'aurais jamais dû m'éloigner. Elle était mon phare, et Laurent m'a bandé les yeux. À Roméo, qui s'est trouvé là au moment le plus grave de ma vie, comme j'ai été là pour lui. De lui non plus je n'aurais pas dû m'éloigner. Mais quel autre choix ? J'avais le couteau sous la gorge. Je repense à Alexandre, à Babette. Ça doit être ça les vrais amis. Ceux qui restent même quand on part, qu'on retrouve en revenant, une semaine, un mois, un an, cinq ans après. J'essaie de ne pas m'en vouloir, de ne pas regretter, mais c'est impossible. Je suis en colère contre celle que j'ai été toutes ces années, cette mollesse, cet aveuglement, qui ont laissé le champ libre à ce requin. Je me sens comme une pauvre fille. Bonne et conne à la fois. Alors que j'avais autour de moi des gens extraordinaires, c'est un salaud qui a pris toute la place. Toute la place, même la mienne. C'est peut-être pour ça que j'ai eu besoin de retrouver de grands espaces. L'immensité des montagnes et celle du lac. Pour m'étirer un peu, redonner de l'élasticité à ma propre existence, cesser l'enfermement à l'intérieur de moi-même. Le Big Bang. Méfiez-vous, les gens, je vais vous éclabousser de toute cette vie qui revient en moi.

Je respire.

Je respire presque sereinement. L'air d'altitude est plus pauvre en oxygène. Mais ça dépend de quel oxygène on parle. Ici je me shoote à l'air pur et à la paix. Une perfusion de soleil levant sur les sommets, un goutte-à-goutte de petits ruisseaux qui coulent entre les cailloux, un patch de senteurs d'animaux sauvages que le tumulte humain laisse tranquilles ici. Peut-être que je redeviens sauvage. Ou peut-être que je le suis devenue ces dernières années et que je vais enfin retrouver la civilisation.

Je vais déjà retrouver les bouquetins. Ils me diront bien, eux, par où aller…

L'écho qui criait Juliette

La pente est raide, rude, mais rapide. J'ai l'habitude. À part quelques muscles qui tiraillent, stigmates de l'accident, j'ai retrouvé ma condition physique d'avant. Le kiné du centre de réadaptation me disait qu'avec de bonnes bases au départ, on retrouvait mieux ses acquis. J'ai transpiré pour récupérer mon statut de pompier en fonction. Le jour où, à l'issue d'une visite médicale, j'ai été déclaré apte a été un des plus beaux moments de ma vie. Parce qu'il signifiait que le passé était passé, que je n'avais pas souffert pour rien, que l'avenir redevenait clair. Que je pouvais à nouveau sauver des vies. À commencer par la mienne.

Alors si je n'avais pas été capable de monter en moins de deux heures…

J'ai passé le chalet d'alpage, le lac de la Case, en apercevant la tente qu'il faudrait reprendre au retour, et je suis sur le point d'atteindre les portes d'Oche. Je marche si vite que j'entends les petits cailloux dévaler derrière moi, dans la pente raide. Je suis très essoufflé, mais ça y est, j'y suis, à ces fameuses Portes, dans ce cirque que Babette m'a décrit, avec le lac en contrebas, et tout au bout le col de Pavis.

Je la reconnais immédiatement. C'est elle, je distingue sa silhouette, certes minuscule tant elle est lointaine, mais la sienne. Elle a les bras levés. Quelques secondes après, je la vois prendre de l'élan et disparaître dans le vide.

Le hurlement sort de moi sans aucune maîtrise possible : « Julieeeeeeeeeeeeeeeeeette. » L'écho reprend en chœur, alors que je suis déjà en train de me précipiter dans le sentier abrupt de l'autre côté du col.

Julieeeeeeeette.

Julieeeeette.

Julieeeette.

Julieeette.

Julieette.

Juliette.

Je n'essaie même pas de voir le mont Blanc, je regarde juste où je vais mettre le pied au pas suivant pour optimiser ma course et atteindre l'autre côté le plus vite possible. Elle a sauté. C'est trop tard, j'arrive un quart d'heure trop tard. Je m'efforce de ne pas pleurer pour ne pas perdre tout mon souffle. J'essaie mais je n'y arrive pas. Je savais qu'il fallait que je parte plus tôt, que je laisse ma petite sœur dans la nuit. Putain de feu de camp ! Je m'en veux, je m'en veux terriblement. Tout ça pour ça. Ce n'est pas Alexandre le roi des cons. Je manque tomber deux ou trois fois, et je m'en fiche. Pourvu que je tombe, peut-être, ça m'évitera de la voir écrasée en contrebas de la falaise, et de me dire que je n'ai même pas été fichu de lui porter secours. Que dans ma carrière de sauveur de vies, c'est la plus importante qui m'aura échappé.

Je n'ai plus d'air, je me demande même comment j'arrive encore à avancer, mais en évaluant rapidement le chemin parcouru, je me rends compte que je suis presque au niveau du deuxième col, là où j'ai vu sauter Juliette. Je fixe à nouveau le sol pour ne pas trébucher.

Le sentier devient terre et herbe, plus plat et régulier, je lève alors à nouveau la tête pour me faire une idée de l'endroit où je me trouve et je l'aperçois. Elle court dans ma direction. On ne fera pas le remake de chabadabada en mode montagne, parce que je m'écroule, au bord du malaise.

— Roméo ? s'étonne-t-elle en s'agenouillant près de moi.

— Vous… êtes… vivante !

J'arrive à peine à articuler tellement je manque d'air, tellement j'ai eu peur, tellement je respire au niveau du cœur.

— Ben oui, je suis vivante. Pourquoi je ne le serais pas ?

— Je… Je… vous… ai… vue… sauter…

— J'allais voir les bouquetins. La pente est douce de l'autre côté, j'ai juste sauté d'un gros rocher. Et puis, j'ai entendu ce hurlement. Vous leur avez fait peur, ils se sont éparpillés dans la montagne.

— Leur… peur n'est rien… à côté… de la mienne.

— Vous êtes venu…

— J'ai cru que c'était trop tard.

— Remettez-vous, je vais bien.

— Vous allez bien ? Vraiment ?

— Je vais mieux que si j'avais sauté d'une falaise. Pour le reste, je récupère doucement. Ça me fait plaisir que vous soyez venu. Comment m'avez-vous retrouvée ?

— Malou. Votre lettre. Elle a tout de suite pensé à Babette et Alexandre.

— Vous les avez rencontrés ?

— Alexandre, hier. Je vous ai loupée de peu. Quand je suis arrivé chez Babette, vous étiez déjà parties. J'ai dormi dans la voiture devant chez elle. Ce matin elle m'a indiqué le chemin pour vous rejoindre.

— Ça me fait vraiment plaisir. Ça va mieux ? Vous voulez boire un peu d'eau ?

— Ça va mieux. Ça va. Bien, même. Vous êtes vivante. Merci, Juliette. Je ne m'en serais pas remis.

— Ça me fait plaisir.

Je reste allongé un moment, les yeux fermés. Les soubresauts de mon corps dus au manque d'air laissent place à des spasmes de rire. Je ris. Je ris de joie.

Je l'ai retrouvée.

Elle n'a pas sauté.

Je finis par m'asseoir à côté d'elle dans l'herbe. Elle me regarde. Elle a vraiment l'air heureuse de me voir. Merci Vanessa. C'est ton coup de pied au derrière qui m'a envoyé là. On reste un moment sans rien se dire. Elle regarde la montagne, les choucas qui traversent le ciel, les nuages qui passent, elle sourit, le nez en l'air et les yeux dans le bleu. Le soleil du matin lui caresse la joue. Il caresse la mienne. Comme cette chaleur est douce.

— On va essayer de les voir ?

— Les bouquetins ?

— Vous en avez déjà vu ?

— Pas en vrai.

— Il y a un troupeau de mâles impressionnant là-bas. J'espère qu'ils ne seront pas partis trop loin.

Elle se lève et marche dans leur direction. Je mets mes pas dans les siens. Nous apercevons des cornes qui dépassent de la crête, ils ne sont pas partis bien loin, malgré mon cri qui a déchiré l'espace comme une feuille de papier. Je la suis de près, je ne suis pas rassuré, c'est une situation inédite pour moi. Je pense même que j'ai peur. Les humains, si agressifs soient-ils, restent des humains, ils ne font quand même jamais trois cents kilos avec une paire de cornes grandes comme mon bras. Juliette s'est assise à flanc de montagne et les regarde. Je m'assois presque contre elle. Un vieux mâle est couché là, à deux mètres de nous. Il rumine calmement en regardant le lac. On pourrait presque le toucher tant il est proche. C'est fantastique de les voir de si près, dans leur milieu, loin de tout, des humains surtout. Ici, ce sont les hommes qui sont de trop. Les animaux dominent et décident. Je ne suis pas sûr que ce soient eux les sauvages.

Je profite. Juliette semble en faire autant. De temps en temps, elle me regarde, silencieuse. Le moindre mot risquerait de dénaturer cet instant ! Elle me prend délicatement la main. Je crois qu'elle a juste envie de partager ce moment avec moi. Et moi donc.

Et puis, quelques jeunes mâles s'ébrouent rapidement, entraînant le troupeau comme dans un mouvement de foule et obligeant le vieux mâle à se lever et à les suivre. Ils nous contournent et remontent vers les roches, là où, probablement, personne n'ira les chercher. Je suis désormais seul avec Juliette. Nous regardons au loin, dans la même direction. Il paraît que c'est ça l'amour.

Je sens mon téléphone vibrer dans ma poche et je n'ai pas envie de décrocher. Pas maintenant. Ça va pas, non ?

— Comment vous vous sentez ? je lui demande simplement.
— Soulagée.

— Vraiment ?

— Je crois, oui. Célestine n'était peut-être pas faite pour ce monde, pour ce couple bancal que je formais avec son père. J'aurais dû partir bien avant.

— Alors pourquoi vous ne l'avez pas fait ?

— Je ne sais pas. Au début, je n'ai rien vu, et après c'était trop tard.

— Alors vous avez fait de votre mieux.

— J'ai fait comme j'ai pu, pas comme j'aurais dû.

— Ça ne sert à rien de se dire après coup qu'on aurait dû faire autrement. Alexandre s'en veut de vous avoir lâchée, moi aussi je m'en veux, j'aurais dû insister.

— C'est moi qui vous ai repoussés, tous les deux, tous les trois, tous les quatre avec Malou, tout le monde en fait.

— Ce n'est pas vous, c'est votre compagnon, non ?

— Si. Je suppose qu'il voulait m'isoler pour ne m'avoir que pour lui, pour m'affaiblir, me rendre vulnérable.

— Il a réussi.

— Oui.

— Pourquoi n'avez-vous rien vu ?

— Parce qu'il a su me convaincre, me séduire, faire en sorte de devenir indispensable à mon existence, ou du moins de me le faire croire. Et puis, il y avait cet enfant que je voulais tant. Je pense que je n'ai rien vu parce que ce désir-là faisait oublier tout le reste.

— Pourquoi c'est si important pour vous ?

— On n'est rien si on n'a pas d'enfant.

— On est soi. Les enfants sont notre descendance, ils ne sont pas nous.

— Oui mais notre descendance nous constitue ! Si je n'ai pas d'enfant, ça s'arrête là, pour moi, à l'échelle de l'univers.

— C'est grave que ça s'arrête après vous ?

— Je n'aurai servi à rien.

— Le but n'est pas de servir, mais d'être, non ?

— Je ne suis rien sans enfant.

— Vous voulez que je vous dise ?

— Oui ?

— Vous êtes Juliette, avec ou sans enfant, vous êtes Juliette, une femme formidable, qui prend soin des autres, qui sourit, qui menace quand on flanche, qui soutient quand on baisse les bras, qui est là quand on en a besoin. C'est rien, ça ?

— Je ne sais pas, je ne sais plus. Je suppose que c'est un peu quelque chose.

Elle s'est allongée dans l'herbe, les mains derrière la tête, et regarde le ciel. Peut-être bien qu'elle regarde l'univers droit dans les yeux pour lui demander si c'est si grave que ça d'imaginer que ça s'arrête après elle, si ce sont les enfants qui constituent leurs parents ou si chacun au final n'est qu'un élément indépendant formant un tout. Mais si elle fait partie du tout, elle n'est pas rien. Avec ou sans enfant.

Peut-être bien aussi qu'elle ne pense à rien en regardant le ciel...

— Et maintenant ?

— Maintenant ?

— Qu'allez-vous faire ?

— J'envisageais de demander leur avis aux bouquetins.

— Ils vous parlent ?

— Pas à vous ?

— Non. Et ils vous disent quoi ?

Et alors ?

Ils me disent : « Pars avec lui, ne reste pas là-haut, mais reviens quand tu veux, dès qu'il te faudra respirer un peu. »

Je suis profondément touchée que Roméo soit venu me chercher. C'est dire s'il tient à moi. Et heureuse qu'il m'ait retrouvée. Il affirme qu'il n'a aucun mérite, que sans Malou il n'y serait jamais parvenu, mais il a au moins le mérite d'être allé voir Malou. Il m'a dit qu'elle m'aimait du fond du cœur, que cela semblait important à ses yeux que je le sache. Je le sais, mais il est bon de l'entendre à nouveau.

Je repense au moment où j'ai fait sa connaissance. Il ne ressemblait à rien, sous ses bandages, sa peau noircie, ses larmes et son âme grise. Et pourtant, je me suis attachée à lui, sans comprendre pourquoi. Trois ans après, il a traversé un bout de la France, contourné un morceau de lac et grimpé un flanc de montagne pour être assis là, à côté de moi.

Il laisse passer de grands silences après chaque question qu'il me pose. Je ne sais pas s'il réfléchit ou s'il me laisse le temps de trouver les réponses. Les deux peut-être. Et puis, il évoque Laurent.

— Je l'ai croisé à l'hôpital.

— Il m'a reproché d'avoir perdu ce bébé.

— C'est vrai que si vous avez fait exprès…

— Mais je n'ai pas fait exprès !

— Alors comment peut-il vous le reprocher, Juliette ?

— Il a commencé à me critiquer dès qu'il a senti que j'étais suffisamment attachée à lui pour ne pas pouvoir le contredire.

— Et là, il réagit comment depuis que vous êtes partie ?

— Il ne supporte pas que je me détache. Tenez, justement, il m'a lancé un ultimatum : si aujourd'hui même, dans une heure exactement, je ne suis pas revenue, il jettera toutes mes affaires par la fenêtre. Et je sais qu'il le fera.

Je vois Roméo sortir son téléphone de sa poche.

— C'est quoi votre adresse ?

— Vous faites quoi ?

— Je demande à ma sœur et à son petit ami, euh, enfin, à Guillaume, puisque vous le connaissez bien, d'aller récupérer vos affaires.

— Il va être dans une colère noire.

— Guillaume ?

— Mais non, Laurent.

— Et alors ?

— …

Je ne sais pas quoi répondre. Et alors ? Et alors ? Et alors rien du tout ! Même s'il détruisait mes affaires, je m'en ficherais. Il m'a détruite, il ne peut pas faire pire. Tandis qu'ici, à deux mille mètres d'altitude, je suis en sécurité, avec Roméo et une vingtaine de gardes du corps bien cornus. Il ne peut plus me détruire. J'ai sauvé Lisette, le reste n'est que matériel.

Et alors ?

Et alors, dégage de ma vie !

Je reçois alors un message de Laurent, qui brandit son ultimatum : « C'est ta dernière chance Juliette. Tu ne m'as pas répondu. Dans une demi-heure, je balance tout par la fenêtre. »

— Voilà, il continue de me harceler. Je réponds ou pas ?

— Répondez « OK ».

— Juste « OK » ?

— Oui, « OK ». Vous voulez y retourner ?

— Non.

— Alors répondez « OK ». Que voulez-vous qu'il rétorque à ça ? C'est la meilleure des réponses quand on ne sait plus quoi répondre, quand on a envie d'en finir mais qu'on ne trouve aucune solution pour que ça s'arrête sereinement. Vous répondez « OK » et vous lâchez tout. Ça fait du bien de lâcher, parfois. C'est Vanessa qui m'a appris ça. Avec elle, c'était pour des broutilles, mais ça me faisait déjà du bien. Essayez, vous verrez comme ça soulage.

Je réponds « OK » sur mon téléphone. J'hésite un instant avant de taper sur Envoyer. Je pense à tout ce que ça implique, ce qu'il risque de me faire vivre pour se venger. Ça implique aussi que je renonce à tout ce que j'avais essayé de construire, mais je le mets en balance avec la liberté que je ressens à cet instant. J'envoie le message.

« OK. »

Roméo a raison. Ça soulage. Ça fait même un bien fou. Je le tape une deuxième fois, pour être sûre qu'il l'a bien reçu, et puis parce que la deuxième fois, ça fait encore du bien. Et je m'arrête là, je savoure.

— Je vous aime, Juliette.

Il m'a dit ça sans me prévenir. Je suis idiote, on ne prévient pas les gens qu'on va leur dire qu'on les aime, c'est ridicule. On le leur dit. Comme il vient de le faire. Mais je ne m'y attendais pas. Je suppose que c'était prévisible. Je suis obnubilée à ce point par mes propres soucis, pour ne pas m'être attendue à ce genre de chose ?

Il aurait pu traverser la France sans me dire ça. Ou sans être amoureux. Oui, mais il est là, et il me l'a dit. Et je ne sais pas quoi lui répondre. J'ai appuyé sur Reset depuis trop peu de temps dans ma vie pour que mon cœur soit en état de recommencer à battre pour quelqu'un. Trop tôt.

C'est son téléphone qui me sauve. Il vibre depuis tout à l'heure.

— Pardon, je dois répondre, c'est ma petite sœur. Quand elle m'appelle trois fois de suite, c'est que c'est urgent.

— Allez-y, pas de souci.

Le dire une fois suffit

— Putain, qu'est-ce que tu fous ? Pourquoi tu décroches pas ? La maison de retraite a fini par m'appeler ! Ils arrivent pas à te joindre. Ils disent que c'est urgent et ils veulent rien me dire, sous prétexte que je suis mineure ! Les cons ! J'ai dix-huit ans dans moins d'un an. Je suis sûre que c'est pépé !

— Je vais les rappeler.

— Et c'est quoi, ce fou ? Il jette les petites culottes de ta copine les unes après les autres, elles volent dans le vent, comme des feuilles d'automne... Il y a un attroupement autour de nous. On ramasse tout et on se casse. C'est un malade, ce type.

— Je sais. Merci pour ce que tu fais.

— C'est bien parce que c'est toi ! Cela dit, elles sont pas mal ses petites culottes ! Tu crois qu'elle m'en filera une ou deux pour la peine ?

— Je crois qu'elle sera capable de toutes te les donner. Je te laisse, j'appelle la maison de retraite.

Ça doit être le moment le plus indécent de ma vie. J'ai dit « je t'aime » à une femme qui compte pour moi plus que toutes les autres réunies, et je viens d'avoir ma sœur au téléphone qui me parle des petites culottes de cette femme, avant que je ne raccroche parce que je suis obligé d'appeler la maison de retraite de mon arrière-grand-père. Mais je suppose que c'est pour une raison sérieuse. Y a intérêt.

Je m'éloigne un instant. Pour laisser à Juliette le temps de recevoir et de méditer ce que je viens de lui dire. Ça m'est sorti comme ça, d'un coup, sans réfléchir, comme le cri de tout à l'heure quand j'ai cru l'avoir perdue.

Pas d'écho cette fois pour qu'elle entende bien que je l'aime.

Mais le dire une fois suffit.

Pardi !

Vanessa, une petite culotte à la main, se tourne vers Guillaume et le prend de court alors qu'il tente de rassembler les feuilles d'un classeur que le type a balancé par la fenêtre sans ménagement.

— On invitera qui au mariage ?

— Ben, euh, les gens qu'on aime, pardi !

— Pardi ?

— Oui, pardi.

— Tu dois être le dernier en France à utiliser ce mot !!!

— Et alors ?

— Ben rien, pardi ! répond Vanessa en souriant. Elle est vraiment sympa cette culotte, tu trouves pas ? dit-elle en l'appliquant sur sa taille par-dessus son pantalon.

Guillaume s'éloigne un peu pour ramasser quelques livres tombés plus loin, non sans faire remarquer aux passants qui s'attardent qu'ils ont sûrement mieux à faire de leur journée que de regarder la vie privée de sa copine s'étaler sur le trottoir.

— De mon côté, ça va être vite vu, il y a Roméo, mon arrière-grand-père et mes copines, Charlotte et Lou-Anne. Voilà. Je n'aime personne d'autre.

— Il y aura moi ?

— Évidemment ! Et toi, qu'est-ce que tu vas faire ? Inviter toute la famille – les tantes, les oncles, les cousins-cousines, et tous ceux qui gravitent autour ?

— Je veux un petit mariage.

— Moi, je veux que ce soit un grand jour. Tu me laisseras carte blanche pour la déco ?

— Je te laisserai carte bleue. Cela dit, ça peut être un petit mariage mais un grand jour quand même.

— Mais il faut du monde pour manger la pièce montée !

— On peut faire une pièce montée qui ne monte pas trop.

— On la fera nous-mêmes ?

— J'espère bien !

— Et ta famille ne te reprochera pas de ne pas l'avoir invitée ?

— C'est mon mariage, le nôtre, c'est nous qui décidons. Ils s'en remettront.

— Ouais, ça, faut voir, hein ?

— C'est tout vu…

— Mais on sera une toute petite tablée, alors ?

— Peu importe, c'est pas la taille qui compte. Comme ça on aura une plus grosse part de pièce montée. Un étage chacun, t'imagines le luxe ?

— Et pour la robe ? Et le lieu ? Et ton costu…

— Ho ! les chevaux, on a le temps, hein ?

— Tu peux déjà me dire comment tu vois les choses, savoir si on est raccord.

— Moi, je vois un mariage dans la nature : tu porterais une robe simple, sans tous ces froufrous qui pourraient empêcher mes mains de se glisser dessous, avec une tresse de fleurs fraîches dans les cheveux et un peu de rose aux joues, pas de rouge à lèvres trop vif, pour que ma bouche ne soit pas barbouillée sur les photos, tu imagines bien que je ne pourrai pas m'empêcher de t'embrasser… Et puis, des ballerines plates, sinon tu seras plus grande que moi. Remarque, tu peux mettre des talons, tu es de toute façon plus grande que moi, pas par la taille, mais pour tout le reste. Et puis, tu auras un joli bouquet, que tu jetteras dans l'assemblée, en essayant de viser Juliette, ça lui donnera peut-être une chance de se marier dans l'année.

— Tu sais déjà où on pourrait se marier ?

— Non. Dans un bel endroit, naturel et insolite. Un lieu calme et immense à la fois.

— Sur le plateau du Larzac ?

— C'est une option. Dans ce cas, tu ajouteras sur ta robe un gilet de laine bouillie et tu chausseras des sabots de bois. Et pour la photo, on portera chacun un agneau dans les bras.

— Tu crois que je pourrai mettre une robe blanche ?

— Sur le plateau du Larzac, je te le déconseille, à cause des crottes de mouton.

— C'était une blague, pour le Larzac.

— J'espère bien ! On se mariera à l'église ?

— J'imagine que non.

— Donc, tu peux mettre du blanc pour symboliser la pureté de ton cœur.

Guillaume et Vanessa interrompent un instant leur ramassage méticuleux pour s'enlacer et s'embrasser. Un couple s'entre-déchire pendant qu'un autre s'installe tendrement dans l'existence. Ça aussi c'est la vie.

Ils constatent en revenant à la réalité du trottoir où ils rassemblent les affaires de Juliette que l'homme a cessé d'en balancer par la fenêtre. Après avoir fini de charger la voiture, alors qu'ils s'apprêtent à quitter les lieux, ils aperçoivent un bout de papier qui virevolte dans les airs. Vanessa sort du véhicule et fait quelques allées et venues dans la rue pour essayer d'attraper le papier. C'est une photo. Une photo déchirée. On y voit Juliette, radieuse. On distingue un bras autour de ses épaules, probablement celui de Laurent. Vanessa la présente à Guillaume, qui sourit en la voyant.

— Ce sera un bel objectif à retrouver pour elle. Garde-la précieusement.

Promis, la vie !

À sa mine défaite quand il revient vers moi, après s'être absenté pour passer son coup de fil important, je comprends que quelque chose de grave a eu lieu.

— Il faut qu'on rentre, Juliette, je vous expliquerai... Mais il faut qu'on rentre, tout de suite.

— On a deux heures de marche et cinq heures de route...

— Justement. Il faut qu'on parte maintenant.

Je voulais rester, mais je sens dans ses yeux que je n'ai pas le choix. Je ne comprends pas pourquoi, je sais simplement qu'il faut que je le suive. J'aurais pu lui proposer de rester là et qu'il rentre seul, mais je sens qu'il faut qu'on rentre tous les deux. Il m'annonce qu'il m'expliquera tout quand on sera dans la voiture. Il propose de partir devant pour défaire la tente pendant que je redescendrai à mon rythme, et de se doucher rapidement chez Babette avant de prendre la route. Tout devient soudainement urgent.

Faisons ça.

J'ai confiance en lui.

Il n'a presque rien dit.

Je déteste ça.

Je range rapidement dans mes souvenirs les bouquetins, le lac, Alexandre et son cœur sur la main, Babette et son amitié tendre, l'immensité et la paix que j'ai retrouvées ici, l'espoir aussi. Je les emporte avec moi. Personne ne pourra me dérober cette valise-là, que j'ai eu du mal à fermer tellement elle était pleine.

Je voulais rester encore un peu. Juste un peu.

Je reviendrai.

Promis, la vie !

Avant de partir

« Ma douce Juliette,

Ne m'en veux pas. Peut-être pourras-tu trouver ce départ très lâche, j'ai besoin de t'en donner les raisons.

Il faut que je t'explique ma vie, pour que tu comprennes ma mort...

Tu te souviens, ma chérie, de la chanson que tu me faisais écouter dans la voiture. Gérald de Palmas : "Tu as gagné ta place au paradis. / Et si un ange passe, pars avec lui."

Je pars avec lui.

Jean est l'ange qui est passé dans ma vie.

Je ne sais même pas par où commencer...

Ton grand-père Alfred n'était pas vraiment l'homme dont il voulait donner l'image en société. J'ai été amoureuse de lui, très amoureuse, et puis soumise aussi, très soumise. Pourquoi crois-tu que l'arrivée de Laurent dans ta vie m'a bouleversée ? Parce que je retrouvais la même histoire que celle que j'avais vécue. Alfred était le gendre idéal, et à notre époque, les gendres idéaux, il ne fallait pas les laisser filer. Alors mes parents lui ont mis le grappin dessus et m'ont mariée. Il était gentil, les premières semaines, les premiers mois, le temps que je m'attache, le temps qu'il me parle de sa vie, de ce dont il avait souffert, soi-disant. Je voulais l'apaiser, lui faire plaisir, le réparer. Et puis, j'avais peur qu'il m'abandonne, lui qui s'était intéressé à moi, moi qui doutais terriblement de le mériter. Satanées failles.

Le changement a opéré imperceptiblement. Il se posait en victime en même temps que moi j'étais toujours coupable, de la soupe trop salée, de mal m'habiller, d'avoir grossi, ou maigri, ou d'avoir des cernes, ou de ne pas être assez active au lit, ou assez attentionnée quand il revenait de ses voyages diplomatiques. Rien n'était assez bien pour le satisfaire. Jamais. Pendant des années j'ai essayé de m'améliorer pour lui plaire, avant de comprendre un jour que c'était une quête sans fin. Quand on s'en rend compte, c'est trop tard, on ne peut plus partir, on est prisonnière de la peur. J'ai bien pensé à fuir, je l'ai même averti que j'allais le faire, mais il me promettait de ne pas me lâcher, de me pourrir l'existence à un point qui me ferait regretter ma décision à vie. Il faisait planer la menace de me retirer les enfants. En tant que diplomate, il avait le bras long, des relations dans le milieu de la justice. Je savais qu'il pouvait mettre ses menaces à exécution. Alors je suis restée une vie entière à supporter ses remarques désobligeantes, quand ce n'étaient pas des humiliations, de violents changements d'humeur, des exigences sexuelles qui n'avaient rien à voir avec mon plaisir à moi, mais il s'en fichait, évidemment. Je suis restée avec lui et *je suis sortie de moi-même pour ne pas assister au spectacle de ma déchéance.*

Un jour, Pierre est entré dans ma vie. Par hasard, discrètement, comme un papillon qui vient se poser là, sans qu'on l'ait entendu arriver. J'étais en déplacement à Brest, pour un défilé exceptionnel de la maison Chanel, je ne sais plus bien à quelle occasion. Il était tailleur dans cette ville. Un tailleur modeste qui avait une petite boutique dans le centre de Brest. Là, il confectionnait des costumes sur mesure et de jolies robes de mariée. Cet homme m'a respectée dès le premier instant, avec sa douce timidité. Nous avons passé des moments inoubliables à parler de couture, de création, de matières, de tissus, de technique et de poésie. C'était un poète, un vrai poète. Pas du genre à se lamenter en écrivant Les Fleurs du mal. *C'était un poète heureux, qui mettait de la beauté dans la vie la plus ordinaire. Ses lettres étaient magnifiques de simplicité, de douceur, d'harmonie. Je les ai toutes gardées précieusement dans un coin du grenier. Tu les trouveras dans la petite boîte à couture en bois qu'il m'a offerte le jour de mes quarante ans. Il me respectait tellement que rien ne s'est jamais passé entre nous. C'était un amour si fort qu'il n'avait pas besoin de passer par le corps. Il savait que si je prenais le moindre risque, il y allait de ma sécurité, et tu imagines bien qu'à l'époque on n'aimait pas sans risquer de faire un bébé. Car il savait tout d'Alfred évidemment. Il a été mon confident, mon calmant, mon réconfort, mon amant invisible et chaste. Il me disait que j'étais ravissante, que j'étais douée, sensible, délicate, généreuse, que j'étais sa plus belle rencontre et qu'il serait toujours là pour moi. Combien de fois j'ai eu envie de faire ma valise et de quitter Paris pour le rejoindre à Brest, dans sa petite maison, pourtant au pied du pont des suicidés. Il en a côtoyé, des âmes en peine, de celles qui flottaient dans son jardin, orphelines, autour du corps qui leur servait d'enveloppe et qui était venu s'écraser là après une chute de quarante mètres. Quand je lui demandais pourquoi il ne déménageait pas, il me disait toujours qu'il avait l'impression que sa place était là, pour mettre un peu de baume sur ces âmes avant qu'elles ne s'en aillent on ne sait où. J'avais envie de le croire, il était tellement bienveillant.*

Plusieurs fois, j'ai pris le train, à Montparnasse, pour le rejoindre à Brest. Tu comprends mieux mon goût pour le paris-brest. Ce dessert était pour moi tout un symbole. Il m'évoquait les billets de train qui m'apportaient la bouffée d'oxygène qui m'était vitale pour supporter Alfred, devant qui je dégustais cette pâtisserie en pensant à Pierre. Pierre, qui m'attendait toujours avec un bouquet de fleurs et des chocolats sur le quai de la gare.

Un jour, nous nous sommes retrouvés en Alsace, toujours pour notre travail de confection. C'est là que je l'ai emmené en haut de la cathédrale. Il m'a dit des choses que jamais je n'oublierai. C'était une si jolie déclaration d'amour que j'ai cru mourir de ne pas pouvoir y répondre. Mais Alfred resserrait l'étau, il avait demandé un poste fixe à Paris. Il devenait difficile pour moi d'avoir ne serait-ce que quelques heures de liberté. Alors, petit à petit, j'ai dû arrêter de partir à Brest, nous avons cessé de nous écrire, parce que mon mari surveillait même le courrier. C'était un peu ma route de Madison à moi, tout ça.

Et puis, un jour, j'ai reçu une lettre de sa sœur, brestoise elle aussi, à qui il s'était confié. Elle m'annonçait qu'à son tour il s'était jeté du pont des suicidés, parce qu'il n'avait plus vraiment goût à l'existence depuis que je n'étais plus dans la sienne. Je suis restée enfermée une semaine dans la salle de bain sans manger. J'avais envie de mourir moi aussi. Mais il y avait les enfants. Alors je suis sortie de mon refuge pour subir sans dire un mot la tyrannie d'un mari abject, moi qui avais définitivement perdu mon amant vertueux.

Je peux le dire maintenant, je m'en fiche, je ne risque plus rien, et ça me libérera. Quand Alfred a fait son infarctus, ça ne s'est pas tout à fait passé comme on a bien voulu te le raconter. J'étais là, j'y ai assisté, je l'ai vu chercher de l'air, devenir bleu, tendre les bras vers moi, en me lançant un regard implorant. J'aurais pu appeler les secours immédiatement, faire un massage cardiaque, et il serait probablement encore là. Mais j'ai pris le temps de réfléchir. Si je le sauvais, je me perdais plus encore. Plus j'y pensais et plus je me disais que sa mort me sauverait. Je l'ai regardé s'étouffer et quand j'ai été bien sûre qu'il ne pouvait plus s'en sortir, j'ai appelé les secours. Je n'ai pas honte d'avoir fait ça, c'était de la légitime défense. Il avait passé une vie entière à me menacer. Si je devais avoir honte de moi, ce serait plutôt de n'avoir pas eu le courage de partir, d'avoir accepté lâchement cette vie-là. D'avoir été ce modèle-là pour mes enfants, pour ma fille, qui t'a probablement transmis le même schéma. Elle n'a pas réagi à ce que te faisait Laurent parce qu'elle trouvait ça normal.

Par la suite, j'ai beaucoup travaillé avec une personne qui m'a aidée à réfléchir sur ma vie, à ce qui s'était passé, à ce qu'il eût fallu faire pour ne pas être prise dans cet engrenage. Un seul mot revenait sans cesse : le respect. Elle me disait que dans toutes les décisions de la vie, on devait agir dans le respect de soi-même, et que, quand ce respect était en danger, il fallait tout faire pour le sauvegarder.

Combien de femmes, aujourd'hui, vivent sans se respecter, en acceptant d'être dévalorisées par leur conjoint, ou par leur patron, au quotidien, à la maison, au travail. Combien essaient de faire mieux, et encore mieux, pour plaire à ce mari qui les a séduites un jour, mais qui oublie qu'un jour ne veut pas dire toujours et que ce qu'il tient pour acquis serait complètement remis en question si seulement elles exigeaient le respect. Mais elles ont peur d'être abandonnées, d'être seules, parce que, pour beaucoup, la solitude est insupportable. La solitude, c'est le vide, c'est la mort. Combien font l'étoile de mer au lit parce qu'elles pensent que le devoir conjugal est une obligation quand monsieur a besoin de se soulager, même si elles n'en ont pas envie parce que monsieur leur parle mal ou qu'il oublie de leur dire qu'elles comptent pour lui. Elles écartent les jambes pour avoir la paix. Elles pensent faire de leur mieux, mais elles sont loin, très loin de se respecter elles-mêmes.

Il y a des hommes aussi qui vivent ce genre d'avanies. Beaucoup moins, parce que la nature humaine est ainsi faite que le plus souvent c'est le mâle qui domine la femelle, et les exceptions ne font que confirmer la règle, mais il y en a, et ils sont tout autant à plaindre. Ils font moins l'étoile de mer. C'est déjà ça.

J'ai essayé de t'ouvrir les yeux, mais c'était impossible. Tu ne pouvais pas entendre. Tu étais prise dans la tourmente. On peut tendre la main pour aider l'autre à s'en sortir quand il l'a décidé, mais on ne peut pas l'obliger à se décider, surtout quand les vents sont trop forts. J'ai eu beaucoup de peine, de te voir glisser ainsi vers le précipice sans pouvoir te retenir. Et puis, il y a eu Célestine. Cette lutte pour l'avoir, cet accident qui te l'a fait perdre. Et ton départ. J'étais à la fois triste et soulagée. Triste de voir partir cette petite fille dans les limbes, soulagée de te voir partir, toi. Rien n'advient par hasard, et j'espère que tu trouveras un jour un sens à tout cela. Même si je sais que c'est très difficile.

Et puis, Roméo est arrivé avec cette lettre, ces questions, cette envie farouche de te retrouver. J'ai pris conscience, à ce moment-là, qu'il était l'ange de ta chanson... Il éprouvait des sentiments sincères pour toi. J'étais rassurée. Je savais que je pouvais partir, je te laissais en lieu sûr, parce que dans son regard il y avait beaucoup de détermination. Il ne te lâcherait plus la main.

Avec Jean, nous avions pris la décision de partir depuis un moment, j'avais simplement besoin d'être sûre de pouvoir te laisser, de te savoir en sécurité et en paix.

Jean m'a permis de savourer ce que je n'ai pas pu vivre avec Pierre, car nous étions libres l'un et l'autre, libres dans notre couple, libres par rapport à la société. À notre âge, qui pouvait encore nous interdire quoi que ce soit ? Cette liberté n'a peut-être fait qu'accentuer le bonheur de notre rencontre. Mais Jean est atteint d'un cancer du sang. Il s'affaiblit de jour en jour. Il refuse de se soigner, de subir les chimios et les séjours à l'hôpital. Il veut qu'on le laisse tranquille, à son âge, vivre moins longtemps peut-être, mais plus intensément. Il veut aussi décider du moment où il en finira avant de ne plus pouvoir abréger lui-même ses souffrances puisque personne d'autre ne le fera pour lui.

Et moi, je ne peux pas rester sans le suivre. Il est mon printemps, je n'ai pas le courage d'affronter l'hiver. Affronter seule la vieillesse, me dégrader progressivement pour en arriver à ressembler à ces femmes qui n'ont plus l'air de rien, qui se retournent vers l'intérieur comme une chaussette, comme pour redevenir un amas de cellules originelles. Ça commence par la bouche dans laquelle le dentier ne rentre plus, les lèvres qui s'enfuient vers le fond, et puis le dos qui se courbe, de plus en plus, et les membres qui se recroquevillent, jusqu'à la position fœtale, pour enfin retourner d'où on vient. La peau qui tombe sur les os comme un drap qui sèche sur un fil à linge. Et cette dignité qui décline en même temps que les cinq sens. Non, vraiment, je ne peux pas.

Cette nuit, nous partirons en emportant avec nous notre dignité, parce qu'on y tient tous les deux et qu'ainsi personne ne pourra nous en priver. Je sais que tu comprendras, parce que tu sais que c'est ce qui est bon pour moi. Si je te manque, envoie-moi un arc-en-ciel d'amour, comme tu l'as si bien appris. Tu sauras les faire en double, nous ne serons pas loin l'une de l'autre, Célestine et moi, pour les recevoir en chœur.

Je sais, je sens, je savoure ce nouveau départ pour toi. Roméo est un garçon charmant. Il est là, ton ange, pars avec lui, je t'en prie. Même si l'évidence n'est pas immédiate. Même si cela te semble trop tôt et que tu voudrais te tenir éloignée des hommes. Accepte-le, doucement, progressivement, et tu apprendras à l'aimer. Tu t'y étais solidement attachée une première fois, le terreau est fertile.

J'ai une chose à te demander. Un manque à réparer. Une chose que je n'ai jamais pu faire mais qui me tenait à cœur. Si tu le peux, si tu le souhaites, j'aimerais tant que tu te rendes à Brest, sur le pont des suicidés, et que tu jettes de là-haut un sac de pétales de roses, symbole de toutes les âmes que Pierre a recueillies, et une rose blanche, entière, pour lui. Sur le quai de la gare, il m'offrait toujours des roses blanches, parce qu'il savait comme je les aimais.

J'ai une autre chose à te demander – je sais que de son côté Jean l'a demandé à Roméo et à Vanessa : nous aimerions être incinérés ensemble et disparaître ensuite avec le vent dans un endroit que vous aurez choisi conjointement.

Jean m'attend, tout est prêt. Comme disent les jeunes : même pas peur. Sauf que l'un de nous survive. Mais nous avons fait en sorte que ce ne soit pas possible.

Je ne t'abandonne pas, ma douce Juliette, je ne faisais que passer sur cette terre, nous ne faisons tous que passer, et il est bon d'en avoir conscience pour garder l'humilité. Je ne t'abandonne pas, car je t'emmène avec moi dans l'âme et dans le cœur, parce que je t'aime comme rarement on peut aimer.

J'ai une certitude : on apprend la vie toute sa vie. Je crois que même en mourant on apprend encore la vie.

Promets-moi de toujours te respecter et te faire respecter, de vivre de belles choses et de fuir ce qui ne te fait pas de bien. Demande à Roméo de te protéger, il saura le faire, tu en as besoin. Mais protège-le toi aussi. Ça n'existe pas, les personnes sensibles qui n'ont pas besoin d'un bouclier.

Embrasse Vanessa et prends bien soin d'elle aussi. J'ai appris à la connaître, frêle petite chenille, la métamorphose est spectaculaire. Cette gamine avait simplement besoin qu'un autre homme que son frère l'aime véritablement. On a tous besoin de se sentir aimé véritablement, reconnu dans ses qualités et malgré ses défauts. Ainsi on peut s'épanouir sans crainte et sans jugement.

Vous avez tous tant de choses à vivre. Nous les vivrons avec vous, de loin, mais ensemble.

Je t'aime,

Malou. »

Dans l'eau et dans le vent

Quand Roméo m'a annoncé dans la voiture qu'il fallait qu'on rentre tous les deux parce que Malou était morte elle aussi, je n'ai pas compris comment cela était possible. L'amour pouvait donc exiger de la mort qu'elle emporte le couple pour lui épargner la séparation ? C'est alors qu'il m'a expliqué que Malou et Jean avaient été plus forts que la mort, car c'étaient eux qui avaient pris la décision face à elle.

Nous avons très peu parlé sur le chemin du retour. Il avait plusieurs CD de Jacques Brel dans sa voiture, nous les avons tous écoutés au moins deux fois. Je me concentrais sur les paroles, les magnifiques paroles qui parlent si bien de la vie, de la mort, de l'amour. Les grandes questions humaines finalement. Celles autour desquelles tournent toutes les problématiques de ce monde. Je n'ai pas pleuré, je ne voulais pas pleurer avant de comprendre ce qui s'était passé. Je savais seulement qu'une lettre m'attendait à la maison de retraite. Et puis, je venais de dissoudre ma peine dans l'immensité de l'eau et des sommets, j'avais une longueur d'avance sur le chagrin.

Quand nous sommes arrivés, dans la soirée, la directrice nous a expliqué qu'on les avait retrouvés enlacés, dans le lit de Jean, le visage recouvert jusqu'au-dessus du front par le gros édredon en plumes de Malou. Quand on l'avait soulevé, on avait remarqué qu'un léger sourire flottait sur leurs lèvres. À côté étaient posés un verre d'eau presque vide et quelques cachets de somnifère qu'ils avaient laissés là. Ils en avaient probablement avalé bien assez déjà. L'édredon, c'était une précaution supplémentaire, au cas où. L'infirmière qui les a trouvés nous a dit ensuite que, une fois passé le choc de les découvrir ainsi, elle les avait trouvés très beaux. Ils étaient vêtus légèrement. Un tee-shirt et un pantalon de coton pour Jean et une chemise de nuit blanche en lin brodée pour Malou. Ils étaient tournés l'un vers l'autre. Jean avait passé ses jambes sur celles de Malou, et elle, elle avait posé sa main sur la joue de Jean en l'entourant de ses bras. Il était rasé de près, elle était joliment coiffée et maquillée, ils sentaient bon. Et puis, ce sourire. Les yeux fermés, mais ce sourire.

Ils s'aimaient follement. Ils avaient choisi. Ils avaient eu une belle mort.

Nous ne sommes pas restés bien longtemps, ils avaient été emmenés au funérarium, où nous ne pouvions nous rendre que le lendemain.

En attendant, je ne savais pas où dormir. La question ne s'est même pas posée pour Roméo. Il s'est garé devant chez lui et a porté mes affaires. Vanessa pleurait dans les bras de Guillaume, sur le canapé du salon. À part Roméo, son pépé était le dernier bout de famille qui lui restait. Ils n'étaient plus que deux désormais. Elle encaissait mal. Guillaume faisait airbag comme il pouvait, en lui caressant les cheveux.

Roméo m'a emmenée dans la chambre de Vanessa et s'est assis à côté de moi, en silence, sur le lit, le temps que je lise la lettre de Malou. Et puis, quelques minutes après que je l'eus repliée, il m'a regardée et m'a dit que je pouvais m'installer quelque temps dans sa chambre, il dormirait au salon. De toute façon, toutes mes affaires étaient déjà là, récupérées dans la rue, un peu en vrac, mais là.

Six mois plus tard, j'habite toujours chez eux. Roméo a réintégré sa chambre sans que je l'aie pour autant quittée. Ça a mis du temps, pour lui, pour moi.

Il est du genre à prendre la main au bout du dixième rendez-vous, et encore, en tremblant.

Moi, j'avais besoin de laisser du temps à la petite graine de pousser dans le terreau fertile dont parlait Malou. Tant de choses s'étaient passées depuis le jour où je l'avais accueilli en réa.

Ce n'est pas tant la coupure qui fait mal, mais sa cicatrisation. Et plus la blessure est profonde, plus la guérison est longue. Mais la plaie finit toujours par se refermer. Toujours. Pourquoi n'en serait-il pas de même avec le cœur ?

J'ai pris le temps de le connaître mieux, de rire en sa compagnie, de pleurer aussi, de me passionner pour son travail.

Roméo, j'ai appris à l'aimer. J'ai posé chaque jour, à chaque instant, un regard bienveillant sur ce qu'il était, me réjouissant de ses qualités, me fichant bien de ses défauts, partageant, réfléchissant avec lui, ne craignant pas d'exposer mes vues, aussi. Ce n'était pas toujours facile, nous avions beaucoup de différences, mais j'ai fini par trouver sa longueur d'onde et je me suis branchée dessus pour qu'on reste en phase.

J'ai repris le travail, en demandant un poste en réa, avec Guillaume, pour profiter de lui plus souvent. Après tout, ma place était là. J'aime tenir la main des patients pour éviter de devoir les attacher.

Nous sommes allés quelques jours à Brest, Roméo et moi, pour réaliser le vœu de Malou. Avant de partir, nous avions commandé au préalable chez un fleuriste de la ville un sac de pétales et une rose blanche, comme elle le souhaitait. Il pleuvait ce jour-là. Brest. Une pluie légère, qui n'a pas perturbé la lente et virevoltante descente des pétales jusque tout en bas du pont. Et puis, la rose, pour Pierre. J'en avais pris une deuxième pour Malou, parce qu'elle était un peu là, avec nous, et puis aussi une petite pâquerette pour Célestine. Je me suis ensuite accrochée au grillage de protection du pont pour tenir debout le temps de me dire « oui à ce qui est », puisque, de toute façon, je ne pouvais rien y changer. Il m'a fallu beaucoup d'énergie pour ne pas chanceler, mais j'ai tenu le coup, parce que je savais qu'ils étaient bien, tous ensemble, j'osais l'imaginer.

Roméo a posé ses mains sur mes épaules, m'a retournée vers lui, et m'a embrassée pour la première fois. Sur le pont des suicidés de Brest. D'aucuns diront qu'il y avait plus romantique comme lieu pour un premier baiser. Certes. Mais il y avait aussi dans ce geste un joli symbole. La mort, en bas, la vie, là-haut.

Avant de rentrer, nous avons fait un court séjour en Haute-Savoie. Alexandre nous a emmenés au beau milieu du lac par grand vent. Il le fallait bien, ce vent fort, pour emporter une partie des cendres de l'urne que je tenais à l'horizontale au-dessus de l'eau. Le lendemain, c'est au milieu des bouquetins, au col de Pavis, là où le vent souffle aussi, que s'est éparpillée l'autre moitié des cendres. C'était un moment intense : je sais que Malou et Jean font désormais partie de l'immensité.

J'ai souvent repensé à Alexandre. Nos retrouvailles, juste après le départ de Célestine, ont signé la renaissance puis la fin immédiate de cet amour incroyable que j'avais pour lui depuis toujours, sur lequel j'avais posé un voile. J'ai réussi à passer outre à l'amertume du non-choix de mes vingt ans. Nous sommes la somme de nos choix mais aussi de nos non-choix. Il faut assumer, et les regrets ne changent pas le passé. Par contre ils ternissent le présent. Alexandre est toujours là près de moi, comme une petite lumière qui éclaire ma vie. Mais autrement. Si on ne peut pas revenir en arrière, on peut au moins composer avec le présent pour que les instants suivants soient meilleurs. Depuis, nous avons trouvé chacun notre place l'un par rapport à l'autre. C'est le plus bel ami qui soit.

J'ai évoqué avec Guillaume sa rencontre improbable avec cette gamine paumée qui ressemblait à une brebis blessée au milieu des loups, et qui montrait les dents pour ne pas se faire bouffer. Il m'a répondu qu'il n'a jamais cherché à comprendre les événements. Il les a vécus. À juste titre, il m'a rappelé l'effet qu'avait eu Alexandre sur moi quand j'étais adolescente. C'était la même chose. Il n'y a pas d'âge pour ressentir cette émotion-là : l'évidence. Celle-là même qui mariera bientôt Guillaume et Vanessa. La robe de mariée, nous l'avons trouvée dans les affaires de Malou. Elle avait tout prévu.

Y compris un patron qui permettait d'ajuster la taille par quelques coutures précises. Une robe parfaite de simplicité et d'élégance, à l'image de sa créatrice. Ainsi, Malou sera un peu avec nous ce jour-là.

Avec Roméo, si l'évidence n'a pas été immédiate, elle guide désormais ma vie. On a aussi le droit de choisir et de construire des évidences quand on sent qu'elles sont particulièrement adaptées à notre bonheur.

J'ai retrouvé une forme d'équilibre, même si le combat contre Laurent a été âpre. Il n'a pas dérogé à sa règle de conduite et je pense que si je n'avais pas eu Roméo et Guillaume pour me soutenir et faire face à ses agressions permanentes, ses tentatives de déstabilisation, ses mots froids et violents, je serais devenue folle. Et puis, un jour, Roméo, tout musclé qu'il était, est entré dans l'agence, puis est allé tout droit dans le bureau de Laurent, s'est planté devant lui au beau milieu d'une réunion, et lui a dit que s'il essayait encore une fois de m'approcher, il lui casserait la gueule, quitte à être condamné pour cela. Il a dû être très convaincant. Je n'ai plus eu aucune nouvelle.

J'ai quitté cet homme en laissant tout derrière moi, quelques meubles, et surtout mes économies, mais je suis partie légère, sans rien devant mais légère. J'avais pu sauver Lisette, le principal, mes albums photos, quelques vêtements auxquels je tenais. Les petites culottes en dentelle, je les ai données à Vanessa. Elle m'a sauté au cou comme une gamine, la gamine heureuse qu'elle était.

Je suis souvent revenue sur ces années, en cherchant à comprendre ce qui avait bien pu se passer pour que je tombe dans cet engrenage malsain. J'ai compris que la seule chose qui m'avait vraiment manqué, c'était ce discernement dont on a besoin pour savoir si l'on se respecte. Malou avait raison dans sa lettre. Je ne me suis pas respectée en laissant cet homme me mépriser, me maltraiter psychiquement, puis physiquement.

Aujourd'hui, je vérifie au quotidien si je suis suffisamment vigilante, et j'avance en exigeant de la vie qu'elle préserve mes facultés de jugement. Partout, tout le temps.

J'évolue dans cet état d'esprit en acceptant l'idée, parfois difficile et pourtant indubitable, qu'une grande partie de notre existence ne nous appartient pas. Les rencontres, les amours, les occasions, les au revoir ou les adieux, les petites joies et les grandes peines, les petites peines et les grandes joies. Chacun y participe, à son échelle, mais finalement, c'est le destin qui décide. Comme disait Malou.

Le destin.

Souvent pour de bonnes raisons.

Ce destin, nous avons décidé de l'influencer quand même un peu pour qu'il chemine vers d'autres expériences. Roméo étant tombé amoureux de la Haute-Savoie en venant m'y chercher, il a convaincu Vanessa et Guillaume de s'y installer avec nous. Pour ma part, nul besoin de discours, j'avais dit oui avant même qu'il en ait l'idée. Vanessa a passé le concours d'infirmière pour entrer à l'école de Thonon-les-Bains, qu'elle a réussi haut la main. Elle avait tellement travaillé au lycée. Elle était devenue tellement plus mature. Guillaume et moi avons postulé pour une mutation. Pour les infirmiers, c'est assez aisé. Pour les pompiers aussi. Quelques mois de démarches cependant nous ont été nécessaires pour y arriver. Nous avons opté dans un premier temps pour un grand appartement en colocation, avec un espace pour chacun, en nous laissant la liberté de rompre le contrat si l'un de nous voulait voler de ses propres ailes. Nous avons aussi choisi d'organiser le mariage de Guillaume et de Vanessa au bord du lac, dans un petit restaurant proche d'Anthy. Les Cygnes, sur le port de Sechex. La complicité d'Alexandre nous permettra de partir sur l'eau, à minuit, avec quelques bouteilles de champagne et beaucoup, beaucoup de joie pour accompagner ce moment-là.

Je n'ai pas d'enfant, mais je ne suis pas seule. Je ne suis plus seule. D'abord parce que je me suis retrouvée. Ensuite parce que je me sens entourée. J'ai interrogé l'univers, il m'a confirmé que j'étais une personne à part entière, même si je n'avais pas d'enfant.

Je suis entière, et heureuse.

Cher Toi,

Demain, je me marie, et je fais un pied de nez à la vie. Je savoure la revanche. Tout est organisé pour notre comité plus que réduit. Il ne manquera que Christian. Il ne pourra pas venir. Il a trouvé sa Marcelle ! Après mes conseils avisés d'il y a trois ans et face à l'étanchéité persistante de sa femme, il s'est inscrit sur un site de rencontre. Pour rire, il a commencé à chercher une femme qui aurait ce prénom. Et il n'a pas eu besoin d'aller plus loin. Il a trouvé une Marcelle martiniquaise d'une cinquantaine d'années, tendre, et aussi chaude que son île sur laquelle il est parti en laissant tout derrière lui. Finalement, j'avais raison quand même.

Les quelques personnes qui seront là font partie du clan. Un tout petit clan, mais un vrai clan, comme dans L'Âge de glace. Je veux pas être Cid !!! Non, moi, je suis plutôt le mammouth qui se prend pour un opossum. La femme qui se prend pour un homme. Cela dit, je suis redevenue une femme au contact de Guillaume. Une femme à qui on tient la porte.

En gardant quelques automatismes quand même. Parfois, ça protège de se conduire en homme, pour se défendre des requins.

Je crois que je vais arrêter de t'écrire. Je vais commencer l'école d'infirmières et je n'aurai plus beaucoup de temps. Et puis, maintenant, c'est à Guillaume que je dis tout.

Mais j'aimerais que tu te souviennes des deux mots importants qui ont changé ma vie pour toujours, des fois qu'il m'arrive de les oublier et que je veuille me les rappeler...

Évidence n.f. – Caractère de ce qui s'impose à l'esprit avec une telle force qu'il n'est besoin d'aucune autre preuve pour en connaître la vérité, la réalité.

Respect n.m. – Sentiment qui porte à accorder à quelqu'un une considération admirative, en raison de la valeur qu'on lui reconnaît, et à se conduire envers lui avec réserve et retenue.

Ces deux mots ont changé ma vie pour toujours, parce que j'avance maintenant en les ayant en ligne de mire permanente. Ça trace le chemin, un sage chemin, qui permet de savoir où on va, comment et pourquoi.

Je sais où je vais.

Je pars avec lui.

« La belle vie, quoi !
Enfin… j'en ai jeté les épluchures. »

Nicole FERSCHNEIDER

Pour finir, j'aimerais dire…

Pardon à tous les gentils « Laurent » de mon entourage et d'ailleurs. Il fallait bien choisir un prénom. J'ai aussi connu des « Laurent » requins… Je ne retiens aujourd'hui que les bons.

Pardon à Régis, mon gentil banquier, dont j'apprécie l'humanité, et qui n'est en rien comparable au personnage de cette histoire. Il fallait bien choisir une profession. (Cette petite pensée est sincère et n'a pas pour objectif d'obtenir un meilleur taux lors d'une prochaine négociation. Cela dit, l'un n'empêche pas l'autre !…)

Merci à toute l'équipe d'Albin Michel pour son soutien et sa gentillesse, et en particulier à Pierre, de croire toujours en moi.

Merci à mes nombreux lecteurs sans qui je ne serais pas là…

Merci à Laeti, Corinne et Joël pour l'ambiance « réanimatoire » et le vécu des corps cassés.

Merci aux adolescentes et à leur maman, qui m'ont éclairée sur ce que j'ignorais de leurs relations.

Merci à Hervé, le grand chef pompier pour ses précisions techniques et pour son aide indéfectible.

Merci à Ariane Seccia, d'avoir changé ma vie pour plus d'apaisement et de sérénité, et de m'avoir transmis les outils pour me permettre de le faire à mon tour auprès des personnes que je croise.

Merci à mes grands relecteurs, toujours prêts à me relire et à me guider, ainsi qu'à toutes les personnes qui ont participé de près ou de loin à l'élaboration de ce roman et que je n'ai pas citées personnellement.

Merci à Jean-Louis, l'homme-qui-murmurait-à-l'oreille-des-bouquetins, qui fait de très belles photos de cette montagne qu'il m'a fait découvrir (c'était un moment magique), photos que vous trouverez sur son site : https://www.facebook.com/photosjle.

Merci à Guillaume, le pêcheur-au-grand-cœur, de m'avoir fait découvrir le lac, le bateau, la pêche, et cette humanité dont je parle dans le livre (moment magique aussi). Guillaume, qui fait lui aussi des photos magnifiques, qu'on peut voir ici : https://www.facebook.com/LaFermeduPecheur.

Et qui vend de très bons poissons à Anthy-sur-Léman !!!

Merci à toutes les femmes qui souffrent ou ont souffert d'avoir osé lever le voile et de m'avoir appris, elles aussi, ce qu'est parfois la vie. À Marie et Régine, en particulier.

Merci à Emmanuel d'être mon Roméo et d'avoir réussi à remonter sur l'échelle après notre chute vertigineuse.

Merci à Nathanaël, qui n'est pas passé dans notre vie par hasard, et vers qui j'envoie un intense arc-en-ciel d'amour, par-delà l'horizon, vers l'infini et au-delà.

Merci, enfin à toutes celles et tous ceux qui feront un pas de plus vers le respect d'eux-mêmes après la lecture de ce livre, et en se remémorant cette petite musique si importante à mes yeux :

« Je fais de mon mieux,
dans le respect de moi-même,
avec les cartes de l'instant,
le reste appartient à la vie. »

Ouvrage composé par
PCA 44400 Rezé

Imprimé en France par

MAURY IMPRIMEUR
à Malesherbes (Loiret)
en décembre 2017

POCKET – 12, avenue d'Italie – 75627 Paris Cedex 13

N° d'impression : 222952
Dépôt légal : avril 2016
Suite du premier tirage : décembre 2017
S25757/07